初代史莱克七怪的成长之路 ◇ 不可取代的幻想经典

斗罗大陆

唐家三少 著

新版

（封面以实际出版为准）

旷世之才 横空出世 武魂觉醒 开创传奇

斗罗大陆

唐家三少 著

唐家三少超人气之作　　不可取代的幻想经典
同名动画破百亿播放 | 电视剧即将开播
初代史莱克七怪的成长之路 ◇ 超豪华冒险天团的首次问世

U0735947

即将
上市

唐家三少超人气之作　武魂觉醒开创传奇
·电视剧即将开播·
动画破百亿播放　常年雄踞国漫各大榜单

———— 全系列内容简介 ————

唐门百年难得一见的天才唐三因私学唐门高深内功，被追至悬崖边。他将绝世暗器佛怒唐莲留下后纵身一跃，竟阴差阳错来到了斗罗大陆一个普通的村庄——圣魂村，小小的唐三在这里开始了他的魂师修炼之路，并萌生了振兴唐门的梦想……

空速星痕

典藏版7

唐家三少 著

湖南少年儿童出版社
HUNAN JUVENILE & CHILDREN'S PUBLISHING HOUSE

图书在版编目（CIP）数据

空速星痕 ： 典藏版. 7 / 唐家三少著. -- 长沙 ：
湖南少年儿童出版社，2020.4
ISBN 978-7-5562-4476-8

Ⅰ. ①空… Ⅱ. ①唐… Ⅲ. ①长篇小说－中国－当代
Ⅳ. ①I247.5

中国版本图书馆CIP数据核字(2020)第041796号

KONGSU XINGHEN DIANCANG BAN 7

空速星痕 典藏版 7

唐家三少 著

责任编辑：周　凌　　段健蓉
特约编辑：雷　英　　刘　芳
装帧设计：周艳芳

出版人：胡　坚
出版发行：湖南少年儿童出版社
社址：湖南省长沙市晚报大道89号　　　　邮编：410016
电话：0731-82196340（销售部）　　　　82196313（总编室）
传真：0731-82199308（销售部）　　　　82196330（综合管理部）
常年法律顾问：湖南崇民律师事务所　　　柳成柱律师

经销：新华书店　印刷：湖南天闻新华印务有限公司
书号：ISBN 978-7-5562-4476-8
印张：18　　　　　字数：238千字
开本：710 mm×1000 mm　1/16
版次：2020年4月第1版
印次：2020年4月第1次印刷
定价：32.00元

目 录
CONTENTS

目录
CONTENTS

第141章
★★★
空间·反向领域

祝丝嫣然一笑，道："好，不愧是摩尔的弟子。火焰化绕指柔。"

她一指向前伸，对上了天痕的拳头。刹那间，原本包裹着她身体的暗红色火焰突然变成了尖锥状的，以无与伦比的速度向指尖处融合，五十五级的火系异能者又岂是容易对付的？

在场观战的众人都能感觉到，虽然天痕分散了祝丝的火系异能，但是祝丝这一指所凝聚的能量绝对要比他的攻击力强。

然而，怪异的事情发生了，当红光接触到天痕的拳头时，竟然飞快地消失了。

祝丝惊呼一声，身体闪电般后退。轰然一声巨响，她的身体在半空中一个转折，飘然落在百米之外，脸上尽是惊讶之色。

她的右手食指已经折了，爆发的空间系异能震得她胸口一阵发闷。如果不是多年修炼的火系异能与宇宙气及时护住自身，再加上天痕及时收力，恐怕在那一拳的攻击下，她就会重伤倒地。

"你，你怎么能吸收我的火系异能？"祝丝的语气中充满了不解。

天痕心中暗自侥幸，刚才祝丝那一击本是他所不能抵挡的，但他攻出的正好是右拳。右臂中的地火神龙最喜欢火系能量，眼看精纯的火系能量冲入，它又怎么会放过呢？它吸收了大量精纯的火系能量，削弱了祝丝的攻击力，再加上空间系异能适时爆发，天痕这才意外地取得了胜利。

同时，他欣慰地发现，提纯后的空间系异能，穿透力明显增强了许多。

面对祝丝的质问，他自然不会回答，微微躬身，道："承让了。"

罗丝·菲尔飘然入场，到祝丝身旁，对她低声说了几句。祝丝不满地哼了一声，瞪了天痕一眼，这才飞离赛场，去治疗自己的手指了。

罗丝·菲尔朗声道："十分钟后，进行第二轮比试。"

天痕与罗丝·菲尔回到主席台上，祝融一脸不善地走了过来："好小子，你敢伤我妹妹。"

摩尔嘿嘿一笑，挡在天痕身前："比试嘛，谁能那么精确地把握好分寸？天痕已经收力了。"

祝融脸色突然一变，低声道："天痕，你小子用的是什么办法？竟然能接下我妹妹那一击。要知道，她的火焰指连我也不敢随便接。难道你小子的实力也有了爆发性的增长不成？"

天痕看着自己的右手，惊讶地道："祝融审判者，那是您的妹妹吗？我不知道啊！而且，她那么强，我又怎么可能不全力以赴？或许是因为我当初与地火蜥蜴王搏斗的时候右臂曾经插入它的身体，所以右臂对火系异能的免疫力很强，才能侥幸获胜。"

祝融苦笑道："比试中是没有侥幸的，你能获胜，是因为以前的积累。包括你右臂的特殊能力，那不也是积累吗？其实，我妹妹输了未必是坏事，她一向骄横，也应该接受点教训。"

摩尔哈哈一笑，拍着祝融的肩膀，道："对嘛，这才是公道话。"

祝融瞪了他一眼，道："记得当年我妹妹对你也很有好感，她现在可还没嫁人呢。"

摩尔吓了一跳，连连摆手，道："免了免了，我的老婆已经很难搞定了，再来一个，你想我死吗？祝融，我知道你恨我夺走了玛瑞·露，可也不能这样害我啊！"

"呸，玛瑞是你的吗？哼，是我的才对。要不是因为没时间，我早把她追到手了。"

"行啦，你们一见面就总是吵，都给我安静一点。"光明面露笑意，呵斥着自己这对好兄弟。

天痕早已经溜到蓝蓝身旁，两人在主席台的角落坐了下来。之前一战，他们的能量都没有太大的消耗，倒不急着利用这短暂的时间来恢复。

"蓝蓝，你刚才用的什么能力化解的那些风刃？"天痕道出了自己心中的疑惑。

蓝蓝道："这是我新得到的能力之一。据阿拉姆司留给我的记忆，这种能力叫水之同化，当对方攻击的能力低于我总体能力的一半时，我可以将对方的能量完全同化并吸收。这不但可以化解对方的攻击力，同时也可以增强自己的能力。即使对方的能力较高，用这种方法也可以将其能量化解一部分，而水天一线是压迫性攻击异能，控制范围很广，在攻击时可以进行压迫，很好用的。

"自从阿拉姆司传递给我神力之后，我才知道水的世界是多么广阔，需要我探索的东西还有很多很多。昨天我得到了光明爷爷给的生物电脑，现在我的水系异能已经达到六十六级了。而阿拉姆司传给我的神力，我只不过吸收了五分之一而已。我真不敢想象，如果吸收了他的全部神力，会达到什么样的程度。"

天痕莞尔一笑，道："我也想看看你的能力有多强，尤其是那阿拉姆司神杖的威力。不过，看样子今天是不太可能了，刚才你那么轻易地获胜，恐怕不会再有什么挑战了。"

蓝蓝微笑道："阿拉姆司的神物只有两件，一件是我已经融合的阿拉姆司之心，另外一件就是阿拉姆司神杖。由于我能力不够，现在还没有完全明白神杖究竟有什么样的能力。你可要小心一些，你伤了祝丝奶奶，恐怕奥云奶奶不会善罢甘休的。她们虽然不服对方，但其实是非常要好的朋友。"

听了蓝蓝的话，天痕不禁生出好胜之心。魔神殿中一定藏着什么秘密，等自己能力再提升一些，一定要到那里去看看。

天痕苦笑道："第二轮比试开始，恐怕我就要孤军奋战了。"

第二轮比试很快开始了。正如天痕所料，摩尔下场后，没有人再对他进行挑战，由罗丝·菲尔直接宣布他通过了掌控者们的测试。

蓝蓝又一次面对一名掌控者，毕竟她的力量并不被圣盟中人所熟知，先前胜得又太怪异。但是，蓝蓝用自己的实力证明了一切，同样是身不移位，凭借水系异能强大的优势，在短短一分钟内结束了战斗。这次蓝蓝震慑全场，没有人再敢小看这位年轻的水系审判者。

"天痕，你小子给我出来！我要为祝丝姐姐报仇。今天不好好教训教训你，我就不叫大地妖姬。"蓝蓝刚刚回到主席台，没等罗丝·菲尔宣布下场比试开始，奥云就迫不及待地飞入场中。

圣盟超过五十级的掌控者数量并不是很多，一共只有二十几名而已。对新任长老进行测试这种事已经多年没有发生过了，总体来说，大家都相信圣盟原本五位长老的眼光，测试只是一个过程而已，尤其是对像摩尔这样闻名退迩的异能高手来说。

这就是先前尼斯那么快被蓝蓝击败的原因，他们只想试探一下新任长老的能力而已。而现在奥云的挑战已经脱离了测试的轨道，天痕遥望着她那气势汹汹的样子，知道是不能善了了。

奥恺有些无奈地道："天痕，我这妹妹脾气比祝丝还要火爆，你自己小心吧。我建议你戴上黑暗面具出去，在万不得已的情况下，可以使用天魔变的力量。幸好这里不是真正的地面，她的土系异能有一定的削弱。"

天痕摇了摇头，眼中流露出坚毅："我只用空间系异能。"话音一落，他已经出现在场地中央，正是移形幻影。

奥云怒气冲冲地看着天痕，全身升腾起强烈的黄色光芒。她虽然脾气暴躁，却并不是莽撞之人，先前天痕破了祝丝的火焰指，她心中不无顾忌，沉声喝道："懒熊，你给我出来！"

低沉的咆哮声回荡在整个空中大竞技场，高达三米的棕色巨熊没有任何预兆地出现在奥云背后。圣兽，这是奥云的圣兽。

见对方放出了圣兽，天痕不敢怠慢，唤道："星痕。"

奇异的一幕出现了，天痕全身突然被银色光芒所覆盖，一声清越的凤鸣之声响起，银光与他的身体分离，体长超过七米的凤龙星痕飘飞而起，悬浮在他的头顶上方。

进入成熟期的星痕，身体又发生了变化。成熟期是成长期的延伸，也是圣兽经过的最漫长的一个时期，通过漫长的成熟期，它们才能够达到终极体。

按照正常情况，星痕的体质虽好，但也要经过十到二十年的时间，才能进入成熟期。不过，它与天痕订立了心之契约，随着天痕能力的不断提升，它也得到了巨大的好处，各种丰富的经历令它快速成长着，短短几年就已经进入了成熟期。

现在的它，连带尾翎，体长接近八米，全身覆盖着细密而炫目的龙鳞，巨大的龙翼展开，露出腹下四只有力的龙爪，凤目两旁的两根长翎已经足有一米余长，与尾部长达三米的凤翎交映生辉，身姿看上去那么美。即使是祝融的火凤凰，也远比不上结合了龙凤的美感的星痕。

星痕的出现，令奥云不禁一呆，如此漂亮的圣兽她还是第一次见。她的大地妖熊是当初哥哥奥恺帮她抓的，是一只次神级圣兽，但同眼前这只不知道是什么品种的大鸟相比，显然差得远了，单是外表就已经落了下风。

大地妖熊再次发出了一声咆哮，只不过，这一次，它的咆哮声竟然在颤抖。

是的，它在害怕，它心中已经生出了恐惧，次神兽的级别使它拥有说话的能力："主人小心，这是圣兽。"

在星痕的威慑下，它不禁一阵战栗，如果大地妖熊再低一个级别，恐怕连战斗的勇气都没有了。

星痕高傲的天性令它连看都不看大地妖熊一眼，长吟由高昂转为低沉，龙吟之声震人心魄，淡淡的银光以它为中心向周围散发着。

进入了成熟期，星痕神兽的能力终于逐渐展现出来，连天痕都不知道，此时的它，空间系异能已经达到五十级。

通过平等契约，奥云清晰地感觉到自己的圣兽伙伴心中的恐惧正在不断加深，她知道不能再等下去了，否则，还没打，自己的圣兽就先退缩了，她可丢不起这个人。她大喝一声："懒熊，变异！"

她的大地妖熊毕竟是终极体的次神兽，虽然在等级上完全受到了星痕的压制，但是本身有着极强的实力。

黄色光芒骤然大盛，大地妖熊的身体发生了剧烈的变化。在强烈的光芒包裹下，它发出了愤怒的咆哮声，原本就高大的身体不断地膨胀着，一会儿的工夫，竟然长到了十米高。它强大的气息形成巨大的压迫力，终于足以和星痕对峙了。它之所以叫妖熊，正是因为它这变异的能力。

天痕并没有抢先出手，虽然先前他已经尽量收力了，但是打折了祝丝的手指，他心中还是有些愧疚。他在等，等待奥云出手。星痕作为后盾，给了他强大的支持，使他的信心更足。

"无尽的大地，挺起你无边的身躯，切断世界的联系。土之壁垒！"奥云丝毫不客气，一上来就用出了达到五十级土系异能才能使用的强大能力。

面对空间系异能者，限制对方的行动，显然是最明智的做法。空中大竞技场没有土，但土系能量分子代替了实体的土，以更强大的形态发动了。

黄色的光芒瞬间笼罩了方圆上百平方米，形成厚实的结界，顿时切断了天痕与外界空间的联系。

感受到那强大的土系异能，天痕心中暗惊，但他依旧没有动。本来他就没想用移形幻影之类的能力与奥云周旋，只有正面打败对手，才能得到对方的认可。他的做法虽然并不聪明，但显现出他对自己绝对的信心。

"跳跳球，攻击！"奥云说出了令在场的众人大跌眼镜的话。

跳跳球？那是什么？除了极少数熟悉她的人以外，其余的异能者心中都充满了疑惑。但是，很快他们就知道什么是跳跳球了，那可以说是整个银河联盟最大的跳跳球。

奥云背后的大地妖熊骤然跃起，身体在空中蜷缩成一团，带着强烈的黄色光芒，骤然向天痕撞去。

正是以熊为体的跳跳球。

天痕看着大地妖熊蜷缩成球时那憨憨的样子差点笑出来，有奥云这么个主人，还真不是什么美妙的事。

虽是这样想，但他一点都没有小看大地妖熊利用身体发起的攻击。防御是土系圣兽与土系异能者的强项，凭借大地妖熊变异后的身体，这一撞已经笼罩了土之壁垒整个横截面的空间，自己根本没有任何闪躲的机会。

面对这样的攻击，天痕不惊反喜，身体骤然迎了上去。大地妖熊背后的奥云清晰地听到天痕说道："虚空十三破。"

是的，正是结合空间与黑暗两种异能的虚空十三破。不，准确地说，天痕现在用出的，只是单纯的虚空十三破。在使用虚空十三破时，空间系异能是主攻之力，利用速度与压缩力量给对手以重创，而黑暗系异能则是吸附对方，令对方无法脱离的手段。而此时，以大地妖熊庞大的身体，它又怎么躲得开呢？

眼看天痕即将与大地妖熊身体碰撞，星痕眼中银光骤然大放，带着强势冲击的大地妖熊身体竟然在半空中停住了，冲击力瞬间完全消失，就像一个巨大的沙袋，迎来了天痕的打击。空凝的能力，现在被星痕使出来，即使是审判者级别的异能者，也要停滞瞬间，更别说大地妖熊了。

两个天痕出现在土之壁垒内，接连七声轰响，大地妖熊巨大的身体应声抛飞，重叠的虚空十三破威力之强，可以说是近距离情况下最有利的攻击法门。即使以大地妖熊强壮的身体，在承受七连击后，还是被震得飞了出去。

幸亏天痕没有伤它之意，又没用出黑暗粘黏辅助，否则在虚空十三破全力攻击下，恐怕它就要变成大地死熊了。

"懒懒。"奥云似乎忘记自己还在比试之中，眼看自己的宝贝圣兽被天痕击得倒飞而出，不禁飞身扑去，唯恐大地妖熊受到伤害。

大地妖熊一个翻身，稳稳地落在地上，咆哮一声："主人，我没事！他好像并不想伤我，留手了。"

它的防御力确实惊人，虽然天痕手下留情，但它被连击七次只是被击退，可见它次神级圣兽的称号并非浪得虚名。

天痕也是暗暗吃惊，虽然他并不想伤害大地妖熊，但是想要使它失去一定的战斗能力。而现在看来，它的问题似乎不大，如果不是星痕用空凝能力消除了它前冲的势头，恐怕自己就算击退了它也绝不好受。

奥云听了大地妖熊的话，脸色好看了一些，但她显然没有放过天痕的意思，大喝道："懒懒熊，合体！"

所有在场的掌控者都瞪大了眼睛，圣兽的合体技能对圣盟大多数异能者来说都只是听说过而已，何况，他们很好奇，这么大的熊与美女合体会变成什么样子。

在黄色光芒的包裹中，奥云的身体向后飘飞，同时，先前的土之壁垒骤然合拢，从四面八方向天痕压去。

很快，众人就看到了美女与巨熊合体后的样子。

奥云的身体完全消失，融入那身高十米的巨熊体内，巨熊的胸口部位出现了一个盘膝而坐的光影，大地妖熊身体周围的光芒发生了巨大的转变，由原本的黄色变成了淡金色，大地妖熊的双眼骤然变成了红色，进入狂暴状态，棕色的毛发更是转变成黑色。

奥云的意念与大地妖熊瞬间融合。在这一刻，她就是熊，熊就是她。

感受着周围庞大的压力，天痕飘身而起，落在星痕背上，大喝道："星痕，穿刺！"

银色的光芒将天痕与星痕的身体完全包裹在一起，星痕口中发出嘹亮的凤鸣，双翼骤然收拢，身体周围的光芒剧烈地扭曲起来，形成一圈圈银色的光芒，带着天痕的身体，结合两者之力，骤然向土之壁垒冲了过去。

主席台上的光明突然眼中光芒大放："好，是亚光速。好强的圣兽！"

是的，亚光速，进入了成熟期的星痕已经拥有了这样的能力。在天痕毫无保留地输入空间系异能的辅助下，星痕如同巨大的银色尖锥般骤然前冲，撞入了黄色光芒中。

刺耳的摩擦声响起，星痕在空中的身体快速地旋转起来，集合了它与天痕的力量进行透点攻击，即使是土之壁垒也无法阻挡。

光芒闪烁中，天痕和星痕已经冲出了包围，但是迎面而来的，是两只带着淡金色光芒的巨大熊掌。

"轰——"

天痕与星痕的身体在强力轰击中被迫分开，幸好穿刺的力量在冲出土之壁垒时并没有完全消失，因此二者才没受到重创。

"空——速——星——痕——"

你们会合体，难道我们就不会吗？

银光骤然迸发，天痕身上覆盖着星痕那银色的鳞片，当巨大的银色龙翼出现在他后背时，那英武的形象深深地烙印在每个人的心中。

红光一闪，天痕右臂上的龙魂盾开启，接下了人地妖熊紧接着发起的攻击。巨大的冲击力将他的身体带起，龙翼一展，天痕控制住了后冲的身体。凭借龙魂盾的防御力，他并没有吃亏。

移形幻影出现了，但天痕并不是利用它逃避什么，再次出现时，他已经到了巨大的大地妖熊身前五米处。与星痕合体后，天痕借用了星痕的速度，虽然并没有达到星痕所能达到的亚光速，但是已经极为接近。

空间凝固的能力瞬间爆发，使大地妖熊的身体停滞了一下。下一刻，虚空十三破再次爆发出强大的威力，攻击目标就是大地妖熊胸口处奥云的光影。

"轰轰轰轰轰轰轰！"

接连七声巨响爆发了，天痕骇然发现，与奥云合体后的大地妖熊的防御力竟然成倍地增强了。当第八击轰出时，大地妖熊已经从空间凝固中解脱出来，巨大的熊掌从侧面扇向天痕的身体。

好强的防御力！好快的反应！天痕的虚空十三破这还是第一次做了无用功。他终于体会到了土系异能者强大的防御能力，那可是接连七记压缩能量的轰击啊！

天痕身体在半空中一斜，敏捷地躲过大地妖熊威势逼人的一掌。

现在该怎么办？对方让自己打都破不了防御，如何才能获得胜利呢？难道自己除了天魔变，能力就真的那么弱吗？

天痕一边想着，身体一边骤然向后飞退。就在他犹豫之时，奥云却指挥着大地妖熊用出了新的能力："大熊·地震波。"

大地妖熊仰天咆哮一声，两只巨大的熊掌重重地向下挥出。但这里是空中大竞技场，奥云显然不想毁了这里，地震波的能力在半空中爆发了，黄色的光芒如同海浪一般顷刻间遍布整个场地，强烈的震荡令天痕飘浮在半空的身体一阵剧烈地颤抖。

一时间，天痕不但感受不到空间的变化，自己的身体也有些失控了。

临危不乱，是高手的行为准则。

身体的短暂失控令天痕的战意达到了顶点。刹那间，他脑海中不断闪现着先前摩尔在与希拉那一战中所展现的能力，心中突然如同明镜一般雪亮，顿悟令他对空间的理解升华到了另一个层次。

"空间·反向领域！"随着天痕一声大喝，银光一闪而逝，地震波突然出现了巨大的变化，原本冲击到他身体周围的黄色光芒突然反卷，朝外围五位太上长老所布置的结界而去。虽然大地妖熊并没有受到地震波的影响，但奥云还是不禁一愣。

趁着这短暂的机会，天痕身体在半空中一转，右手骤然后挥。奥云还没明白怎么回事，突然感觉到大地妖熊胸前突然爆发出一团银色的光芒，身体剧烈地震动了一下。

虽然这并不足以破其防御，但奥云还是很惊讶，天痕明明是向后挥右手，怎么会有无形的能量攻击大地妖熊呢？奥云一边想着，一边迅速做出了反应，身体前冲，双拳各自凝聚出一团黄色的光芒，向天痕攻去。

随着身体的前冲，奥云骇然发现，自己与天痕之间的距离竟然变得越来越远了。她还没有明白怎么回事，攻出的土系能量已经重重地砸在了外围的结界上。

轰的一声巨响，结界虽然护住了空中大竞技场，但强烈的震荡力还是令观战的掌控者们吓了一跳。他们都觉得有些莫名其妙，为什么奥云会突然改变方向，冲向了观众席呢？

主席台上的摩尔突然满脸喜色，大喝道："好，好小子，我的目的终于达到了！他终于有了顿悟的能力，明白了什么是真正的空间。空间，就是要由我们来掌控的！"

不论是空间系异能还是其他各系异能，由老师传授的能力固然能够遵循一定的原理达到很强的效果，但是，这种能力毕竟只能算是继承，徒弟再苦练，也永远不如师父领悟得深。

摩尔之所以一直没有传授给天痕特殊的空间系能力应用方法，除了想让他能够将心思都放在对能量的提升上，另一个目的，就是希望他能够有所领悟，凭借自己对空间的了解，创造出更强大的空间系异能。只有自己亲自创造，才能有最深的理解，才能更好地发挥出空间系异能的能力。

现在，天痕做到了，他所用的空间·反向领域并不是一种攻击异能，而是一种领域控制能力。

所谓反向，并不是一切皆反的意思，而是说明，在这个空间之中，所有的规则都由领域的创造者来指定。天痕决定哪里是上，哪里就是上，哪里是东，哪里就是东。

在这个空间中，除非对方的能力可以将整个空间完全粉碎，否则是绝不可能伤害领域创造者的。这才是空间系异能真正的优势，也只有完全理解了空间的特性，才有可能用出来。

　　凭借着对胜利的渴望，天痕终于成功了，他终于不是一切都源自于继承。继虚空十三破后，他创造出了一种完全属于自己的空间系异能。虽然顿悟是偶然的，但这和他修炼多年的努力是分不开的。

　　奥云显然没有弄明白是怎么回事，她接连试着向几个方位发动攻击，但是，最后击中的都是由太上长老们所布置的结界。

　　天痕并没有利用这段时间向奥云发动攻击，空间·反向领域他也是刚刚才领悟，并不完全熟悉。随着奥云的动作，他不断试探着这个领域中自己所能控制的能力，心中瞬间充满狂喜。

　　天痕在心中呐喊着：领域，我终于有了属于自己的领域！

第142章
变形金刚

奥云的脑子转得飞快，几次失手使她明白，自己已经身处一种无法控制的局面。虽然天痕似乎就在眼前，但是照现在的样子，自己显然无法攻击到他，既然如此，那就只有以逸待劳。

想到这里，奥云做出了一个令所有观战者大为惊讶的举动。高达十米的大地妖熊在她的控制下，竟然在原地坐了下来，体外的黄色光芒收敛了一些，那淡淡的金光显得亮眼了几分。

她已经将防御力提升到了极限，心中暗道：臭小子，你来吧，看你能不能破得了我的防御。别被我抓住机会，只要你动作慢一点，让我找到你真正的方位，你就死定了。领域是最消耗能力的，我倒要看看，你能坚持多长时间。

主席台上，奥恺赞道："好，好怪异的领域能力。不过，云妹的应变能力也不错，以不变应万变，这才是土系异能者应该有的风范。夜欢，你要多学着点。"回到天平球后，他已经正式收夜欢为嫡传弟子。

奥云没动，天痕也没动。确实，虽然他扳回了被动挨打的劣势局面，但是拿奥云没有任何办法，除非发动天魔变，否则，就算他同时使用两种异能，也没有把握破除奥云的防御。

天痕心中暗想：如果我能拥有光速该多好，唯快不破。要是能拥有光速，我就可以在瞬间用出虚空十三破，凭借十三重叠加的能力，怎么也能破除对方的防御。但是，现在显然没有那个机会。

看着悠闲坐在地上的大地妖熊，他的大脑飞快地运转起来。

今天的比试，自己一定要赢。首席圣子，第七长老，这样的身份并不只是依靠天魔变才能拥有。

"天痕，以点破面。还记得刚才的透点攻击吗？我们再试一回，注意你的双手。"因为心之契约的关系，所以星痕充分明白天痕的为难之处，顿时给他提出了最好的应对办法。

银光一闪，天痕突然看到自己双手被一层银色的光芒所覆盖，手指合拢，指尖竟然各自出现了长达一米有余的尖刺，那似乎正是星痕眼睛两边的凤翎！

刹那间，他明白了星痕的意思，身体骤然升空，龙翼完全展开，如同一个银色旋涡般快速地旋转起来。紧接着，他将双掌合拢在头顶，凤翎成为了最尖端的地方。

天痕突然的行动令奥云心生警惕，她猛地站起身，看着面前那如同圆锥状的银色旋涡，凝聚起自己全部的能量。

观战的异能者们都看得出，这一击将成为结束本场比试的最后一击。

天痕将意念融入空间，身体快速地旋转，根本不用看，就可以清晰地感受到奥云的气息。凭借着空间·反向领域的能力，他不断改变着奥云身体周围的空间，使她不敢贸然向自己发起攻击。

"空间·灭魔刺。"天痕给自己的能力想出了一个霸气的名字。

银光骤然收敛，空中，仿佛只剩下了一根修长的银针，光芒一闪，银针已经到了奥云面前，周围的空间完全扭曲了。

大地妖熊的双手不知道什么时候出现了一层厚实的黄色甲胄，随着奥云的一声怒吼，双掌齐出，挡向那尖锐的银针。

银光一闪而过，一片血光出现。

一切都停止了，天痕双翼展开，飘浮在半空中。而奥云此时已经与大地妖熊解除了融合，脸色一片苍白，在她背后的大地妖熊痛苦地咆哮着，它的肩头正不断流淌着鲜血。

"不知道该称呼您阿姨还是奶奶，您太大意了，难道您忘记了这是我的反向空间吗？前就是后，后就是前，前亦是前，后亦是后，一切都由我来掌控。我不得不承认，您与大地妖熊融合后，防御力之强，足以与当初我在火云星上遇到的地火蜥蜴王相比。如果不是反向空间，恐怕我还无法破除您的防御。"天痕的声音很平静，但是话语中充满了对自己能力的信心。

原来，天痕在攻击的瞬间，突然利用领域能力转变了空间的方向。原本是从前方攻击的他突然变到了后面，避开了大地妖熊的双拳，直接从它的肩膀后方掠过，并击中了它的肩头。

奥云摇了摇头，爽朗地道："不用说那么多废话，输了就是输了。你那点小心眼难道我不知道吗？如果不是你的攻击力足够强，你是胜不了我的。大地妖熊是次神级圣兽，它还有另一个名字，叫铁背苍熊，其实它后面的防御比前面还要强得多，前面多一双熊掌并没有占据优势。

"你胜在速度够快，定点攻击力够强。你的圣兽确实不错，如果没有它帮你，你是赢不了我的。好了，谢谢你手下留情，没要了我的老命。姐姐的事，她要愿意找你算账，就让她自己找你好了。"黄光一闪，大地妖熊消失，奥云也紧跟着消失了。

当天痕返回主席台坐下后，他的脸色已经变得苍白，虽然他胜了，但也付出了巨大的代价，体内空间系异能大量消耗。反向领域损耗之大远远超出他的意料，居然占据了能量消耗的百分之六十以上。这才刚两场而已，后面的八场，自己要怎么应付呢？

突然，看台上响起了掌声，开始只有稀疏的几声，渐渐地，掌声变得密集起来，喝彩声响彻整个空中大竞技场。

天痕与奥云一战虽然不如摩尔与希拉那战惊心动魄，但是精彩程度毫不逊色。奥云和她的大地妖熊表面看上去虽然笨拙，但所展现出的确实是绝对强大的实力，除了主席台上的几位审判者和太上长老们，谁敢说能破掉她的防御呢？

但是，天痕做到了，凭借着不及对方的能力做到了。尤其是那神奇的空间·反向领域，更是让在场的众人大开眼界，更加深刻地了解了空间系异能的特性。在获胜的同时，他也已经得到了掌控者们的认可。

一瓶紫色的液体递到天痕面前，彼得道："小伙子，真是不错，你的悟性比你那一向自诩聪明的爷爷还要强上几分。喝了吧，这是以紫幻为主的研究人员研制出来的，能够快速补充你消耗的能量。"

天痕接过瓶子，将其中的紫色液体灌入喉中，道："谢谢您，彼得所长。"

蓝蓝并没有过来，显然是因为彼得要求单独和自己说什么，从他刚才的那句话看，似乎是和紫幻有关的。

一股冰冷的气流从腹中升起，天痕清晰地感觉到，自己的身体似乎变成了一块磁铁，周围的能量分子以平常十倍的速度快速向自己涌来，消耗的空间系异能快速恢复着，就连宇宙气与黑暗系异能也随之受益，不断地提升着能量强度。这不仅是一种恢复药剂，也是最好的修炼药剂啊！

"要谢，你就谢紫幻吧。她是唯一的冰族后裔，这种恢复药是用她的鲜血为引才做成的，圣盟一共也仅有三瓶而已。天痕，我想拜托你一件事。"

天痕道："您说吧，只要是我能做到的。"对于这位将一生都奉献给科研事业的长者，他有着深深的尊敬。

彼得轻叹一声，道："我是看着紫幻这丫头从小长大的，我一直将她当成亲生女儿看待，就像把塞里当成亲生儿子一样。从很小的时候开始，她的性格就很孤僻，我的心都放在研究上，根本没有时间去做一个合格的父亲。后来，当我发现她的性格变化时，已经来不及改变了，除了我，她几乎对所有人都冰封了自己的心。我真的很难过，可以说，是我的失误和冰族血统的遗传造成了这样的情况。

"紫幻从小身体就不好，寒毒一直威胁着她的生命，她几乎没有过上一天快乐的日子。后来，她在你的帮助下解除了生命的威胁。虽然是为了救她的命，但是我能感觉得出，自那次之后，她对你的态度明显和对别人不一样了。

"你知道吗？最近这段时间，准确地说，应该是上次你们从比尔星回来后，紫幻比以前多了几分笑容。我真的很欣慰，我明白，她的心已经逐渐敞开。看到她快乐的样子，作为一个父亲，你能想象我有多么激动。

"天痕，我想，她的快乐有一部分是因为你。我希望看到她更快乐，我并不需要你为她做什么，我只是想，当你去执行光明布置的任务时，将她带在身边，保护她的安全。让她多看看外面的世界，敞开心扉，做一个心理健康的女孩子。"

天痕深深地看着彼得，道："好，我答应你。"

他当然知道自己这个承诺代表着什么，带着紫幻，还要保护她的安全，就意味着给自己增加了负担。但是，他还是答应了彼得，不仅是因为彼得对紫幻的爱，也是因为他心中对身世凄凉的紫幻存有一分怜惜。

彼得有些惊讶地看着天痕："你不需要考虑一下吗？这么快就答复我。"

天痕淡然一笑，道："我早已经将紫幻当成朋友看待，帮助朋友还需要考虑什么？紫幻曾经跟我说过她的身世，我想，她确实应该多得到些快乐。彼得所长，您放心吧，我会尽力帮她。好了，我想，我的下一轮挑战也应该开始了。"

站起身，天痕惊讶地发现，蓝蓝并没有再入场迎敌。罗丝·菲尔站在空中大竞技场中央，直接宣布她与自己正式成为长老，而先前观战的掌控者们没有提出异议。

摩尔走到天痕身旁："你以为真的需要打满十场吗？不要忘记，大家都是圣盟的成员，只要你表现出足够的实力，没有人会难为你。你已经做得很好了，拥有了自己的领域，今后还要多加练习才是。"

"摩尔，把你孙子借我用用，我要带他去看点东西。"彼得从后面冒了出来。现在天痕是摩尔嫡亲孙子的事，圣盟的高层们几乎都已经知道了。

天痕有些惊讶地看向彼得："所长，您要带我去看什么？"

彼得道："我知道你还有很多事要做，但也不急于一时。你们几个都先跟我走吧，我有些东西要给你们看。"他一边说着，一边招呼蓝蓝、风远、夜欢，以及赤烟四人。

天痕心中一动，向彼得问道："所长，是不是上次我请您帮忙制造的战舰已经成型了？"

彼得嘿嘿一笑，道："没那么快，不过也差不多了，这次就是让你们先去看看。不但你有，他们四个也都各自有一艘，只不过，他们的战舰是依照那地火蜥蜴外皮的构造炼制的合金铸造的。总体上看，比你那地火蜥蜴皮也差不了多少，重要部位同样用剩余的地火蜥蜴皮包住了。经过我的提炼，现在那地火蜥蜴皮的质地比以前更加坚韧。走吧，难道你们不想看看自己未来的座驾吗？"

听了这话，天痕不禁兴趣大增，彼得毕竟是研究所所长，他亲自出马研制出来的东西又怎么可能不好呢？

光明等几位审判者此时也没工夫顾及他们，包括摩尔在内，纷纷飞到大竞技场中与所属同系的掌控者们相聚，他们要开始行动了。

告别了几位审判者，天痕几人怀着兴奋的心情跟随彼得回到了天平球之中。他们没有一刻耽搁，乘坐音速电梯，直接来到了天平球地下深处的研究所中。

"天痕，你们来啦。"惊喜的声音响起，比原来似乎又胖了一些的塞里迎了上来。

"塞里大哥，最近还好吗？"天痕微笑着迎了上去。

塞里笑道："当然好了。你不知道，我最近又研究出几种新药品，正在做实验呢。你身体够强，有机会帮我试试药怎么样？"

天痕吓了一跳，苦笑道："还是不要了吧。你那些药的副作用那么强，我的身体实在是承受不起。"

塞里有些尴尬地道："也没那么严重，副作用虽然会有，但功效也是非常强的。"

彼得道："塞里最近研究出来的几种药不错，有机会你们都可以试试。待会儿看完那些东西，你们每个人带上一些，说不定在关键时刻能起到作用。"

听彼得这么一说，众人对塞里研制出的新药的信心不禁多了一些，在两人的带领下，向研究所深处走去。

一边走着，塞里一边神秘兮兮地从怀中掏出一个玻璃瓶塞给天痕，嘿嘿笑道："这是我最得意的作品，你留着用吧。这是在以前那种体力药的基础上研制出来的，可以在短时间内激发出身体全部的潜能，使用者将进入狂暴状态，发挥出百分之一百五的实力，持续时间达到一个小时之久，遇到危险时用来逃命是不错的。"

天痕接过药瓶，道："那副作用是什么？"

塞里挠了挠头，道："副作用稍微大了点，使用后，一天之内，全部能力归零。不过你的身体经过改造，应该多少还能剩点能力。总体来说，比以前那体力药的效果要好，至少不会降低异能等级，用的时候谨慎一些就好。"

天痕心中一动，塞里研制出的这种药确实不错，虽然副作用明显，但是在关键时刻定能起到不错的效果。

聊着聊着，他们来到了地下三层一个最大的实验场。

宽阔的广场中央有五个高达百米的巨大物体，每一个上面都覆盖着一层淡淡的乌光，让人无法从外面窥视到其真容。

"就是这些了。"彼得抬头看着面前这些庞然大物，眼中不禁流露出自豪，"天痕，正中的那个就是你的。其余的，你们可以根据颜色分辨出自己的座驾。"

天痕愣了一下，看着面前这个巨大的物体，疑惑地道："彼得所长，这是战舰吗？怎么这么高？难道是火箭不成？"

彼得嘿嘿一笑，道："当然不是了，你们看。"

他一边说着，一边拍了拍手。光芒一闪，覆盖在那五个物体上的乌光同时消失了。顿时，整个实验广场散发出五彩的光芒，那分别是白、红、蓝、黄、青五色光芒。

天痕五人看到眼前的情形都不禁张大了嘴，因为他们看到的，竟然是五个巨型机器人。是的，分明就是机器人。每一个机器人身上都覆盖着坚实的金属铠，看上去如同巨大的战士一般，即使是当初在阿拉姆司神殿中见到的金甲战士，也远没有这五个巨大的钢铁战士看上去威风。

这五个巨大机器人的外表看上去有很大的相似之处，但细节处又有明显的不同。天痕的目光落在正中央那个白色的机器人身上，那战士身上的铠甲竟然同自己天魔变后所穿的紫晶天魔铠有七分相像，只不过在手臂和大腿处多了些如同战机机翼一般的装置。机器人巨大的身体闪烁着淡淡的白色光芒，仔细看去，可以辨别出上面有一层若隐若现的纹路。

天痕的记忆力很好，那纹路与地火神龙坚韧的皮相似，难道说，彼得将地火神龙皮用什么东西处理后变成了现在的样子吗？

天痕五人的目光各自落在与自己异能颜色相同的机器人身上，心中虽然都有不解，但是看着这威势逼人的巨型机器人，都不禁兴奋得想要去操纵。

"太威风了，这简直太威风了！"风远一脸陶醉，冲向身前不远处的青色机器人。

就在他距离机器人还有十米之时，青光骤然大亮。风远只觉得全身剧烈地一震，被一股庞大的力量震得反弹而回，落在地面时还不禁踉跄着后退了几步。

彼得没好气地道："急什么？这些还都只是半成品，智能操作系统还没有装，隐形涂层和各种电子以及武器系统也没有配好。让你们来，只是让你们先有个印象而已。"

天痕心中的兴奋并不比风远少，只不过他还比较理智，问道："彼得所长，这些机器人看上去虽然很威风，但是不知道实用性怎么样。难道就这样飞出去吗？不符合动力学原理吧，恐怕速度达不到很快。"

彼得瞪了他一眼，傲然道："我设计出来的东西会那么差劲吗？我之所以按照人的身体结构设计这些机器人，是为了让它们可以完全按照你们的操控来行动，使你们在使用它们时，可以凭借着自己的异能将这些机器人的能力完全发挥出来，达到如臂使指的程度。只要你们的实力能够达到审判者级别，即使面对一艘神级战舰，未必就会吃亏。

"这五个机器人几乎用上了我多年来所研究出的所有科技，尤其是晶体放射学原理。每一个机器人除了外部装甲以外，内部设置全部是由最珍贵的放射性晶体构成的。这些放射性晶体完全是根据你们的能力配置的，单是这些晶体的价值，就可以与一个神级舰艇编队媲美了。我敢说，放眼整个银河联盟，绝没有人能做出同样的东西。真是不识货，哼！"

晶体放射学原理是彼得所长发现的，天痕自然不知道其中奥秘，赶忙赔笑道："彼得所长，您别生气嘛。我丝毫没有怀疑您的意思，只是想知道这些机器人到底有什么好处。"

彼得嘿嘿一笑，道："好处可大了。利用纯净的晶体释放出的辐射能量，只需通过你们的异能引导，就能释放出强大的防护罩和攻击力。只要应用得好，你们的能力几乎可以数以倍计地增强释放。这虽然不同于你们的异能，但是攻击力之强，绝对远超现在普遍使用的离子超能炮。

"这次光明给了我很大的支持，在这五个机器人身上下了血本，耗费了研究所足足十年的研究经费啊！其中妙处，等东西完全造好后，就需要你们自己去体会了。

"在你们离开前，我会给你们每个人的生物电脑输入一个模拟程序。有空的时候，你们就使用模拟程序来练习操纵，希望当这五个宝贝完全造好时，你们能熟练地应用它。为了让你们几个长长见识，就让你们先看一下这五个机器人与普通战舰的不同，看仔细了。"

彼得说完，手中不知道什么时候多了一个仪器。他随手按了一下仪器的一个按钮，奇异的一幕出现了。

随着悦耳的金属声音响起，五个机器人都做出了类似的动作，沉肩收背，金属臂向身前合拢，双腿从两旁挑起，改站立为匍匐。

天痕五人只觉得眼前一花，之前的机器人消失了，呈现在他们面前的，赫然是五艘流线型的战舰，外观比罗丝·菲尔、摩尔他们的那些战舰要大一些，但流线型更加合理、优美，确实是真正的战舰啊！

赤烟惊讶地道："这，这样也行？"

彼得得意地道："怎么不行？我早就有这个想法了，只是苦于找不到合适的材料。要不就不做，要做就做到最好，这是我一生中最得意的研究。我给这五个宝贝统一起了个名字，就叫做——变形金刚。"

"好名字，太形象了！"天痕赞叹道。

彼得挺起胸膛，道："这个名字来源于远古时期地球的一个动画片中，可惜现在已经找不到相应的资料了，否则对照一下，或许我能做出更好的东西。

不过，这些宝贝升级的潜力很大，等交到你们手里时，肯定比现在更好。你们可以给自己的座驾起一个名字。"

风远眼睛一亮，雀跃道："我的就叫神风号，和我的宝贝圣兽一样。"

赤烟道："那我的就叫火影号。"

夜欢微笑道："我的就叫吞噬号吧。小东西不就是土系吞噬兽吗？"

蓝蓝与天痕对视一眼，道："我的叫水神号。"

天痕没有犹豫，直接道："我的就叫星痕号。"

话刚一出口，不知道什么时候从沉睡中清醒过来的地火神龙不满地道："这些机器上都有我的皮，应该叫地火神龙号才对。"

天痕用意念向地火神龙道："得了吧你，我又不是火系异能者，而且你的名字那么长。还是算了。"

"没错，就叫星痕号。天痕，我真是太爱你了。"与地火神龙明显不同，星痕非常高兴，显然很满意属于天痕的变形金刚的这个新名字。

离开研究所时，众人多了一个伙伴，正是紫幻。紫幻依旧同以前一样，冷冰冰的脸色给人以不易亲近的感觉，但天痕发现，她的眼神已经变了，变得比以前柔和了许多。

回到休息的地方，众人还没有完全从见到变形金刚的兴奋中走出来，那奇异的变形金刚带给他们强烈的精神冲击，他们都希望能早一些驾驶这高科技的结晶。

其他人都去休息了，蓝蓝在天痕的房间中。两人依偎着坐在沙发上，天痕似乎在想着什么，而蓝蓝则满足地享受着这片刻的宁谧。

她发现，自己在与天痕确立关系以后，对他的依恋越来越强了。尤其是那次天痕舍身相救后，自己心中就只剩下他的身影，一个肯为自己付出生命的爱人，是多么可贵啊！

突然间，蓝蓝有些害怕，怕天痕会离开自己。

天痕突然抬起头，眼中闪过一道冷光。蓝蓝明显感觉到天痕身上的肌肉绷紧了一下，不禁问道："痕，你怎么了？"

天痕道："蓝蓝，有些人也该让你见见了，他们才是真正属于我的力量。"他一边说着，一边摊开自己的右掌，白色的生物电脑光芒闪烁，发出了联络的信号。

蓝蓝有些疑惑地问道："属于你自己的力量？那是什么？"

天痕轻叹一声，道："记得我的黑暗系异能吧？当初我跟你说过，我要成为真正的黑暗之主。现在，原本的黑暗三大势力中，黑暗祭祀已经为我所用，而他们就是银河联盟中四大家族之一的若西家族。虽然罗迦已经去了，但她手下的黑暗祭祀长老们还是受我的差遣。蓝蓝，我知道你对黑暗势力没有什么好感，但是，这些才是真正属于我的势力。"

蓝蓝心头一震，眼中流露出思索的光芒："痕，你不是在玩火自焚吧？"

天痕摇了摇头，道："相信我的判断。黑暗势力自有它的法则。"

联络成功，生物电脑中投射出一片模糊的光影，光影渐渐清晰，孤超苍老的面庞出现在影像中："伟大的黑暗之主，您好。"

天痕与孤超联系，并不怕被监听，他们用的是若西家族一个秘密频段。

天痕向孤超点了点头，道："上次我让你查的事情怎么样了？"

回到地球后，天痕一直在思考一个问题，孤超所说的恶魔族会不会与阿拉姆司所说的恶魔族有什么联系呢？经过初步的判断后，他否定了自己这个想法，那毕竟是完全不同的两种生物。

如果孤超所说的恶魔族就是史前那群消灭了生命能智慧生物和精神能智慧生物的恶魔，又怎么会被银河联盟灭族呢？两者根本就不在一个档次。同为恶魔，却是不同的阶层。

第143章
★★★
德库拉十三世

孤超点了点头，道："经过我手下的仔细调查，已经有了一些线索。不久前，我们的人发现在冥教的一个分部联络点曾经有陌生人出现，但他们向我汇报后不久，陌生人就都消失了。虽然还不能肯定，但是我想，作为现在最大的黑暗势力，冥教的嫌疑很大。对不起，黑暗之主，我能查到的只有这些了。"

天痕点了点头，道："这已经足够了，据我所得到的线索来看，那自称为撒旦的家伙很有可能与冥教有关系。从现在开始，你将所有情报力量全部用来调查冥教，定要查到冥教总部所在，同时，让所有黑暗祭祀长老在飞鸟星待命，听候我的差遣。"

孤超恭敬地道："如您所愿，伟大的黑暗之主，我已经派人开始调查冥教了。不过，这个组织成立的时间虽然远比不上我们原本的黑暗三势力，但是神秘处犹有过之，想查到冥教总部并不容易。"

天痕点了点头，道："你尽量去做就是了。好了，先这样吧。"

切断了联系，天痕将目光转向蓝蓝："你看到了，这就是若西家族的人，大长老孤超。"

蓝蓝淡然一笑，道："看见什么？我什么都没有看见。你不用向我解释什么，如果你会成为新的黑暗之主，那么我就是你的采离。不过，我相信你不会做出对圣盟不利的事。"

天痕又一次向外界发出联络的信号，通过与孤超长老的交流，他深信自己的判断是完全正确的，抓走自己父母和朋友嫌疑最大的，就是冥教。

"主人，您终于联络我了。"黑色的身影出现在模糊的屏幕中。

蓝蓝惊讶地看向天痕，很快她就反应过来："是与你订立了灵魂·奉献之誓的那名吸血鬼吗？"

天痕轻轻地点了点头，眼中光芒闪烁："梅丽丝，我交代你的事情怎么样了？"

梅丽丝的声音显得很疲倦："对不起，主人，德库拉家族出事了。"

天痕眼中光芒瞬间收敛，追问道："出了什么事？你呢？你现在怎么样？"

屏幕渐渐清晰了一些，梅丽丝的脸色显得更加苍白了："我现在还没事，不过，一个月后，我将接受质询，甚至是审判。"

天痕眉头大皱，道："为什么会这样？你得到了血皇留下的力量，加上你自身的能力，应该已经达到了黑暗系审判者的境界，德库拉家族中还有谁能够与你对抗呢？"

梅丽丝道："本来我也是这么认为的，但就在我以为自己即将成功时，族里却出现了极大的变故，新的血皇出现了，不，准确地说，应该是老血皇出现了，他在最短的时间内，得到了族中所有大公爵的认可。"

"老血皇？那是谁？"天痕隐隐感觉到，梅丽丝现在的处境很不妙。

梅丽丝道："是德库拉十三世，准确地说，他的辈分比原本的血皇还要高上三辈，拥有近两千年的生命。主人，我们德库拉家族的实力强弱与年纪大小有很大的关系，年纪越大，修炼的年头越长，修为就会越强大，像德库拉十三世这样接近两千岁，血继力量最纯正的王者，实力已经不是我所能想象的。

"在与他争斗之时，仅仅三分钟，我的能力就被他封印了。他的黑暗系异能已经达到了炉火纯青的地步，我估计，他很有可能已经突破了八十一级的境界。看他的样子，恐怕是要将所有黑暗势力归拢于自己手中，等我们德库拉家族自身的事情处理完后，恐怕就是他对外扩张之时。"

刚说到这里，梅丽丝与天痕之间的联络突然中断了，影像变得一片模糊，连声音也无法听到。

"梅丽丝，梅丽丝，你现在在哪里？"天痕焦急地说出心中最大的疑问。但是，联络已经中断，显然是囚禁梅丽丝的人发现了他们之间的联系。

原本天痕以为自己已经掌握了大部分的黑暗势力，但是这德库拉十三世的出现完全打乱了他的部署，他不但没从梅丽丝口中得到关于父母的消息，还得知她本人陷入了囹圄。

该怎么办？以梅丽丝的实力都只能坚持三分钟，那自己能与德库拉十三世对抗吗？答案是否定的。依照梅丽丝所说，就算这德库拉十三世没有突破到守望者境界，实力也不会逊色于光明大长老。可是，自己怎么能看着梅丽丝受苦呢？可又不知道她身在何处。

对，还有灵魂之间的联系。以梅丽丝现在的能力，就算关押她的地方有足够强的重力，也无法阻挡她与自己之间的灵魂联系，利用这个灵魂联系，自己一定能够找到她所在的位置。

想到这里，天痕立刻将精神力完全集中，凭借着灵魂·奉献之誓中的联系向梅丽丝发出了呼唤。

最好的办法自然是直接将梅丽丝召唤到自己身边，但很快，天痕就发现这是不可能的。虽然灵魂的联系依旧存在，但是联系十分微弱，显然梅丽丝所在之地与自己距离非常远。银河联盟拥有一千七百多颗星球啊！只有一个模糊的方位，让自己怎么找？根本不可能在一个月的时间内寻找到梅丽丝的下落，宇宙中的变数很大，时间上已经来不及了。

蓝蓝看着天痕焦急的样子，道："怎么会出现这种情况？我们要不要先向光明爷爷汇报一下？"

天痕摇了摇头，坚定地道："不，先不能告诉光明大长老。蓝蓝，梅丽丝形势危急，我一定要想办法先将她救出来，而且要赶在那些掳走我父母的家伙联系我之前。

"如果将这件事告诉光明大长老，他一定不会允许我去的。我现在就走，明天这个时候你再向他汇报吧。"

蓝蓝微怒，道："你这是什么话？我们不是说好了，不论你去哪里都要带上我吗？你现在根本就没有把握能救出梅丽丝，带上我，希望总是会大一些。"

天痕苦笑道："我现在确实没把握，就连能否找到梅丽丝所处的位置我都不知道，又怎么能带你去冒险呢？蓝蓝，听话，你留下来吧。"

蓝蓝脸色突然变得温和了许多，道："痕，带我一起去吧。你不是想看看阿拉姆司都给了我什么样的能力吗？这一次，说不定你就有机会看到了。他给我的能力非常特殊，就算对方实力比咱们强大，凭借你的天魔变和我那似乎与异空间有关的水神之力，我们也有很大机会可以成功。"

"异空间。"天痕眼睛一亮，想到了一个找到梅丽丝最简单的方法。

灵感正是来源于当初运输舰在异空间破裂后，自己的那一段异空间旅行。那一次旅行，不但大幅度地提高了他的异能，同时也让他对异空间有了一定的认识。

"蓝蓝，我有办法了，只不过，这个办法实在太危险。一个不小心，我们很有可能会迷失在异空间。从理论上来说，这个办法是可以实现的，而且很有可能会让我们的能力有所提升。"

蓝蓝惊喜道："那还等什么？究竟是什么办法？"

天痕仔细想了想，道："但是，这个办法实在太危险了，我……"

"别说了，梅丽丝现在的情况那么危急，不论是什么办法，我们总要试一下。"

天痕笑了，眼中亮起如同繁星一般璀璨的光芒："虽然这个办法很危险，但是我有七成的把握会成功，这次行动的契机就在于梅丽丝与我之间的灵魂联系。自从接受了罗迦的部分灵魂之力以后，我对灵魂的感知已经非常强了，这就使我可以每时每刻与梅丽丝保持联系。"

蓝蓝似乎想到了什么，但又不敢确定："你的意思是……"

天痕点了点头，道："不错，我就是那个意思。蓝蓝，我们走吧，希望能以最快的速度赶回来。"

说完，他眼中突然亮起两团蓝色的火焰，举起自己的左手，向身前划去。

房间中，出现了一层幽蓝色的暗影，一颗蓝色六芒星出现在地面中央。

天痕沉声喝道："灵魂附着！"

他左手一挥，一团蓝色火焰飘然而出，悬浮在蓝色六芒星的正上方，聚而不散。

"风远，你干什么呢？"天痕冷静地用生物电脑联络上了自己的好兄弟。

"老大，是你吗？找我干什么？我和夜欢正准备去游个泳，放松放松。这几天咱们不是就要行动了吗？忙里偷闲，你不会怪我吧。嘿嘿嘿嘿。"

"放松一下也好。你告诉其他人，这几天大家就好好放松一下。我要和蓝蓝一起闭关修炼几天，没有我的允许，谁也不要进入我的房间，以免导致我们修炼的时候走火入魔。"

"知道了，老大。这几天估计也没人顾得上你，几位长老都忙着与那些掌控者讨论什么事，已经让他们都住进了研究所，你修炼你的吧。"

"好，就这样。"

天痕中断了与风远之间的联系，向蓝蓝点了点头，道："已经没问题了，我们走吧。"

蓝蓝道："现在去哪里？"

天痕道："去运输站，凭我们自身的能力还不足以跨入异空间，只有借助外力了。"

"啪！"

梅丽丝的身体被一股大力带起，重重地撞击在附着重力结界的墙壁上，缓缓滑落在地。一缕鲜红的血丝顺着嘴角流淌而下，她眼中充满了怨毒，盯着面前身材瘦长的男子。

那名男子看上去有接近两米高，身体完全包裹在黑色的斗篷中，衣领高高竖起，苍白的脸色呈现出病态，暗红色的短发梳理得异常整齐，英俊的面庞显得有些扭曲，右手把玩着一枚紫色的戒指，用怪异而阴冷的声音道："没想到啊！梅丽丝，你身上还带着通信器，说，刚才是和谁在联系？"

说完，那紫色的戒指已经在他指尖冒出的黑色光芒中化为了齑粉。

"里德，你不要以为得到了德库拉十三世的宠信就可以在我面前耀武扬威，难道你忘记不久前你卑躬屈膝的样子了吗？想从我这里知道什么？哼，你别妄想了。"梅丽丝眼中充满了恨意，看着面前这和自己同是吸血鬼公爵的里德。

"啧啧。梅丽丝，你算什么东西，也敢和我相比？有伟大的德库拉十三世血皇大人在，已经容不得你再嚣张了。你不是很得意吗？如果我猜得不错，一定是你暗害了原来的血皇和两位亲王大人，不知道用什么方法得到了血皇的力量。如果你肯将这个方法告诉我，我倒是可以让你过得舒服一些。"

梅丽丝不屑地哼了一声："这就是你的目的吗？做梦！"

里德脸色一变，右手一招，将毫无抵抗之力的梅丽丝吸到自己身前，抓住她的头发："美，真是很美，不愧是咱们德库拉家族第一美女。不过，听说你这几年转性了，似乎对那方面已经不太感兴趣。不过，我对你可是很感兴趣啊！"

"你敢！"梅丽丝双眸喷火，但眼中已经流露出了惊恐。

里德嘿嘿一笑，道："你现在是我手里的羔羊，我有什么不敢的？那会儿你不是很得意吗？还要做新血皇，让我们都向你臣服。现在我倒要看看，是我臣服于你，还是你臣服于我。"

里德手中黑光一闪，在梅丽丝的尖叫中，她的衣服已经化为了灰烬。

里德眼中亮起灼热的火焰："小梅梅，只要破了你体内的黑暗闭灵结界，再以灵魂摄取之法，还怕你不手到擒来吗？哈哈哈哈哈。"

在笑声中，里德的手抓向了梅丽丝。

"啊——"忽然里德一把丢开梅丽丝，痛苦地尖叫起来。他那只抓向梅丽丝的手，不知道为什么，竟然燃烧起了一团紫色的火焰，只是顷刻间，整只手掌就消失了。

一个充满威严的低沉的声音响起："是谁赋予你权利动她的？难道你不知道，德库拉家族每一个子民都属于我，伟大而高贵的德库拉十三世吗？"

房间的阴影处，一个高大的身影走了出来，猩红色的披风包裹着他的身体。光芒一闪，一只坚实有力的大手抓住了里德的脖子，这只大手的食指戴着当初天痕给梅丽丝的黑暗之戒。

这个人如同刀削一般的苍老面容上有着一道道皱纹，出奇的是，这些皱纹却并不给人一种丑陋的感觉，相反，满是皱纹的苍老面容上流露出一丝邪异的魅力。他那双眼睛是黑色的，但似乎没有眼珠，完全是由黑色雾气凝结而成的。

里德的身体在德库拉十三世的大手作用下缓缓离地，剧烈地颤抖着，眼中充满了惊恐和乞怜，可惜，他现在已经无法说话了。

德库拉十三世淡淡地道："杀死你，就像捏死一只蚂蚁那么简单。但是，杀了你，会弄脏我高贵的手。这是第一次，也是最后一次，如果再有任何违背我命令的行动，地狱魔火燃烧的部位将会从手变成你的身体。滚吧！"

黑色雾气骤然散发，在德库拉十三世的威压下，里德竟然现出了蝙蝠本体。他在空中不稳地飞着，用最快的速度离开了这个房间。

德库拉十三世转身面向梅丽丝，右手一挥，一层黑色雾气笼罩在梅丽丝身上，将她从地上拽了起来，这层黑色雾气也暂时成为她的衣服。

红色的光芒亮起，在房间正中央，也就是德库拉十三世的背后，一把完全由能量形成的椅子出现了。他缓缓坐下，淡然道："我想，是该我们好好谈谈的时候了。梅丽丝，你说是吗？"

"谢谢你，德库拉十三世。"虽然梅丽丝对德库拉十三世没有一丝好感，但是对方毕竟救了她。她的呼吸有些不匀，勉强站在那里，眼中流露着不屈的光芒。

德库拉十三世仿佛要看穿梅丽丝的心思一般，眼中的黑色雾气变得浓郁了许多："梅丽丝，你知道为什么我没有杀你吗？"

梅丽丝摇了摇头，道："我不知道，估计是因为我对你还有些用处吧。"

德库拉十三世点了点头，道："不错，你对我还有用。我之所以离开潜修的地方，重新回到族中，是为了挽救我们德库拉家族。我不能眼睁睁地看着家族毁在你们手中。"

梅丽丝不屑地哼了一声，道："不用说得那么伟大，以前血皇在的时候你为什么不回来？当初家族臣服于黑暗之主末世的时候你为什么不回来？"

德库拉十三世眼中光芒一闪，梅丽丝只觉得一股无法抵御的力量传入体内，冰冷的寒流瞬间袭遍全身。她惨叫一声，顿时摔倒在地。

德库拉十三世冷然道："我不喜欢别人歪曲我的意思。小丫头，如果不是看在你还有一定能力的分上，我早把你毁了。当初，我之所以没有回到家族，是因为我正在与血继病毒抗衡。那是你无法理解的痛苦，在那种情况下，我根本不可能做什么。"

"血继病毒？"梅丽丝的声音显得有些沙哑，体内的寒流如同来时一样，毫无预兆地消失了，但她已经无法再站起身。

血继病毒是什么她当然知道。对于吸血鬼来说，生命几乎是无尽的，但是并不代表吸血鬼就不会死。血继带给了吸血鬼力量，同时，也带给了他们足以致命的病毒。

当这种病毒经过若干年的变异后，随时都有可能爆发，一旦爆发，吸血鬼将没有任何抵抗的能力。血统越纯正的吸血鬼，血继病毒发作时越剧烈。梅丽丝还是第一次听说，竟然有吸血鬼凭借自己的力量抗衡了病毒爆发时的痛苦。

"很奇怪是吗？"德库拉十三世的声音多了几分苍老，"你现在是不会明白那种感觉的，未来，如果你也需要与血继病毒抗衡，你就会明白那是一种什么样的感受。经过病毒的洗礼，连我自己都很奇怪，自己竟然还活着。从那以后，我对世间已经再没有了任何欲望。如果不是血皇和两个亲王的死，我是不会再出现的。

"但是，现在却不行，我不能眼睁睁地看着伟大的德库拉家族毁在你手上，被你带领着又臣服于他人。现在，你有两个选择：一个是选择臣服于我，以灵魂·臣服之誓臣服；另一个是接受三天后的审判。我已经没有耐心再等下去了，今天，你必须给我一个答复。"

梅丽丝哼了一声，勉强支撑着自己的身体站了起来。

"呸！"她向一旁吐了口带血的口水，"这就是我给你的答复。"

德库拉十三世皱眉道："丫头，你自身的能力不差，根骨也好。家族培养你成长，赋予你能力，难道你就不后悔对家族的背叛吗？"

梅丽丝突然尖声大笑起来："后悔？德库拉十三世，你认为灵魂·奉献之誓有后悔的可能吗？我这一生早已经奉献给了我的主人。别再多费唇舌了，要审判，你就审判好了。

"不过，有一点我要告诉你，我梅丽丝所做的任何一件事都没有背叛家族。当年，新任的灵魂祭祀曾经拿出老灵魂祭祀留下的东西给血皇和黑暗议长看，那是一个预言，我所做的一切都是根据预言的指点而为。"

"预言吗？我从不相信那些虚无缥缈的东西，我只相信自己所看到的一切。梅丽丝，灵魂·奉献之誓已经将你推上了不归之路，我很遗憾，三天后的审判，我将完全剥夺你的能力。"

黑色光芒大放，雾气弥漫而出，当浓厚的雾气逐渐消失时，德库拉十三世已经失去了踪迹。

梅丽丝再也坚持不住，摔倒在地，凄然地自语道："主人，你可千万不要来啊！梅丽丝死不要紧，你不能有事。"

梅丽丝嘴上虽然这样说着，心里却清晰地感觉到，那与自己灵魂相连的气息已经开始向自己接近了。

　　三天的时间很快过去了。三天内，梅丽丝不断重复着一件事，那就是用自己的灵魂不断发出危险的信号，警告那不断接近的气息。但是，她的举动都是无用的，那气息没有一丝退缩的意思。

　　这时，门打开了，两名吸血鬼伯爵出现在门口："梅丽丝，跟我们走吧。"

　　梅丽丝站起身，三天的时间，她的力气恢复了一些。她有些蹒跚地走去，两名吸血鬼伯爵见状，便去拉她的手臂，却被她用力地甩开了，她傲然道："我自己会走。"

　　不知道为什么，即将面临审判，她却有一种解脱的感觉，她巴不得自己的生命早些结束，也好中断与那个灵魂的牵绊。

　　黑暗的大殿坐落于地底深处，上首那巨大的椅子上，德库拉十三世平静地坐着。下方两旁，一共十名德库拉大公爵战战兢兢地保持着安静，谁也不敢发出哪怕一丝声音。

　　"今天，将对企图颠覆家族的大公爵梅丽丝进行审判，你们有什么意见吗？"德库拉十三世淡然问道。

　　十名德库拉大公爵面面相觑，都摇了摇头。

　　德库拉十三世眼中流露出不满的光芒，哼了一声，道："怪不得德库拉家族在你们手里逐渐没落，都是一群应声虫，不但没有足够的能力，连心性都如此不堪。"

　　"梅丽丝带到。"只见黑暗大殿的门打开，梅丽丝一步步走了进来。

　　德库拉十三世应声抬头，目光灼灼地盯着她。

　　梅丽丝蹒跚地走到大殿正中央，毫不示弱地盯着德库拉十三世。

"你还有什么要说的？梅丽丝，我可以给你最后一次机会。"德库拉十三世眼中流露出惋惜。

在德库拉家族现在的情况下，他确实希望能有一个实力足以辅助自己的人，梅丽丝无疑是最好的人选，但是灵魂·奉献之誓已经将这个可能完全消除了，即使强大如他，也无法打破这个誓言。

梅丽丝显得很坦然："我没什么要说的了。德库拉十三世，我只想告诉你，别妄图从我身上得到什么，我给自己所下的封印是与灵魂相连的。你可以剥夺我的能力，剥夺我的生命，但绝不可能从我身上得到什么。"

一旁的里德愤怒地道："死不悔改。伟大的德库拉十三世，请宣判她死刑吧！"

德库拉十三世眼中寒光一闪："我需要你来教我怎么做吗？"

里德吓得全身一颤，噤若寒蝉。

德库拉十三世目光转向梅丽丝，道："你现在还有一个最后的机会，告诉我你的主人在哪里，告诉我他是什么人，我可以饶你一命。你放心，虽然我无法打破你们之间的灵魂·奉献之誓，但是可保你不会受到誓言的影响而毁灭。"

梅丽丝淡然一笑，凄美的面容露出坚定的神色："梅丽丝与主人是一体的。我说过，你不用妄图从我身上得到什么，审判吧。德库拉十三世，希望你不要带领我们德库拉家族走向毁灭。你心里应该明白，老灵魂祭祀临死前的预言几乎没有失败过。能带领黑暗系异能者发展下去的，是我的主人，而不是你。"

德库拉十三世哈哈大笑起来："是吗？说实话，我倒不急着审判你了，就算剥夺了你的能力，我也不会让你死。如果你的主人真有你说得那么伟大，或许，他会来救你吧。我倒想看看，他有什么魅力，竟然能够让我们德库拉家族第一美女如此忠诚。

"在我心中，银河联盟只有一个对手，那就是圣盟的光明。至于你的主人，我想，或许我会让灵魂·奉献之誓同样出现在他身上。"

梅丽丝有些惶恐地怒吼道："不，为什么不杀我？你不是要审判吗？你不是说我要将家族带向毁灭吗？杀了我，你杀了我吧！"

看着状若疯狂的梅丽丝，德库拉十三世得意地笑了："是的，我要对你进行审判，但是，你想死可没那么容易。黑暗·剥夺领域！"

光芒一闪，原本黑暗的大殿突然被紫色填满，梅丽丝全身剧震，在她脚下，一颗紫色的六芒星出现了。

紫光大放，将梅丽丝的身体完全笼罩在内。在一阵痉挛中，她惊讶地发现，自己达到审判者级别的能力竟然完全恢复了。有了力量，她自然不会任由对方宰割，开始拼命地挣扎。但是，那紫色的光芒异常坚韧，不论她如何努力，都无法摆脱紫光的束缚，身体始终无法离开紫色六芒星的范围。

第144章
两次天魔变

德库拉十三世淡然道："你的能力已经不错了，我处在你这个年纪的时候，远远不能与你相比。可惜，你违背了家族的意愿，我只能对你进行审判。我，以伟大的德库拉家族的名义，以德库拉十三世的名义宣布，大公爵梅丽丝，将被永远地剥夺黑暗能力。血皇传承的力量，你必须交出来。"

德库拉十三世大手一挥，那紫色的光芒变得更加亮眼了。梅丽丝清晰地感觉到，自己的力量正在被那紫色光芒不断地吸扯、分离着，她胸前出现了一个红色的光点。随着力量的逐渐流失，那红色光点变得越来越强烈了。

梅丽丝惊恐地发现，自己已经完全失去了对身体的控制权，只能眼睁睁地看着身前那个红色的光点不断地放大。在这一刻，她突然想到了许多，曾经发生的一切，一幕幕在脑海中回放着。

第一次见到天痕时，他还只是能力弱小的异能者，是末世的意念拯救了他，也使自己立下了灵魂·奉献之誓。随着时间的推移，在誓言的作用下，自己只能向他屈服。他的能力以惊人的速度提升着，自己与他之间有着灵魂的触碰，他的身影在自己心中变得越来越清晰。

梅丽丝永远也无法忘记天痕带给她的心境改变和灵魂救赎。

感受着能力的不断流失，梅丽丝停止了无谓的挣扎，在她脑海中，只有那清晰的影像和那英俊的面庞。

她在内心深处呼唤着：主人啊！梅丽丝恐怕要走了，永远地走了。你不要来，不要想起我，就当我是你心中的回忆吧。

在绝望之中，梅丽丝的灵魂突然变得异常强大，德库拉十三世可以封印她的能力，封印她的肉体，却绝对无法封印她的灵魂。通过灵魂契约，她心中的执念清晰地传了出去，传递给了灵魂连接的另一个灵魂。

"不，只要我还活着，就没有人能伤害你。"熟悉而低沉的声音突然在黑暗大殿中响起。光芒骤然大放，黑色的裂缝毫无预兆地出现在大殿半空中，紫色的身影如同闪电一般冲了出来。吸血鬼大公爵们只觉得眼前一花，那有巨大羽翼的紫色身影就已经来到了德库拉十三世面前。

"虚空十三破！"毫无保留的，完全状态的虚空十三破爆发了。

在这一刹那，德库拉十三世突然恐惧地发现，自己竟然闻到了死亡的气息。那接近光速的冲击，带着残影瞬间形成了无比庞大的力量，如同山岳一般向自己的身体压来。

"轰轰轰轰轰轰轰轰轰轰轰轰轰！"

十三声密集的轰响几乎同时传来，时间在这一刻似乎静止了，围绕着梅丽丝的紫色光芒消失了，力量重新回到了她身上。

在庞大的力量作用下，整个大殿竟然完全变成了齑粉，冲击力瞬间向外延伸。

天光出现在上方，所有的德库拉大公爵虽然全力抵挡，但是在那强大到无法抵御的冲击力的作用下，他们都被抛到空中，口吐鲜血。

刹那间，十名德库拉大公爵都现出了蝙蝠本体，只有这样，他们才能保住性命。

两道紫光冲天而起，原本的黑暗大殿已经成了一个巨大的深坑。它原本是处于地底千米深处的，但现在已经连通到了星球表面，完全形成了一个直径超过三千米的巨大深坑。如此大的深坑形成，却没有一丝烟尘产生，因为庞大的力量已经使泥土与石头都汽化了。

天痕这一击，是他有生以来发出的攻击力最强大的一击，梅丽丝透过灵魂绝望的呼唤，激发了他全部潜能。经过三天在异空间的旅行，他以天魔变吸收着异空间的能量，异能已经提升到了四十六级。

当初天痕想到的方法很简单，就是通过异空间，直接找到梅丽丝所在的方位。他先凭借自己与梅丽丝灵魂契约的作用，找到准确的位置，再从异空间脱离。

这一次与上次有很大的不同，上次，他完全迷失在了异空间之中，而这次，有了准确的目标，连他自己也不知道在异空间中达到了什么样的速度。他来了，在梅丽丝最危急的关头，赶到了德库拉家族的总部。

就在他准备破开空间，拯救梅丽丝时，他听到了灵魂的呼唤。空速星痕的能力使他将自己的状态调整到了最佳，通过施展天魔变，他已经拥有了接近七十级异能者的力量。

回到正常空间，天痕没有任何犹豫地冲向了德库拉十三世，因为他知道，只有打退这接近八十一级的黑暗系异能高手，自己等人才有活着离开的可能。但是，连他自己也没想到，虚空十三破的完全形态竟然有这么大的威力，他已经尽量将能量收束在德库拉十三世身体周围，但反击之力依然如此惊人。

巨大的深坑中，两个紫色身影同时向后飞，天痕的身体已经从天魔变中解除了，全力发出的虚空十三破已经耗尽了他所有的能力。

天痕没有任何犹豫地将塞里给他的药丢进口中，虽然药已经并不能使他拥有百分之一百五的能力，但凭借不断激发的潜力，还是使他的力量飞快地恢复着。

蓝色光芒包裹着梅丽丝的身体，蓝蓝一只手拉着梅丽丝，另一只手幻化出一层水蓝色的光幕，挡住了天痕的身体。

天痕不断地喘息着，但他的目光没有离开德库拉十三世，他心中庆幸自己并没有来迟，感受着因为药剂而提升的力量，随时准备施展下一击。

此时，天痕清晰地看到德库拉十三世一脸惊怒的神情，一丝鲜血挂在他的嘴角，以虚空十三破全力爆发的能力，竟然也只是令他受轻伤而已。

"主人，你怎么还是来了？你们快走，我能挡他几分钟。"梅丽丝松开蓝蓝的手，飞到天痕身旁，她的力量虽然恢复了，但是一时间还无法达到最佳状态。

天痕温柔地一笑，道："你最后说的话我全都听到了，既然我们已经来了，又怎么能抛下你呢？放心吧，只要我还活着，就绝不允许任何人伤害你。"

他一边说着，一边快速打开自己的空间袋，将黑暗圣剑扔给了梅丽丝，同时取出了黑暗面具戴上。

那十名大公爵都在先前的碰撞中受了重伤，此时早已经不知道飞到哪里去了。一时间，天痕、蓝蓝、梅丽丝三人与德库拉十三世形成了对峙的局面。

德库拉十三世身体一晃，下一刻已经出现在天痕三人面前百米处，他用左手食指擦掉嘴角的鲜血，淡然道："已经有上千年没有谁能令我受伤了。不愧是梅丽丝效忠的人，果然有点能力，但是我很奇怪，为什么你的能力只是昙花一现呢？

"我闭关数百年，没想到人间竟然出现了这么多高手。好，好，我也已经多年没有活动过筋骨了，今天，就看我能不能将你们三个都留在这里。黑暗圣剑与光明的悲哀吗？我正需要这两样东西，拿来吧。"

巨大的吸扯力突然出现，梅丽丝首当其冲，全身剧烈地一震，手中的黑暗圣剑险些飞出。她全力提升自己的能力，身体顿时被一团血红色的光芒包裹。

"审判者每相差一级，能力相差很多，更何况，我是八十级的黑暗系审判者。你挣扎是没有任何作用的。"德库拉十三世的双眼突然变成了白色的，先前天痕对他造成的伤害已经完全被他压了下去，他右手猛地一招。

即便在梅丽丝的全力保护下，她手中的黑暗圣剑还是脱手飞出，向德库拉十三世飞去。

天痕心中大惊，没想到德库拉十三世的实力竟然恐怖到了如此程度。他将黑暗圣剑给梅丽丝是想增强她的实力，但没想到反被德库拉十三世利用，一旦黑暗圣剑到了德库拉十三世手中，再加上黑暗之戒，恐怕自己三人今天没有一个能离开这里了。

天痕一咬牙，猛地冲了出去，刚想利用自己两种能力攻击时，却牵动了体内沸腾的气血，"哇"的一声，喷出一口鲜血，身体在空中一滞。

蓝色的波纹骤然出现，柔和的光芒挡住了黑暗圣剑的去路。蓝光一闪，在牵引中，黑暗圣剑重新回到了梅丽丝手中，而那优美的蓝色身影却已经飘飞到了最前方。

德库拉十三世眼中流露出一丝惊愕："能破了我的领域吸附，小丫头，不简单啊！没想到圣盟还有这么年轻的高手。怪不得黑暗势力会逐渐衰败，圣盟的发展确实快了些。"

蓝蓝神情凝重，缓缓抬起手，喝道："阿拉姆司神杖！"

白光一闪，长度超过两米的阿拉姆司神杖出现在她手中，蓝蓝的气质瞬间改变，白色代替了蓝色，围绕在她身体周围，神圣的水之气息围绕着她的身体。虽然在异空间中她不能像天痕那样吸收其中的能量，但是在天痕的帮助下，她加快了对阿拉姆司传承之力的吸收速度。

德库拉十三世眉头微皱："阿拉姆司神杖？那是什么？"身体一闪，他已经来到了蓝蓝身前，一指向她胸前点去。

太快了，蓝蓝根本没有动手的时间，白色光芒瞬间席卷，一圈光芒从德库拉十三世的指尖亮起。蓝蓝闷哼一声，喷出一口鲜血，飞身而退，而德库拉十三世身上却缠绕了一圈白色的光芒。

黑气弥漫，白光消失，德库拉十三世更加惊讶了："好纯净的水之力，小丫头，今天留你不得。"

整个空间突然似乎完全被封闭了一般，头顶上的天光消失了，周围陷入一片黑暗。德库拉十三世全身散发出异常邪恶的气息，白色的双眸看上去是那么诡异。又是领域之力，不过是与先前限制梅丽丝时完全不同的领域之力。

天痕突然清晰地感觉到，自己心中似乎有一丝悸动，不知道什么东西被这黑暗的气息所牵引。他伸手拉起梅丽丝飞到蓝蓝旁边，不断凝聚着自身的能量。

德库拉十三世的身体突然如同烟雾一般飘了过来，巨大的压迫力从四面八方而来，将天痕三人的气息完全压制，甚至连他们的异能也无法发挥出应有的能力。三人发动了攻击，黑暗圣剑，天痕的拳加上蓝蓝的阿拉姆司神杖同时命中了德库拉十三世那如同烟雾一般的身体。

那竟然不是实体，他们的攻击全部落空了。刹那间，他们清晰地感觉到身体剧震，三人同时喷血，向后倒飞而出。面对八十级的黑暗系异能者，他们竟然没有丝毫抵挡的能力。

德库拉十三世的身影再次出现，挥出一拳向天痕砸去。只要解决了天痕，在灵魂·奉献之誓的作用下，梅丽丝也就完了。

"地火，不想死你就给我出来！"天痕怒吼一声，右拳骤然向前一挥。

如他所愿，灼热的气流骤然而生，伴随着龙吟声，形成一个巨大的暗红色旋涡，迎上了德库拉十三世的身影。

德库拉十三世的身影消散了。

天痕虽然躲过了一击，但是他心中生出一种乏力的感觉。他很清楚，地火神龙的能量虽然强大，但与面前这几乎快两千岁的老蝙蝠相比，还是有一定差距的。

"好笑，真是好笑。在我这黑暗·永生领域中，我是永远不死的。"

天痕也想用出自己领悟不久的领域，但是，在黑暗之中，他丝毫感受不到空间的变化。

蓝蓝全身被白色的光芒包裹，嘴里似乎念叨着什么，身体一动不动。在死亡的威胁下，她似乎进入了沉睡的状态。

德库拉十三世的身影骤然出现，不断发动攻击。天痕和梅丽丝忙于应付，只能守护在蓝蓝身边。地火神龙的能量确实很强大，一次又一次逼退了黑暗中的身影。

"天痕，这样不行，必须破了他的领域，否则，我的能量一旦消耗干净，大家都要完蛋。"地火神龙完全苏醒了，感受到德库拉十三世的强大，它心中也充满了恐惧。

天痕叹息道："没想到我的力量在真正的强者面前竟然如此渺小。现在只能寄希望于他的领域不能维持到你的能量耗尽，那样，我们至少有逃生的希望。"

天痕一拳砸出，暗红色的能量弥漫，再次逼退了德库拉十三世。

地火神龙道："但是，他的能量如此强大，想完全消耗掉几乎是不可能的。达到他这样的境界，自身恢复是非常快速的，而且，这个领域似乎不但限制着咱们，也在不断吸收着外界的黑暗系能量元素。"

天痕道："那你有什么办法能破除他的领域吗？"由于先前使用了完全状态的虚空十三破，他的身体现在完全依靠星痕和药物的作用支持着。

地火神龙苦笑道："只能看你那朋友的阿拉姆司神力有什么好效果了。没想到你们人类中竟然还有如此强大的存在，你来这里真不是个明智的抉择。"

"你少废话，就算死在这里，我也绝不后悔。如果连自己的朋友都不能保护，活着还有什么意思？"天痕急躁的心情突然平复下来，他能感觉到，蓝蓝正在使用一种特殊的能力。而他现在要做的，就是在这种能力使用出来前，保护好蓝蓝和梅丽丝。

本来，达到审判者级别的梅丽丝是不应该这么弱的，但是，由于德库拉十三世在心理上对她施压，再加上这个黑暗·永生领域的作用，因此她的能力根本发挥不出三成。现在能依靠的，只有自己了。死又何妨？保护她们是自己的职责。

黑色的身影再一次接近了，天痕摸出塞里给他的药瓶，一股脑儿将所有的药丸都倒入了口中。他相信，虽然药物并不会产生叠加的作用，但是一次吃这么多，至少自己可以恢复到最佳状态，那样就已经足够了。

地火神龙的能量再一次击退了黑色的身影，德库拉十三世似乎也察觉到了不对劲，冷声道："不和你们玩儿了，你们还没有资格成为我的对手，化为黑暗的尘埃吧。地——狱——魔——炎——波——"

黑暗气息骤然升起，天痕眼前出现了一点紫色的光芒，如同火焰般燃烧，但是火焰在集聚。刹那间，他明白了德库拉十三世在做什么，那分明是将地狱魔火压缩后的攻击啊！

"空——间——爆——破——"撕裂的声音骤然从天痕身体周围响起，借助星痕的力量，他拼尽全力撕开了身体周围的空间，那是同时用出的六个大次元斩所产生的威力。

但是，黑暗·永生领域的确不愧为黑暗系异能顶级领域，如此强大的撕扯力，也只能暂时将天痕身体周围的空间撕开。不过这对于他来说，已经足够了。

药物的作用产生了，天痕清晰地感觉到，自己全身充满了力量。趁着空间被撕裂的瞬间，他愤怒地高喊着："天——魔——变——"

是的，又是天魔变。他不惜过度消耗自己的潜能，凭借着药物的效果，又一次用出了天魔变。

天痕不是没有想过同时使用两种黑暗圣器，但地火神龙的忠告时刻提醒着他，一旦使用黑暗圣器，能将德库拉十三世杀死还好，若是失手，不但自己没有反抗的能力，恐怕很有可能还会被黑暗吞噬自己的心。那必将把自己带入无尽的黑暗，结果将更为悲惨，蓝蓝和梅丽丝的命运更是自己无法把握的。

天魔变是唯一的办法，到了现在这个时候，也只有拼一把了。

紫色的光芒围绕着天痕的身体，庞大的天魔变之力瞬间提升到了巅峰状态，他一往无前地迎上了冲击而来的地狱魔炎波。

天痕没有选择使用虚空十三破，因为那毕竟太消耗能量了，蓝蓝不知道还需要多长时间，一旦德库拉十三世再次发动攻击，他将如何抵挡？

"破——龙——斩——"

天痕将双手合并在头顶，依旧感觉到自己的力量在不断地激增，大量服药的效果不断显现出来。药力疯狂弥补着先前天魔变所消耗的能量，那紫色的气息仿佛要冲体而出，巨大的紫色光刃飘然而出，迎上了那迅速接近的地狱魔炎波。

"你疯了吗？你挡不住的！"地火神龙大急之下，也顾不上保存实力，红光骤然大放，给紫色破龙斩镶上了一层火焰。

天痕清晰地感觉到，冰冷的气流如同细针一般不断刺着自己每一寸肌肤。当那冰冷的细针进入体内后，立刻变为狂暴的灼热之气，席卷着自己的身体。地狱魔火在德库拉十三世手中发挥出来的威力截然不同。

天痕一向自诩强大的防御力在这地狱魔火强烈的腐蚀下竟然没有丝毫作用，虽然他的攻击加上地火神龙的庞大能量抵挡住了绝大多数的攻击力，但是此时他的紫晶天魔铠已经变得千疮百孔，整个身体都被地狱魔火疯狂地腐蚀着。

天魔力对纯净而霸道的地狱魔火竟然没有任何抵挡之力，那狂暴的灼热之气不断侵袭着天痕的身体，剧烈的疼痛令他不禁怒吼出声，生命力不断地流逝。

就在这危急关头，天痕的身体突然陷入了平静之中。天魔变消失了，他的双眼变得漆黑，一股庞大的邪恶之气骤然释放，先前还无法抵御的地狱魔火竟然被完全逼出。

德库拉十三世显得很惊讶："没想到你小子还有这么强的黑暗气息。好，我现在更想将你的灵魂摄取后收入麾下了。"

天痕此时已经陷入了半昏迷状态，但他可以清晰地听到德库拉十三世说的话，也能够清晰地感觉到，另一股意念占据了自己的身体，而这股意念的来源，正是自己丹田深处那紫色的太阳。精神的极度虚弱已经令他无法思考，一切只能顺其自然。

苍老的声音从天痕口中发出："竟然是黑暗的永生结界，这是我当初最喜欢用的能力之一，没想到在人类之中竟然还有这样强大的存在。"

梅丽丝吃惊地看着天痕，飘身到他身旁："主人，你，你这是怎么了？"

苍老的声音再次响起："我不是你的主人，我与你一样，都与他有着灵魂·奉献之誓。现在他的精神已经极度虚弱，一切暂时由我来控制。你需要做的，就是保护好你自己，其他一切都交给我吧。黑暗永生吗？那么我们就来毁灭吧。黑暗之心，即我之心，邪灵降世，天诛地灭。黑暗·毁灭领域。"

天痕的眼眸变了，变成灰色，灰色的光芒瞬间向外散发。梅丽丝清晰地感觉到异常庞大的死亡气息仿佛要将自己的灵魂抽离身体一般，她赶忙飞扑到蓝蓝身旁，将黑暗系异能展开到极限，保护蓝蓝和自己。幸好那黑暗·毁灭领域似乎有意避开她们，并没有对她们产生过度的影响，而先前德库拉十三世所布置的黑暗·永生领域却已经被完全撑开。

德库拉十三世发出低沉而森冷的笑声："好，好，好，看来，你确实不是那个小子了。没想到他的身体里竟然还潜伏着这样强大的能量，现在，你已经值得与我一战了，看是你的黑暗毁灭厉害，还是我的黑暗永生更强大。记住，我是伟大的德库拉十三世，并不是真正的人类。"

黑色光芒骤然大盛，与天痕身体发出的灰色死亡能量正面对峙。天痕动了，不，应该说是控制着他身体的黑暗之神动了，带着汹涌的灰色气流骤然向前冲。

德库拉十三世也动了，先前那虚无缥缈的身影消失。变回实体的他，背后展开两只巨大的血红色翅膀，迎上了天痕的攻击。

密集的声响传来，奇异的是，并没有巨大的爆破力，不论是黑暗之神还是德库拉十三世，他们的身体都达到了极为强健的地步。黑暗能力达到他们这样的程度，已经无法分辨出强弱了。

如果黑暗之神恢复了自身的全部能力，德库拉十三世绝不是它的对手，但现在它距离恢复全部能力还差得远。当初，它在天痕的帮助下将地狱魔龙的能量完全吞噬，但那股能量毕竟太强大了，需要很长时间才能吸收，所以黑暗之神陷入了沉睡之中。

经过这一年多的时间，黑暗之神吸收地狱魔龙能量的速度比想象中要快，尤其是上次在阿拉姆司神殿时，阿拉姆司最后对天痕的能量进行压缩时，它也大为受益，使地狱魔龙的能量能更快地被吸收入体内。

就在先前，德库拉十三世的地狱魔火侵入天痕体内之时，黑暗之神从沉睡中惊醒了。它清晰地感觉到，如果自己再不醒来，脱离吸收地狱魔龙能量的修炼状态，那么天痕的身体必将受到无法修复的伤害。

天痕的身体此时就相当于它的身体，它又怎么能让这种情况出现呢？它立刻从沉睡中清醒过来，一边用能量弥补着天痕被药物过度开发的身体，一边对上了德库拉十三世的攻击。

凭借这一年多以来吸收的地狱魔龙能量，黑暗之神的能力已经恢复到自己最佳状态时的五成，这五成显然不足以用来战胜德库拉十三世，但是，它已经能够与德库拉十三世成为同一级别的对手。二者的相互攻击顿时形成了势均力敌的局面，能量相互抵消，没有丝毫逸出。

此时德库拉十三世也在暗暗叫苦，虽然明明感觉到对手的实力不如自己，但是在黑暗·毁灭领域的影响下，他的黑暗·永生领域根本无法发挥出应有的效果。

天痕最初出现时，以全部力量爆发为代价，毫无保留地用出了虚空十三破，那毕竟是接近七十级异能者爆发的全部力量啊！再加上虚空十三破的叠加所产生的威力，德库拉十三世所受的伤远不如表面显现的轻。

随着时间的推移，先前天痕对德库拉十三世造成的创伤开始渐渐发作。

天魔变的能量是结合了黑暗、空间以及宇宙气三种能力的混合体，虽然德库拉十三世的黑暗系异能强大，但是一时间也无法化解，体内经脉不断传来的疼痛使他变得更加焦躁了。然而，他越想尽快解决面前被黑暗之神附体的天痕，对方的攻击却越紧密，根本不给他反攻的机会。

让德库拉十三世放弃吗？他实在不甘心，如果让对方就这么当着自己的面将梅丽丝救走，那自己的脸往哪里放？

第145章
水神的力量

"以阿拉姆司的名义，水之神圣，以我之心为源泉，以我之力为后盾，以我的神念为光明的指引，响起吧，水神的呜咽。"蓝蓝终于完成了能量的聚集，手中阿拉姆司神杖高举，白色的光芒骤然迸放，如同太阳一般耀眼，一圈圈白色的光芒不断向外散发。

不论是黑暗之神的黑暗·毁灭领域还是德库拉十三世的黑暗·永生领域，都在那白色光芒的笼罩中如同冰雪般消融着。

光芒笼罩着巨大的深坑，那柔和的光芒所指之处，回荡着低沉的轻吟声，看似柔和的光芒，对黑暗之神和德库拉十三世都产生了巨大的影响。

二者互对一掌，同时向远处飘去，闪避着白色光芒带来的神圣气息。他们所布下的领域在水神的呜咽中荡然无存，天光重新降临，给巨大的黑暗深坑带来了勃勃生机。

蓝蓝的双眼完全变成了金色的，身上的衣裙不知道什么时候已经变成了白色的战裙。娜雪的气息围绕着她的身体不断旋转着，手中阿拉姆司神杖向前一指，洁净的白色光柱骤然出现，直奔德库拉十三世而去。

面对这柔和的光芒，德库拉十三世竟然露出恐惧的神情，不敢硬接，飞身而起，向上方飘退。红色的光芒出现在他手臂上，他发动了黑暗之戒强大的防御力。

蓝蓝如同天籁般的声音再次响起："以阿拉姆司的名义召唤你，金奴，出现吧。"

阿拉姆司神杖迸射出一道金光，身高超过五十米的巨大金甲战士出现在半空中，瞬间达到光速，金色的半月斩几乎是瞬间横跨长空，斩在了德库拉十三世所用黑暗之戒形成的护盾上。

金光暴射，金甲战士冲了上去。

德库拉十三世突然发出一声凄厉的吼叫："今天暂时放过你们，下次见面，必取你们性命！"

轰然巨响中，金甲战士竟然被德库拉十三世强大的黑暗系异能轰得倒飞出去，黑光在空中接连几闪，消失于茫茫天际。

蓝蓝全身一晃，"哇"的一声，喷出一口鲜血。她所用能力已经超过了自身的负荷，低声道："快走，离开这里。"

金甲战士消失了，黑暗之神双手一圈，将蓝蓝和梅丽丝吸到身边，带着黑暗的气息，瞬间达到光速，冲入异空间中消失不见。

一天后，地球圣盟总部迎来了一位客人，在负责整个天平球防卫的空间系掌控者斐济的带领下，他来到了位于天平球顶部的大长老光明的办公室。

门打开，光明从里面迎了出来，看着面前这体胖如球的中年人，淡然道："什么风竟然将上议长吹到我这里来了？请进。"

上议长似乎没有听出光明言语中的讥讽之意，向光明微微一笑，跟着他走入办公室之中。斐济离去，办公室内只剩下他和光明两人。

光明向上议长做出一个手势："请坐吧，上议长阁下，如果我记得不错，您似乎还是第一次来到天平球。"

上议长胖脸上流露出亲切的笑容："光明大长老，其实我一直都想来拜访您，只不过，您也知道，作为上议院的议长，我的事情太多了。"

光明道："议长阁下到我这里来，想必是有什么重要的事吧，不必绕弯子，请直说吧。或许我能帮上您什么。"

上议长叹息一声，道："我是来请求圣盟帮助的。前几天您去议会向我和下议长说有可能会出现外星生物的事，我们确实不够重视，在这里，我向您道歉。"说完，他站起身，恭敬地向光明弯腰行礼。作为一名政客，能屈能伸一向是最基本的素质。

光明也站了起来，依旧以平淡的语气道："上议长阁下，您不必客气，难道已经有外星生物出现了吗？"

上议长胖脸上流露出一丝苦笑："有没有外星生物现在还无法判断，但是在拉姆星发生了一件非常怪异的事，请看。"

说完，他从怀中掏出一个金属球，按动上面的按钮，一片光幕亮起，清晰的图像呈现在办公室一边的白色墙壁上。那是一个巨大的深坑，四壁很光滑，深不见底，看上去十分诡异。

"这是什么？"光明眼中流露出疑惑，盯着图像，心中猜测着上议长此行真正的目的。

上议长叹息一声，道："您也知道，拉姆星的密度是地球的五倍，整个星球表面五十米下，绝大多数地区都是被厚实而坚硬的岩石所覆盖。这是一个巨大的深坑，直径竟然达到三千米，深度也接近三千米。

"但是，就在两天前，这个深坑还是不存在的。它并不是因为任何自然现象而出现的，拉姆星没有发生类似地震或者火山爆发的事件，而这个巨大的深坑却莫名其妙地出现了。

"我曾经询问过军方的人，他们对我说，即使是神级战舰的主炮，也不可能造成这样的效果，但事实出现在我们面前。最为可怕的是，这变化很有可能是人力造成的，准确地说，应该是某种生物造成的。所以，我来这里是希望能听取你的意见，这是异能者能够达到的力量吗？"

光明虽然心中惊讶，却并没有表露在脸上，淡然一笑，道："您认为，这是我们圣盟中人干的吗？如果您是这么想的话，那么我可以帮您打消这个念头。产生如此巨大的破坏力，在整个圣盟中，或许只有我能够做到，而且我还没有绝对的把握。而您也知道，我并没有离开过地球。"

上议长眉头紧皱："那这么说，您也不知道是谁有这么强大的力量了？会不会是那些黑暗势力？在研究人员经过仔细的探察后发现，那个地区的黑暗气息很浓，但奇异的是，神圣气息同样浓郁，却不是属于光明的神圣气息。光明大长老，如果有时间，能否请您跟我一起去看一看？"

光明摇了摇头，道："对不起，圣盟还有许多事需要我处理，我不能离开地球。至于这个巨大的深坑是如何形成的，现在恐怕没有谁能给您答复。不过，有一点我需要提醒您，上次我与您和下议长所说的话绝不是危言耸听，外星生物真实地存在着，而且可能比我们想象的还要强大。如果议会还顾及整个人类，希望你们能早做准备，增加军费的支出，增强银河联盟整体的军事力量。"

上议长点了点头，道："我会认真考虑您的提议。后续的调查很快会出来，我确实不希望这是外星生物所造成的，但为了整个人类着想，我一定会有所准备。我相信，如果如您所言，真的有外星生物危害人类，作为人类的守护者，圣盟一定会站出来帮助我们的，您说是吗？"

光明淡然道："这不需要说，只要做就足够了。您手下的情报部门足够强大，应该知道，圣盟已经在行动。"

上议长走到光明身前，看着比自己足足高了一头的圣盟领导者，诚挚地道："我代表整个人类感谢圣盟的付出。回去后，我会发布议长令，命财务部门调拨部分资金给圣盟。如果您还有什么需要，随时可以找我，我定会尽量满足圣盟的需要。感谢您的招待，我想，我要走了。"

说完，墙壁上的影像消失了，他将手中的金属球放在光明的办公桌上，这才转身向外走去。

光明亲自将上议长送出了办公室。斐济在门外守候着，在他的指引下，上议长上了音速电梯。

光明将办公室的门关好，随手一弹，先前那墙壁上出现天平球外面的影像。在众多保镖的护卫下，上议长已经登上了他的翔车。

"你们都出来吧。"光明道。

蓝、白两个身影出现在办公室中，两人毫不客气地坐在柔软的沙发上，正是罗丝·菲尔和摩尔。

摩尔道："光明老大，你怎么看？这肥猪来找你，定然没安什么好心。"

光明眼中光芒大放："当然，如果不是遇到了议会无法解决的问题，他又怎么会纡尊降贵，来我这里呢？看来，那巨大的黑色深坑带给了他不小的打击。"

他一边说着，一边拿起上议长留下的金属球，重新将那段黑色深坑的影像放了出来："你们怎么看这个深坑的形成？"

摩尔道："还用看吗？这分明是类似于异能的力量形成的破坏。从深坑墙壁的情况可以看出，应该是遭遇了强大腐蚀力的冲击，而这种腐蚀，百分之八十是由黑暗系异能造成的。

"而且，你们看，这个深坑呈圆形，周围的墙壁被腐蚀的程度极为相近，纹路平整。整个深坑上窄下宽，应该不是从上面向下轰击，而是直接在内部爆发的。按照理论推断，这应该是两名异能高手在对攻时散发出的能量余波形成的。"

罗丝·菲尔皱了皱眉，道："你的分析虽然有道理，但正如刚才光明老大所说，能制造出这么大的效果，只有他才能做到。就算咱们两个联手，恐怕也未必能形成如此深坑。而且，你也说了，这应该是能量冲击的余波造成的，仅是余波就已经达到了如此程度，可见其能力之强。我真想象不出，在黑暗势力中，还有谁能够拥有这样的实力。"

光明脸色突然一变，猛地转过身看向摩尔和罗丝·菲尔，沉声道："难道是他，是他又重新出现了吗？"

罗丝·菲尔和摩尔的身体也是同时一震，他们当然知道光明指的是谁。

摩尔摇了摇头，道："应该不会吧。虽然末世不是什么好东西，但是他一生从无虚言，当初发下的誓言，他一定会遵守。我相信，他绝不会重临人间，何况，采离师姐也不会允许他这么做。"

听到采离这个名字，光明眼中流露出复杂的情感，叹息道："是啊！看来是我以小人之心度君子之腹了。末世是不会重新出现的。但这又是谁呢？黑暗三大势力中，据天痕所言，灵魂祭祀和血皇都已经死了，只剩下一个黑暗议长，他不可能有这么强大的能力。要知道，拉姆星的密度是地球的五倍，仅是攻击的余波就造成如此深坑，我实在想不出是谁了。"

摩尔嘿嘿一笑，道："正因为想不出是谁干的，所以上议长那肥猪才会来这里找你，并主动示好。看来，他已经认可外星生物有可能出现的说法了，否则绝不会调配资金给我们。看他那意思，即使我们多要一些矿物资源，他也不会吝啬。"

罗丝·菲尔没好气地道："他又没安什么好心，无非是有外星生物出现的时候，先让我们冲上去做炮灰。"

光明眼中流露出一丝冷厉的光芒："罗丝，同样的话我不希望再听到。不论议会如何，我们圣盟的宗旨就是保护人类，就算议会不提供任何东西给我们，当人类面临危机的时候，圣盟永远都会冲在最前面的。"

罗丝·菲尔低下头："对不起，我只是一时义愤。"

光明想了想，道："与议会之间的关系缓和是好事。罗丝，我让你整理的资料弄得怎么样了？"

罗丝·菲尔道："已经整理好了，包括天痕所说关于外星生物的事，我已经传给了风霜·比尔，那老奸巨滑的家伙，自然明白该做什么。"

光明点了点头，道："那就好。摩尔，我想，你也应该带着月和星去一趟立顿家族了，想必你也有很多年没有拜访过你的老丈人了吧？"

摩尔自然明白光明的意思，道："我想顺便带着天痕一起去，情报部门的工作暂时交给希拉。"

"天痕吗？他确实应该跟你去，只不过，他养父母的事到现在都没有解决，我怕他没有做其他事的心情。我听风远说，这几天他正在闭关修炼中，你先去准备些礼物吧，出发前问问他的想法。

"你这次去立顿家族不但代表你自己，同时也代表我们圣盟，可不能太寒酸了。上议长既然主动向我们示好，我想试试给他些压力，如果天痕的父母和朋友是他派人抓的，只要能放回来，别的我也懒得计较。"

两天后，光芒一闪，幽蓝色的房间里多了三个人，他们都显得异常疲倦。幽蓝色的光芒消失了，一男二女瘫倒在地上，不断地喘息着。

"梅丽丝，你没事吧？"蓝蓝的声音显得很虚弱，使用了阿拉姆司赋予的神降术，她的能量消耗太大了，这三天的异空间旅行完全靠黑暗之神和梅丽丝的力量才勉强坚持了下来。天痕临走时布下的灵魂烙印起了巨大的作用，这才能让他们及时返回。

梅丽丝喘息着道："我还好，异空间真是一个梦幻般的地方，幸亏主人给了我血皇的传承，否则还真的承受不起那撕裂般的能量。"

黑暗之神苍老的声音响起："我要继续沉睡了，天痕即将清醒。这三天我已经尽全力保护他的身体，他吃的那些药物的副作用已经被我化解，但是，我好不容易积蓄的能量消耗了大半。

"看来，就算我将那条地狱魔龙完全消化，恐怕也只能恢复五成的力量了。你们以后一定要多劝说他，不要再让自己身处这样的危险境地了。他需要好好休息，至少五天不要动用异能，那些破药的副作用也太大了，以后还是不吃的好。"

黑暗气息完全收敛，天痕双眸中那妖异的黑色消失了，取而代之的，是迷茫。他全身酸软，躺在地上，胸口不断地起伏着。

其实，不但黑暗之神的能力被大幅削弱了，地火神龙的损失更大，它的能量被天痕使用后，足足损失了三成，加上那次对抗战舰时的消耗，此时它已经进入了虚弱状态。要不是阿拉姆司上一次帮它将能量变得更为浓缩，恐怕它的意识都会因为能量流失过多而遭到破坏。

虽然身体一直被黑暗之神控制着，但是所有发生的事天痕都清晰地看着，他一直都没有反抗黑暗之神对自己身体的控制，黑暗之神不但帮他化解了危机，同时也用强大的黑暗系能量化解了药物的副作用。

经过这三天的异空间旅行，药物的副作用终于被全部消除了，但天痕的身体处于极度虚弱的状态，三种能量几乎被掏空，幸好体内的经脉被黑暗之神修复了。

蓝蓝随手拍出一道蓝色的光芒，温和的能量滋润着天痕的身体。天痕勉强坐直身体，向蓝蓝摆了摆手，道："你的情况比我好不了多少，不用帮我恢复能量了，我们都自行恢复吧。蓝蓝，这次多亏了你的阿拉姆司神力。"

蓝蓝靠在一旁的墙壁上，苦笑道："可惜我的力量太弱了，连神力的十分之一都驾驭不了，否则，单凭阿拉姆司神杖中的十八金奴，就足以击杀那德库拉十三世，但我拼尽全力也只能召唤出一个金奴。现在我才明白八十级的异能者有多么强大，怎么说我们也是三位审判者，却……"

天痕微微一愣，审判者的力量都不足以激发十分之一的神力，这阿拉姆司的力量究竟有多么强大啊？十八金奴估计就是当初所见的十八金甲战士了，强健的身体，光速的攻击，确实可以成为任何异能者最大的威胁。

天痕眼中亮起光芒，道："异空间是个非常适合我修炼的地方。蓝蓝，等我身体好了以后，我想让你和梅丽丝给我护法，我要独自再进入异空间，进行一段时间的修炼。

"我能感觉得到，在异空间中凭借天魔变吸收其中的能量，可以极大地增强我的实力。虽然我隐隐感觉这种吸收是有瓶颈的，但是至少可以让我的能力再上一个台阶。如果我的三种能力都达到审判者的境界，那么，再用天魔变时，或许就能与德库拉十三世那样的强者抗衡了。"

这次虽然他们成功地逃了回来，但天痕深深地明白了自己在能力上的不足之处。即使施展天魔变，他的能力也只能同梅丽丝相比，只有虚空十三破那样特殊的攻击方式才能对德库拉十三世造成一定的伤害，可同蓝蓝的水神之力比起来，还是差得太远。

天痕有自己的想法，魔神殿是他迟早要去的地方，而在去那里之前，必须将能力提升到六十四级以上才有机会。毕竟，那里的最深处是连光明大长老都无法探入的。双系审判者或许可以令他有进入其中的机会。

听了天痕的话，蓝蓝和梅丽丝同时脸色大变。蓝蓝坚定地道："不，你不能去。异空间太危险了，这次虽然我们有定位，但如果不是梅丽丝突然增强的信号适时指引了方向，我们根本无法成功找到她。回来的时候，也是黑暗之神凭借着判断力才找到你留下的这个印记。

"你再入异空间，会遇到什么情况根本无法预判，如果在其中迷失了方向，或者遇到异空间风暴，那我们该怎么办？那个黑暗之神竟然就是娜雪当初所说的在魔幻星上企图毁灭所有其他系圣兽的超神级圣兽，你为什么一直都不告诉我？难道你不明白它有多大的危险性吗？黑暗生物怎么能信任？"

梅丽丝点了点头，道："是啊！主人，异空间中的奥秘到现在也没有人能参透，您可千万不能冒险，提升实力不可急于一时。何况，您现在已经非常强大了，还是循序渐进的好。总有一天，您一定能够成为真正的黑暗之主。"

天痕叹息一声，道："蓝蓝，黑暗之神在异空间中已经将我与它之间的事都告诉你了。一直以来我都没说，是不想让你为我担心。正如你所说，这次虽然它救了我们，但它的危险性远在德库拉十三世之上，它虽然现在处于沉睡之中，但是，当有一天它真正地觉醒时，能不能控制住它，我没有一点把握。

"当初在魔幻星的时候，为了能活着出来，我不得不选择与它合作，现在就算后悔也来不及了，灵魂·奉献之誓已经将我们牢牢地拴在一起，只能希望誓约对它有束缚的作用。去异空间修炼的事从长计议吧，我与摩尔老师商量过再说。"

天痕向梅丽丝要回黑暗圣剑并收好，再将黑暗面具拿出来扔给梅丽丝："戴上这个，这里毕竟是圣盟，只有用它才能掩盖住你身上的黑暗气息。没有我的允许，你千万不要离开这个房间。我们先恢复一些体力再说。"

说完，他缓缓闭上了眼睛，平静地吸收着空气中的能量分子补充自身。蓝蓝也已疲倦至极，闭上眼睛，就进入了修炼状态。

梅丽丝的能量虽然消耗不少，但在三人中，她的情况倒是最好的，还有五成左右的能力。她没有立刻进入修炼状态，只是痴痴地看着天痕。

这已经不是天痕第一次救她了，上一次，为了救她，天痕独闯三号基地，性命险些葬送在玄天手上。就是从那时开始，她才完全将自己的心向天痕敞开。

而这次的危险性极大，比上次犹有过之，天痕明知道有八十级的黑暗系异能者在，却义无反顾地来救自己，梅丽丝虽然没有说什么，但是这份舍命相救的恩情深深地烙印在她内心深处。现在她可以说是脱离了家族，她在心中暗暗发誓，一定要用自己的生命来保护主人。

不知道过了多长时间，天痕体内的三色晶体终于又亮了起来，虽然光芒微弱，但是他的能力至少已经恢复了一成。精神的牵引令他从修炼中惊醒，他睁开眼睛，然后听到了敲门声。

"天痕，你还在修炼吗？"熟悉的声音令天痕松了口气，是摩尔。

天痕站起身，活动了一下身体，没有惊动依然在修炼的蓝蓝和梅丽丝，打开门走了出去。

摩尔一看到天痕，不禁吓了一跳："孩子，你的脸色怎么这么差，难道修炼走火入魔了不成？"

说完，他一把拉起天痕的手，当他发现天痕的异能不足一成时，脸色顿时大变，赶忙将自己的大量宇宙气输入天痕体内。

"老师，我没事。只是能量消耗过度而已。"天痕阻止摩尔再输入宇宙气给自己，"您来找我，有事吗？"

摩尔眉头微皱，看着天痕道："你怎么会弄成这个样子？到底发生了什么事？"

感受着摩尔真切的关心，天痕不禁心中一暖，道："老师，咱们去见光明大长老吧，我有很重要的事要告诉你们。"

两人一起来到光明的办公室。光明看到天痕的样子也吓了一跳，但他的能力与天痕相克，并没有试探。不等他询问，天痕便将事情的原委详细地说了一遍。

听完天痕的叙述，摩尔的脸色变得异常难看，怒斥道："你胆子也太大了，竟然敢凭借肉体进行异空间旅行，还孤身面对强达八十级的黑暗系异能者，你不要命了吗？！"

也难怪摩尔会如此生气，他的希望完全寄托在这唯一的孙子身上。他真不敢想象，如果天痕出了什么事，自己会变成什么样子。

天痕低着头，像个犯了错的孩子："对不起，老师。当时的情况根本不允许我多做考虑，如果我告诉你们，你们一定不会让我去的。"

摩尔沉声道："没有下一次。要不是你们运气好，恐怕已经出事了。真没想到，令上议长改变态度的深坑，竟然是你所为。"

光明的脸色比摩尔也好看不了多少："天痕，我明白你当时的心情，但作为圣盟未来的领导者，最基本的一点，你必须保证自己的安全。否则，我又怎么敢将整个圣盟都交给你呢？德库拉十三世吗？有机会倒要会他一会。"

天痕道："德库拉十三世的出现，打乱了我原本的计划。看来，完全控制黑暗三大势力，在他存在的情况下几乎是不可能了。"

光明道："现在这并不是重点，那外星生物恶魔族才是我们最先要对付的。你看看吧，这是今天早上不知道谁送来的东西。"

他一边说着，一边将一个金属球丢给天痕。天痕接过金属球，低头看去，认出是全息影像储存器，心中隐隐感到有些不安，赶忙开启了装置。

光芒一闪，清晰的影像呈现在他面前，那是一个黑暗的房间，房间中突然多了几分光亮。天痕清晰地看到，房间中有六个人，皆坐在角落，虽然他们的样子显得很狼狈，脸色都异常苍白，但天痕还是认出了他们，惊呼道："爸、妈、达蒙老师……"

一个阴森的声音从全息影像储存器中响起："天痕，我想你早已经知道了父母消失的事，听说你刚回圣盟不久，特地为你送上这份礼物。他们现在都还好好地活着，但是我不能保证他们能活多久。想要他们平安，就要看你的表现了。

"你一个人，记住，是一个人，到哈木星。等你到了，我会再联系你。如果你带了圣盟的其他人一起来，妄图有所行动，那么，你就别想再见到你的亲友了。"

第146章
姹女夺魂大法

影像消失，光明的办公室陷入一片寂静。天痕右手一用力，全息影像储存器顿时变成了一堆粉末，粉末从指缝中滑落，他猛地转过身，就向外走去。

扭曲的光芒亮起，摩尔挡在天痕身前，怒道："你干什么？"

天痕冷冷地道："老师，您别拦着我，我立刻赶去哈木星。"

摩尔挥手一掌将天痕打了一个趔趄，厉声道："我刚说什么来着？就你现在这德行，去了也只是送死！成大事者，冷静是第一基本要素，这么简单的道理难道你不明白吗？"

他并不想揍天痕，但是，他更不愿意失去天痕。

摩尔的一掌将沉浸在悲痛中的天痕打醒了。天痕黯然道："对不起，老师，我太冲动了。但是，我父母和朋友都在他们手上，我怎么能不去？"

光明道："我们没不让你去。这个全息影像储存器是今天早上送来的，指明让你亲自接收。考虑到最近的情况，我们替你打开了。哈木星一定要去，但是需要从长计议。只有充分地准备好，才能将你的亲人和朋友都救出来，难道你想因为自己的一时冲动，断送你和他们的性命吗？"

天痕点了点头，道："大长老，我听您和老师的。那我们现在该怎么办？"

光明道："本来我准备这两天让摩尔到立顿家族走一趟，但现在我们要先把你的事解决再说。这一次，我们一定要将这个潜藏的毒瘤完全切除，否则，黑暗中总有敌人潜伏着，我们就会一直束手束脚。

"这样，天痕你不用急着走，先把身体恢复了再说，他们不是让你一个人去吗？那你就一个人去。我们会带人悄悄跟去，我教你一个特殊的联络方法，可以在任何情况下与我联系，但你要小心，不能被他们发现。

"当你遇到危险的时候，一切以保护父母和朋友为主，其他一切就交给我们了。我倒要看看，是谁这么大胆，竟然敢动我们圣盟中人。"

天痕吃惊地道："大长老，您要亲自去哈木星吗？那圣盟这边怎么办？"

光明淡然一笑，道："我闭关十年，圣盟不一样正常运转着吗？有罗丝在就足够了。这次不但要救出你的亲人、朋友，我们还要顺藤摸瓜，找到他们的总部。虽然我不愿意造杀孽，但是，既然有人欺到了我们头上，那么，我们必将反击。"

天痕点了点头，道："我明白了，大长老，我现在就回去，尽快恢复能力。其余的一切就靠您了。"

光明大长老既然要亲自出手，天痕心中大定。见识过八十级异能者的能力，他对光明信心十足。

哈木星是一颗中等行政星，属衡南星系，本身并没有什么特点，大小同地球差不多，整体温度比地球要低十摄氏度左右。整颗星球上没有海洋，只有几个巨大的淡水湖，占据了星球百分之四十的面积，环境宜人，很适合人类居住。

整颗星球有两亿三千万人口，由于陆地面积大，因此当地政府大力发展移民政策，鼓励其他星球的人类搬迁到哈木星，或者到哈木星工作。

走出运输站，清新的空气扑面而来，天痕伸展着自己的身体，不急于离开，抬头四顾，观察着周围的动静。经过几天的时间，在彼得所长提供的药物帮助下，他的身体已经完全恢复正常了。

他惦记着父母和达蒙等人的安危，第一时间赶到了哈木星。离开地球时，光明并没有对他多说什么，只是叮嘱他一切小心，见机行事，其他一切都会替他处理好。

天痕心中暗想，既然对方让自己来到哈木星，就一定已经安排好了一切，父母会在这颗星球上吗？他表面轻松，实际上心里万分焦急，巴不得对方赶快联系自己。

天痕内心对这些抓走自己父母的人深恶痛绝，充满了杀机。

正在胡思乱想时，一辆普通的翔车飘飞而来，停在天痕面前。车窗摇下，里面的司机向天痕道："先生，您需要翔车服务吗？"

天痕摇了摇头，道："不了。"他现在都不知道自己该去什么地方，要翔车又有什么用？

那名司机脸色突然一变，低声道："上车！"

冷光从天痕眼中一闪而过，心中暗道，来了。

他登上车，坐在司机旁边的位置。翔车猛然加速，划破长空，向远方而去。

天痕的精神力已经可以当成眼睛来用，他能清晰地感知翔车内部的情况。这辆翔车不大，除了司机以外，只有六个座位，里面布置简单，看上去像是最低等的翔车，但是速度比高档豪华翔车还要快，瞬间就加速到了十倍音速。

司机一言不发，天痕索性也不吭声，既来之则安之，他倒要看看这些人要将自己带到什么地方去。

翔车飞快地行驶着，按照这个速度，翔车几乎可以在几个小时内带天痕到这颗星球的任意一个地方。半个小时后，翔车进入一片山区时，速度慢了下来。那名司机在操作盘上按了几下，翔车周围突然亮起一个防护罩，而前风挡和侧面的玻璃都变成了黑色，将外界的景物完全隔绝。整辆翔车进入了自动行驶状态。

没过多久，天痕惊讶地感觉到翔车突然加速，而在外围防护罩的作用下，自己的精神力已经无法准确地判断出外面的情况了。这是在防备自己吧，可是，突然加速的翔车要带自己去什么地方呢？

翔车内部亮了起来，淡淡的白光使天痕能够清晰地看到翔车中的一切。那名司机相貌极为普通，属于那种放在人群中就找不出来的人。他正看着天痕，脸上挂着虚伪的笑容："天痕先生是吧，欢迎你来到哈木星。"

天痕面无表情地道："欢迎就不用了，你们利用我的父母和朋友威胁我到这里来，有什么目的？就直说吧。"

司机道："我们只是请他们来做客而已，天痕先生不要误会。"

天痕冷笑道："误会？请我父母来做客，就让他们住在那样的地方吗？这就是你们所谓的待客之道？你们已经不止一次向我下手了，那个叫撒旦的家伙是你们的人吧，当初偷袭我们的也是你们吧。如果你做不了主，就叫你们教主来。"

"我们教主才……"说到这里，司机顿时意识到自己说漏了嘴，脸色大变，失声道，"你怎么知道的？"

"若要人不知，除非己莫为。你们的消息灵通，难道我就是吃干饭的吗？现在，可以带我去见你们教主了吧？"天痕已经快压制不住心中的怒火了，体内三种异能蠢蠢欲动。

司机平静下来，冷冷地道："不管你是怎么知道的，你的判断未必就是正确的。这次负责与你谈判的就是我。想让你父母和朋友回到你身边很简单，从现在开始，你必须臣服于我们，一切听从我们的调遣。这样的话，你的父母和朋友才能过上好的生活。"

天痕脸色微微一变,道:"照你的意思,就算我答应你们的条件,你们也不会放了我父母,是吗?"

司机道:"当然,你凭什么让我们相信你?不过,时间不会太长,当你帮助我们颠覆圣盟后,你的父母就会回到你身边。"

天痕身子前倾,抬手锁住司机的咽喉:"告诉我,我的父母和朋友现在在什么地方?我相信,人都是怕死的。"

司机道:"那只是普通人,对于我们这些经过专业训练的高等间谍来说,死并不可怕。为了伟大的大法曼民族,死又何妨?"

天痕眉头微皱:"什么民族?大法曼民族?我管你什么民族,如果你们敢动我父母和朋友一根寒毛,我定让你们十倍、百倍地偿还。"

法曼民族他听说过,据图书馆的资料记载,法曼民族侵略过自己祖先所在的国家,烧杀抢掠无恶不作。

天痕虽然没有经历过那段历史,但对于法曼民族过往的行径深恶痛绝。

一听对方如此嚣张,他的手不禁收紧,令那司机的脸涨得通红。

看着对方阴毒的目光,天痕缓缓放松了手。那司机剧烈地喘息几声,平静地道:"你用不着威胁我,那是没用的。任何手段对我来说都是无效的,你可以杀了我,你的父母和朋友也会有同样的下场。你现在只需要告诉我,接不接受我们的条件。"

天痕哼了一声,道:"好,我同意加入你们,但是,你们必须放了我的家人和朋友。"

司机道:"现在是你求我们,而不是我们求你,先放开你的手。"

天痕松开手,冷冷地注视着司机。司机道:"天痕先生,我们没必要再兜圈子,现在放了你的家人是不可能的。不过,如果你表现得好,对我们有极大的贡献，我们倒可以考虑先放一部分人。这就要看你的表现了。"

天痕道："表现？不看到我的亲友平安，我是不会帮你们做任何事的。就算你们不放他们，至少也应该先让我见见，以确保他们的平安吧。"

司机嘿嘿一笑，道："天痕先生的能力我们很了解，我们不会给你救人的机会。想让他们好好地活着，你就要表现出诚意，你也不用再套我的话，在证明你诚心加入我们的组织前，你不可能见到他们。"

看着面前这油盐不进的司机，天痕不禁有些着急，沉声道："你们不表示一些诚意，我如何相信你们？"

司机道："诚意当然有，不过，首先要看你的诚意。你不用打哈木星的主意，你的家人根本不在这里，这儿只是我们组织的一个分部而已。来吧，我们差不多到了。"

在他说话的同时，翔车的速度开始逐渐变慢，天痕精神力四散，却发现翔车周围完全一片黑暗。

翔车停下，司机带着天痕走了出来。这里似乎是一个洞窟，但周围非常干爽，空气清新，并没有憋闷的感觉。

天痕微微一笑，眼中神光迸射。经历了那么多事，现在的他能努力保持冷静，谨慎地观察着周围。

司机道："天痕先生，请跟我来吧。"说着，他在前面带路。

在司机的带领下，天痕不断深入。很快，眼前一片开阔，一个小型的基地出现在他面前，这里停靠着数十辆样式各异的翔车，周围的布置很简单，只有几十间金属房屋，与他想象中的截然不同。

通过精神力的感知，天痕发现，这个地方至少有三百人隐藏于暗处，虽然那些人也算是修炼体术的高手，但是对自己没有任何威胁。看来，对方是有恃无恐了，上次偷袭自己的撒旦等人应该不在这里。

想到这儿，天痕的心反而沉了下来，既然撒旦他们不在，那么很有可能自己的父母也不在。

司机带着天痕走到一间房屋外，恭敬地在外面道："副教主，人已带到。"

门一开，天痕突觉劲风扑面，但并不是朝自己扑来的。光芒一闪，一只纤细白皙的手印上了那名司机的胸膛。司机惨叫一声，全身剧烈地颤抖了一下，向后跌退几步，扑倒在地，再也没有爬起来。

"擅自泄露组织的秘密，该死！"悦耳的声音响起，一个身材曼妙的女人出现在天痕面前。此女脸色冰冷，看上去二十多岁的样子，身上穿着紧身的黑色制服，一头卷曲的黑发飘散在背后。

天痕淡然地道："何必下杀手呢？我早已经猜到了你们的身份，副教主吗？看来，你在冥教中的地位应该不低。"他当然不会在意那个人的死活，只是想刺激一下面前这个副教主。

副教主神情不变，冷冷地看着天痕，道："天痕先生，请进来吧。"然后她便转身走入了房间。

天痕将精神力外放，随时注意着周围的变化，一边跟着她走入房间，一边通过生物电脑以特殊频段向外发送信号。

房间内不像外面光线那么暗，房顶上散发着淡淡的白光。这个房间有三十平方米大小，看布置就像普通人家，有沙发、桌椅，甚至还有一张看上去很舒适的大床。

整洁的房间中散发着淡淡的清香，副教主做出一个"请"的手势，道："天痕先生，请坐吧。"

天痕一边坐下，一边道："既然你是副教主，应该做得了主。先前在翔车上，我与那名司机的对话你应该都听到了，现在该给我个答复了。放，还是不放？"

副教主脸色不变，道："我叫水银子，你可以称我为银子。放了你的家人和朋友并不难，就要看你如何为我们做事。"

"为你们做事？就凭你？"天痕冷冷地说道，黑暗气息悄然从脚下向房间的角落处蔓延，使房间变得冰冷了几分。他在琢磨面前这个所谓的副教主在冥教究竟地位如何，如果抓了她，是否可以换回亲友呢？

水银子眼中寒光一闪而过："天痕先生，如果你想救回你的父母，最好客气点。"

天痕靠在柔软的沙发上，不屑地道："对于凶狠残暴的人，我一向不知道什么叫客气，我现在这样坐下来和你说话，已经是最客气的表现了。水银子，我与冥教无怨无仇，你们却抓走我的亲友，你觉得我应该用什么态度来面对你呢？"

水银子冷声道："天痕，我警告你，如果你再这样不客气，我随时都可以送上一具尸体，你亲人的尸体。"

天痕的态度似乎软化了一些："那银子小姐想让我怎么与你合作？"

水银子道："很简单，你只需要做一件事就可以了，只要你做了，我就先把你的朋友送回去。至于你父母嘛，暂时不能放。"

天痕打断水银子的话，道："什么事？你说吧。既然我来了，自然有心理准备。"

能救出一个是一个，他想听听，对方到底要让他做什么。

水银子道："和我近距离对视，这就是我的条件。"

天痕心头一震，万万没想到对方会提出这样的条件，不禁皱起眉头："这就是你的条件？这是什么狗屁条件？"

水银子脸色一变："看来你是不想让你的亲人和朋友活命了。"

天痕站了起来，一闪身，来到水银子面前，将脸贴近她的脸，距离近得呼吸可闻。他冷冷地道："好，我奉陪。记住你刚才说的话，对视结束后放了我的朋友。"

第一次距离一个年轻又帅气的男人如此近，水银子心中不禁有些慌乱，白皙的面庞带起一抹桃红色。但是，她还是很快冷静了下来，开始与天痕对视。

突然，一股冷流冲入脑海中，天痕发现自己的脑海中多了一层粉红色的雾气，正与一股蓝色的气流相互纠缠。刹那间，他明白了水银子的阴谋。

虽然他不知道水银子用的是什么能力，但那必然是一种影响神志的能力。两人必须相距很近，水银子才能将这种能力发挥到极限，只要她控制了自己的神志，那目的就达到了。

而脑海中那股蓝色的气流显然是罗迦失去意识的灵魂。这些冥教中人看来还是不够了解自己，用这种控制神志的方法对付自己这个灵魂控制大师，不是在说笑吗？就算没有罗迦的力量，凭借自己的黑暗系异能，也绝不可能被他们控制，既然他们想控制自己，那么索性就随了他们的意。

丹田中的黑暗系异能上行，顷刻间吞噬了粉红色的雾气，天痕刻意控制着自己的目光，使其变得呆滞。

水银子观察着天痕的变化，当她看到天痕的眼神渐渐迷离时，心中顿时一喜。

从小她就在冥教中接受严格的训练，尤其是这妊女夺魂大法，更是重中之重。妊女夺魂大法需要近距离施展，在强大的诱惑力和特殊的功法作用下，可以轻易控制对方的神志，只要每日施展一次，就可以持续控制对方。

水银子并不是唯一修炼妊女夺魂大法的人，当初，她们一共有近千人同时修炼，但在修炼过程中，那些挑选出来的人一个接一个地死去，最后只有三十多人活下来。

她们这些人，每一个都挂着副教主的名头，但其实都只是工具而已。每一个姹女控制的第一个人必是银河联盟中举足轻重的人物，正是靠着这种方法，冥教才能迅速发展起来。

水银子是最后一个姹女，也是将姹女夺魂大法修炼得最好的一个。

冥教教主对天痕非常重视，当初他以一人之力毁灭舰艇编队主舰的强大实力给整个冥教留下了深刻的印象，所以才派水银子前来，希望用这种方法将能力超卓的天痕收服。如此一来，不但可以更好地掌握圣盟高层的秘密，也能使冥教中多出一个超级高手。

第147章
神秘冥教

　　天痕的眼神愈加迷离，水银子看到天痕的样子不禁大喜。要知道，像她这样的姹女，要是能笼络住一个大人物，在冥教中的地位必将大大提升。

　　"你，你坐下。"水银子轻声道。

　　天痕一弯腰，坐了下去，目光呆滞地看着水银子。

　　水银子看着天痕，有些疑惑地自言自语道："按说他应该沉迷于我的美色才对，但看他的样子，怎么好像有些傻了？难道是我的姹女夺魂大法太霸道，毁了他的脑子吗？"

　　她是第一次在真人身上施展这种能力，不能完全确定中招后的人该有什么样的表现。她话音刚落，面前的天痕突然靠近她，喃喃地道："银子，银子……"

　　水银子松了一口气，一把将天痕推开，道："行了，别缠我，以后你一切都要听我的，听见没有？"

　　天痕茫然地点了点头。

　　水银子冷笑一声："从现在开始，你就是我们法曼民族的一员，一切都要以民族利益为重。"

　　她一边说着，一边走到房间一旁，打开一个通信器："教主，任务完成。现在那些人已经没用了，尽快处理吧，省得有变。我再观察天痕几天，就带他回总部。"

她刚说到这里，突然觉得脖子一紧，一股冰冷的气息锁紧她的身体。天痕冰冷的声音在她背后响起："冥教教主，你给我听着，如果你敢动我家人和朋友一根头发，我必灭冥教。想控制我，恐怕没那么容易。"

通信器另一边的人显得有些愤怒："银子，怎么回事？"

水银子想回答，却说不出话来，眼中充满了惊恐。

天痕冷冷地道："冥教教主，姹女夺魂大法对我无效。我父母和朋友在什么地方？如果你还想利用我，就先保证他们的安全。"

本来天痕打算暂时装作被水银子迷住，再跟着水银子打入冥教内部，设法救出父母和朋友，但一听水银子对冥教教主说的话，他就知道自己不能再等了，否则，一旦冥教教主认为天痕的父母和达蒙等人已经失去利用价值，恐怕会立刻杀掉他们。

冥教教主冷冷地道："天痕，你比我们想象中还要狡猾。不受姹女夺魂大法影响，你还是第一人，我佩服你的能力。想见你的父母和朋友吗？那你就等候我的命令吧。现在，你必须听从银子的吩咐。如果你敢有什么不轨的举动，恐怕就要后悔一辈子了。"

通信结束，天痕捏碎了通信器。

他随手一挥，将水银子推到一旁，眼中满是杀意："水银子，我想，你已经没有活下去的必要了。"

水银子惶恐地后退到床边："你……你怎么会……"

天痕不屑地哼了一声："我怎么会不受你那姹女夺魂大法的影响？我想，等到了地狱，或许会有人告诉你。"

水银子没有接受过间谍训练，她的心志并不坚定。

"不，你不能杀我。况且，你父母和朋友还在教主手中，你要是想救他们，就更不能杀我了。"水银子眼神哀怨，凄然地看着天痕。

天痕冷冷地道："如果你先前没有对冥教教主说那句话，或许我还可以留你一命，毕竟你也只是被人利用的工具而已。但是，没想到你的心肠如此歹毒，你以为我还会让一条毒蛇活下来吗？"

天痕一闪身，黑、白两色光芒同时出现在房间中。水银子勉强抬起双手抵抗，但以她的能力，又怎么可能与天痕抗衡呢？光芒一闪，水银子的身体就消失了，在黑暗与空间两种异能的交错中化为尘埃。

天痕抬起右手，天痕用精神力开启生物电脑的联络系统，低声道："此地有变，立刻封锁所有对外信息，信息只能进不能出。"

说完这句话，他一脚将门踹开，走了出去，张口大喝道："都给我滚出来！"

许多身影从黑暗中冲了出来，黑气突现。同时，空中出现三道模糊的身影，骤然向天痕冲来，三道冷冷的光芒以刁钻的角度划向天痕的要害。

天痕骤然迎了上去，三刀几乎同时劈在了他身上，扭曲的光芒一闪，刀光划过，完全没有伤害到天痕。天痕双手一挥："死吧！"

白色光带席卷，那三个人当即丧命。

多日以来，他心中潜藏的恨意终于爆发了。他骤然冲入那些身穿黑色制服的人中，双手一黑一白，两种截然不同的能量同时劈出。巨响中，至少有十个人化为尘埃。愤怒中的天痕宛如魔神一般，他没有再用自身能量发动攻击，异能完全收敛，只有肉体搏杀才能更好地发泄他心中的怒火。

数百名黑衣人从四面八方冲了过来，捉摸不定的身影加上诡异的刀法让天痕想到了书中记载的忍术。忍术吗？那就来吧！

他右手一震，空间系异能凝结成一柄扭曲的长刀，身随刀走，将一名攻向自己的敌人砍死。

天痕的攻击向来没有花哨的招式，完全是力量的对决。面对这些明显弱于自己的敌人，他根本不躲避对方的攻击，只是一刀一刀地与对方对抗。对方破不了他的防御，他的空间刃不断地收割着生命。

"交错斩！"疯狂的怒吼声响起，两道黑影从旁边冲来，速度骤然加快，交错而至，瞬间斩向天痕的身体。

空间刃一竖，"当当"两声轻响，挡下了敌人的攻击，黑色丝线般的能量从天痕背后散发，缠绕向这两名足以威胁到他的敌人。

"砰！砰！"两团烟雾腾起，那两个人突然消失了。

天痕微微一愣，黑衣人已经对他形成合围之势。先前的两名黑衣人毫无预兆地出现在他面前二十米外，其中一人冷冷地道："我们的副教主呢？"

天痕眼中泛着寒光："在地狱，很快你们就能见到她了。"

天痕才懒得和这些人说废话，虽然被数百名高手围攻，但是他没有一丝惧怕。

耀眼的白光向前斩去，两名为首的黑衣人顿时向两旁闪去，但他们的手下就没有那么幸运了。数人被劈中，倒地而亡。

黑衣人被天痕激怒了，全都向他冲去。

冥教教主的判断有些失误，他根本没想到在己方握有人质的情况下，天痕还敢动手，留在这基地中的都是原来的人手。这些修炼忍术的人与普通人相比自然是强大的，但与天痕这样的异能者比，就差得远了。

"天——魔——变——"

紫色气息席卷而出，最先冲到天痕身前的黑衣人立马变成了紫晶雕塑。

"灭！"随着天痕一声怒喝，那紫晶雕塑般的身体顿时变成了齑粉。

"空——间——凝——固——"施展天魔变后，天痕的能力最大限度地提升，四个字从他口中念出。

包括为首的两名黑衣人在内，这些法曼民族人全部被定住。天痕冲了出去，手中空间刃疯狂劈斩，每一次，都会有一个黑衣人倒下。

摩尔告诉他的事，他基本上已经相信了。如果彼得所长的判断没错，那么，他的亲生父母就死在冥教手下。

如此一来，他怎么会留手？

当所有黑衣人从空间凝固中解脱出来时，这黑暗的基地中已经多了很多尸体。

"天痕，够了，收手吧。"光芒照亮基地，数十个身影出现在黑暗之中，正是以圣盟大长老光明为首的异能者。

天痕仿佛没有听到光明的话，紫色的身影骤然加速，两名黑衣人首领就死在了空间刃之下。

光明一把抓住天痕的手，大声喊道："天痕，够了，不要再杀人了。何苦如此呢？"

天痕双目通红："够了吗？不，还不够。光明大长老，您不知道法曼民族的可恶。对不起，这次我要违背您的命令了。"

天魔力骤然大放，他猛地挣脱了光明的手，再一次冲了出去。冥教的杀手一个接一个地倒下。

紫色气流收敛，天痕飞到光明身旁。施展天魔变，消耗了不少能量，但对天痕的影响不是很大，毕竟这些杀手没有一个能够与他抗衡。

光明看了天痕一眼："下面你准备怎么做？"

天痕道："通过与冥教教主简短的几句谈话，我已经用生物电脑的卫星定位系统锁定了他的方位，我想，那应该就是他们的老巢。"他的目标是将这个银河联盟的毒瘤彻底铲除。

光明叹息一声，道："天痕，你须谨记'守心'二字，明白吗？"

天痕道："我没事。对敌人仁慈就是对自己残忍，我不认为自己做错了什么。"

摩尔来到天痕身旁，哈哈大笑："不愧是我的孙子，只要行事有理，爷爷永远支持你。"

圣耀小队成员们看天痕的目光已经不同了。作为大长老光明的直属手下，他们都拥有极强的光明系异能。当初，得知光明准备让一个拥有黑暗系异能的人继承他的位置时，这些圣耀小队成员虽然没有反对，但是心中始终有芥蒂。不过此时，天痕的种种表现已经得到了他们的认可。

"光明重现人间，神圣驱除邪恶，净化吧，污浊的灵魂们。"一颗金色的"小太阳"出现在光明手中，他手腕一抖，"小太阳"腾空而起，金色光芒骤然迸发，笼罩整个基地，在光明的圣力的作用下，污浊的气息尽皆消散，地面的尸体化为灰烬。

天痕没有再停留，拉着蓝蓝向外走去。他连看都不愿意再看一眼这黑暗的地方。

冥教的分部就这么被毁了。

坐在摩尔的战舰里，天痕的心还没有平静下来。他闭着眼睛，回想着先前大战的情景。他能感觉到，自己体内的黑暗系异能似乎变得更加浑厚了。

他们开始赶往天痕探知到的方位，必须在对方发现前，找到冥教的总部，以迅雷不及掩耳之势将冥教彻底消灭，救出天痕的父母和朋友。

"痕，你没事吧？"蓝蓝握住天痕的手。

天痕摇了摇头，温柔一笑，道："我会尽量控制自己的情绪。蓝蓝，你是不是在怪我？"

蓝蓝摇头道："不，我能理解你为什么会那么做。别想太多了，伯父伯母他们一定会没事的。等救出他们以后，咱们就带他们回天平球，在那里，他们就安全了。"

天痕听完蓝蓝的话，冰冷的心温暖了许多。这些日子以来，蓝蓝一直跟在他身边，两人一起经历了这么多，感情不断升温。不知不觉间，天痕对百合的思念已经没有以前那么强烈了。

冥教总部。

冥教教主在房间中来回走着。分部发生的情况令他有些措手不及，原本。他打算用水银子牢牢地控制住天痕，为自己所用，但现在看来，事情没有那么简单。一时间，他倒不知该如何处理了。

对他来说，天痕就像一枚定时炸弹，随时都有可能爆发。当初天痕以一己之力消灭了一支舰队，就连他手下最强的撒旦都被天痕所伤，如果他贸然让水银子带天痕回到总部，一旦出现什么问题，恐怕冥教多年的基业就将不保了。

直到现在，冥教教主才真正明白，圣盟能在银河联盟中拥有今天的地位，和圣盟的实力是分不开的。虽然冥教凭借各种黑色收入占有了大量的资源，但像异能者那样的强者太少了。现在天痕已经发现抓走他父母的就是冥教，如果天痕不顾后果地联合圣盟向冥教发起反击，那么，他就危险了。

冥教教主一边想着，一边怒火上涌，一掌拍在桌子上："这群笨蛋，竟然让他发现了秘密！"

全息影像联络器发出响声，冥教教主随手启动，光影闪出，上议长出现在影像之中。

"教主阁下，你好啊！"

看到这一脸虚伪笑容的胖子，冥教教主不禁冷静下来："您好，上议长阁下，找我有事吗？"

上议长道："现在事情有变，你那边的事暂时先放放。如果上次你抓的那几个人不知道你的底细，你就先将他们放了，否则，就除掉。"

冥教教主一愣，道："上议长阁下，您这是什么意思？"

上议长道："现在因为某些事，议会必须重新与圣盟合作。你应该也得到消息了，圣盟得到了比尔家族的支持，现在我们还动不了他们。你抓的那些人已经没什么用了，必须尽快解决，千万不要留什么把柄被圣盟抓到，最好是放了那些人，那样的话，就算圣盟猜到此事与议会有关，也不会追究。"

冥教教主如同被一盆冷水从头浇下，心中一阵发冷："上议长阁下，您不是开玩笑吧？与圣盟合作？那我这边怎么办？"

上议长道："你最近收敛一些，不要有什么大动作，等我这边的事处理好后，我自然会联络你。"

冥教教主从上议长淡漠的神色中看出了些东西，于是冷笑道："可惜，我已经开始行动了，而且，我那些笨蛋手下已经泄露了秘密，对方那个叫天痕的小子已经得知抓走他亲人的就是冥教。"

"什么？！"上议长脸色大变，"你怎么办事的？你知道这样影响有多大吗？"

冥教教主无奈地道："您通知得太晚了，而且那小子油滑得很，不知道从什么地方得到了消息。不过，他现在被我控制在分部，我正琢磨着该如何处理。您看，现在怎么办？"

上议长断然道："这还用问吗？立刻灭口，绝不能让他把消息传出去！圣盟还不知道议会与冥教的关系，如果他们针对冥教做出什么事来，你能保证你的手下不会泄露秘密吗？"

冥教教主眼中寒光闪烁，道："现在只能这样了。不过，我那边人手不够，必须派撒旦小队过去才有可能击杀那个人。"

上议长皱眉道："时间上的问题你必须解决，想办法稳住那个人，切断所有与外界联络的信号，你应该知道怎么做。"

联络中断，冥教教主的心情变得更差了。他很清楚，冥教正面临一场前所未有的危机，上议长是不会保他的。一旦出了问题，恐怕上议长会立刻掉转枪头对付冥教。

他按下通信器："撒旦，你到我这里来一趟。"

两艘战舰平稳地降落在天雨星上。凭借着圣盟研制出来的超级战舰，天痕他们用了不到一个小时，就抵达了目的地。

天痕取出自己的生物电脑，判断了一下方位，向身旁的摩尔道："老师，就是这里没错，我们行动吧。"

众人依次下舰，光明向天痕道："找到对方的总部后，不要急于行动，以你亲友的安全为重。"

天痕点了点头，道："希望总部这边还没有发现分部那边的情况。我带路。"他开启生物电脑的定位系统，腾空而起，当先朝判定的方位飞去。

"教主，我们要不要带着他的亲友过去？虽然我和撒旦小队全体成员有除掉他的把握，但如果他逃跑的话，我们未必拦得住。带着人质，效果应该会好得多，至少会让他有所顾忌。"撒旦一听教主又让自己去对付天痕，显得有些犹豫。上次天痕用怪异的攻击方式使他受了重伤，他不久前才恢复。

冥教教主道："保险起见，你就带上他的母亲吧，用来威胁他应该足够了。你等一下，我先联络银子，让她稳住那小子。"

说着，他启动通信系统，联络成功。

"银子，银子，回话。"

另一边一片寂静，没有回应。冥教教主接连试了几次，结果都是一样。死人又怎么可能给出回应呢？

冥教教主全身一震："坏了，那小子恐怕已经离开分部了。撒旦，行动暂时取消。快，将他那些亲友带过来，我们必须尽快离开这里。"

所谓狡兔三窟，冥教可不止这一个地方可以当成总部，意识到危险的存在，他立刻做出了决定。

刺耳的警报声突然响起，冥教教主和撒旦的身体同时一震，两人骇然相望。冥教教主皱眉道："好快，一步错，步步错，我还是低估那小子了。"

监控设施启动，画面不断切换，总部外面的各种防御设施正在以惊人的速度被破坏着，一个又一个冥教成员死在异能者手中。

危机迫近，冥教教主反而冷静了下来："撒旦，把人质带过来，记得给他们喂下延缓剂和H病毒。让我们的人撤到内部来，放他们进来。圣盟，哈哈，圣盟，来吧，要来就都来吧。"

撒旦犹豫道："教主，您……"

冥教教主冷冷地道："照我的话去做，我自有道理。"

天痕一拳轰碎一把防御镭射枪，然后他突然发现，再也没有光束向自己射来了。

冥教总部位于天雨星运输站附近。总部最上面是一座不起眼的写字楼，要通过特殊装置的检验才可以进入。

检验装置对于天痕他们来说是多余的，凭借着强大的实力，他们直接冲了进来。冥教总部的防御体系立刻发起反击，拖慢天痕他们前进的脚步，但也只是拖慢而已。

天痕不顾其他人还没有跟上来，根据定位系统，当先向冥教总部深处冲去。

刚进入冥教总部时，冥教的人进行了激烈的抵抗，圣盟众人分散，从不同的方向向冥教总部发起进攻。

光明手下的圣耀小队显示出过人的实力，对于他们来说，冥教的防御设施形同虚设。

金属门一扇接一扇敞开，他们一直来到最深处，没有再遇到任何抵抗。面前一扇巨大的金属门突然开启。

"请进吧，圣盟的客人。"

天痕昂然而入，当他看到父母苍白的面庞时，他全身大震："爸——妈——"

马里、麦若、达蒙、雪恩、雪梅和莲娜站在房间最里面，每个人身后都有两名撒旦小队成员。他们似乎已经不能说话，看到天痕，脸上都不禁露出激动之色。

撒旦小队的成员们已经完成了变身，闪烁着幽幽绿光的鳞甲散发着阴森的气息。大办公桌后，冥教教主平静地端坐着："你就是天痕吗？"

天痕平静地道："放了他们，这一次我可以放过你。"

从他口中说出这句话是那么艰难，但为了养父母和朋友们的生命，他不得不暂时放过这个很可能杀害了自己亲生父母的人。

此时，光明大长老等人也到了，上百平方米的房间中多了几十个人，顿时显得有些拥挤。

冥教教主站了起来，笑着道："真是荣幸啊！没想到，光明大长老竟然都来了。"

摩尔厉声道："摩奥和他的妻子是不是你们毒害的？"

冥教教主淡然地道："这么多年过去了，难得摩尔掌控者，哦，不，应该是摩尔审判者还没有忘记。不错，是我派人做的。你那儿子还真不太好对付，让我损失了不少人手，最后我们用 E 病毒才将他们解决。你不想知道是谁指使我这么做的吗？"

摩尔恨恨地盯着冥教教主，天痕能够感觉到，摩尔的身体在微微地颤抖。苦寻多年的仇人就站在面前，摩尔又怎能不愤怒呢？

冥教教主仿佛没看到摩尔的怒火，继续道："冥教从成立至今，一直高速发展。我自觉做事谨慎，没想到却因为一时的疏忽而陷入如此境地。冥教能够快速发展，和议会的帮助是分不开的，我们一直都是上议院的合作伙伴。

"议会很忌惮你们圣盟，瓦解你们的势力是议会给我们冥教最重要的任务。摩尔审判者的儿子落了单，我们又怎么能轻易放过呢？如果你真要报仇，应该找议会才对。

"其实，我这里有逃生的设施，虽然只有极少部分人能逃走，但只要我离开了，你们又有什么办法呢？但是我没有走，因为我想见见圣盟的异能者们是什么样子。世界上没有永远的敌人，说不定，在某种情况下，我们冥教也可以与圣盟合作，不是吗？"

天痕怒道："废话少说，放了我的亲友，我就给你一条生路，下次再见时，再定生死！"

冥教教主冲天痕摇了摇手指，道："年轻人，不要这么冲动。如果还想你的父母好好活下去，你就听我把话说完。今日之变，必然导致冥教的没落，议会自然不会承认和我们冥教的关系，甚至会对付我们，但这些我都已经不在乎了。放了这些人很容易，但我有一个条件。"

天痕冷冷地道："你还敢跟我提条件吗？"

第148章
悲伤中的沉沦

冥教教主冷笑道："提又如何？就算你们实力强大，能从我手中救下这些人，也无济于事，我只要按一个按钮，就可以让天雨星变成恶魔星。三年前，我手中已经有了基因武器，对你们或许没用，但对付普通人类还是很好用的。没有好东西，我凭什么与各位谈判呢？"

他很清楚，虽然有多人看守着天痕的亲友，但面对这么多强大的异能者，他仅凭这一点根本无法威胁对方。

光明脸色一变："基因武器？说出你的条件。"

他当然知道基因武器有多可怕。如果这颗星球完全被撒旦他们体内的这种基因所覆盖，人类必将面临巨大的灾难。天雨星虽然算不上有多大，但也至少有一亿人类。保护人类是圣盟的职责，为了不让天雨星上的人类遭遇灾难，光明已经准备做出让步。

冥教教主坐回自己的位置，微笑道："我的条件很简单，让这颗星球上的冥教中人全部安全撤离，并且保证在三个月内，圣盟不得对冥教采取任何行动。只要你们答应我这个条件，我自然会带走基因病毒，并将这几个人交给你们。如何？"

冥教教主的条件并不算苛刻，但天痕心中突然感觉到有些不安。到了这个时候，已经容不得他多想什么了，他扭头向光明大长老看去。

光明颔首道："好，我可以答应你这个条件，但是，如果三个月内我发现有基因病毒传播，那么，圣盟就算只剩一个人，也不会放过冥教。当然，在你们离开前，我要一份基因病毒样本。"

他没有要求对方将基因病毒全交出来，因为他知道，那是不可能的。基因武器是冥教最大的倚仗，对方就算答应将其交给圣盟，也必然留有资料，倒不如要一些样本。只要研究出免疫和治疗的相应药剂，基因病毒之危自然就能解除。

冥教教主哈哈一笑，道："好，光明大长老果然是痛快人。撒旦，传我命令，所有人撤离天雨星。"

时间一分一秒地过去，冥教有数千人在天雨星上，经过近一个小时的快速撤离，最后只剩下冥教教主和撒旦小队的成员还留在冥教总部。

冥教教主站起身，道："劳烦各位久等了，我也该走了。希望以后有机会还能与各位见面。"

天痕厉声道："放了我的父母和朋友！"

冥教教主道："这次你们赢，下一次却未必。放了他们。"

撒旦小队成员将天痕父母等六人放开，天痕飞身而上，当先接下了自己的父母，蓝蓝、风远、夜欢和赤烟接下其他四人。看着父母苍白的脸色，天痕心中恨意狂升，骤然向冥教教主扑去。

光影一闪，大长老光明拦在天痕面前，光芒亮起，化解了他的攻击。

"交出基因病毒样本。"

冥教教主得意地笑道："还是光明大长老明白轻重缓急。你放心，等我们离开天雨星后，基因武器自然会随之离开，这是样本。再见了。"说完，他将一支密封的试管扔给光明大长老，然后带着撒旦小队成员离开了基地。

摩尔和天痕都双目喷火，此时却无法动手。

目送着最后一艘属于冥教的战舰破空而起，光明叹息一声，道："这次我们并没有赢啊！敌人太狡猾了。"

突然，赤烟指着远方道："快看，那是什么？"

众人顺着他手指的方向看去，只见一朵绿色的蘑菇云腾空而起。

光明脸色大变："不好，这群浑蛋竟然真的使用了基因武器！"

光芒一闪，大长老光明已经冲了过去，摩尔和圣耀小队成员紧随其后。天痕此时已经顾不上别的，只是和蓝蓝等人不断将宇宙气输给马里他们，唤醒他们体内的生机。

冥教教主太卑鄙，却还是小看了大长老光明的能力。达到八十级的审判者，在人类中几乎是等同于神的存在。

金色光芒腾空而起，大长老光明几乎只是一闪身，就来到了那绿色蘑菇云的正中央。金色光罩瞬间扩大，犹如巨大的吸尘器一般，将所有的绿色气体吸向自己。圣耀小队十六名成员及时赶到，那氤氲绿气在他们的努力下，向光明大长老的方向凝聚。

"光明·日耀。"同样是光明三耀的第一种能力，在光明手中用出，与在希拉手中截然不同。天地间仿佛又多了一个太阳，灼热的光明气息飞快地将绿色烟雾向光明所在的方向吸拢，金光所过之处，基因病毒纷纷消失。

光明凝重的声音响起："圣耀小队听令，确定所有基因病毒笼罩范围，搜寻病毒感染体。"

冥教教主此时已经乘坐战舰进入了异空间，他并没有进养生舱，而是哈哈大笑起来："圣盟，圣盟算什么？我们多年的准备，岂是他们能轻易破坏的？"

撒旦道："教主，这次我们做得太大了，是不是应该执行沉睡计划？"

冥教教主点了点头，道："破坏了我的总部，我又怎么会放过他们？法曼民族的尊严是不容触犯的。他们拿回去的不过是六具尸体而已，基因病毒够他们忙一阵的了，虽然样本是真的，但等他们研究出解毒之法，我们的变异基因也已经出来了。

"光明还真是迂腐，竟然相信我的诺言。沉睡计划必须执行了，圣盟是不会放过我们的。天痕，当恶魔从沉睡中苏醒时，就是你的死期。我真想看看，你眼瞧着自己的亲人和朋友一个个死去，会是什么表情。与我作对的人，没有一个会有好下场！"

在天痕浑厚的宇宙气的作用下，马里和麦若先后恢复了说话的能力："儿子。"

"爸、妈，你们先别说话，休息休息，你们太虚弱了。都是我不好，连累了你们。我会带你们去一个安全的地方，好好奉养你们。"终于救回了父母，天痕心里舒服了一些。君子报仇，十年不晚。比起报仇，父母活着更加重要。

马里和麦若对视一眼，两人都面露凄然之色。麦若叹息一声，道："孩子，我们拖累你了。"

天痕用力地摇着头，哽咽道："妈，是我不好，都是因为我，你们才会被那些浑蛋抓走。你们放心，不会再发生同样的事了。"

突然，马里和麦若的脸色变了，原本苍白的面庞浮现出一丝黑气，他们的脸有些扭曲，身体如同筛糠般颤抖着。

天痕大惊失色，赶忙加大宇宙气的输入，但是，宇宙气似乎对他们并没有太多帮助。

"爸，妈，你们怎么了？"

马里断断续续地道："那……些人……给我们……吃了什……么东……西。"

刹那间，天痕明白了，冥教给他们服了毒啊！他的大脑如同要爆炸一般，突如其来的变故令他心头剧震。怎么办？该怎么办？他领教过冥教的毒，以他极强的抗毒能力都险些吃了大亏，何况他的父母？

"摩尔老师，我父母他们中毒了。"

摩尔一直在天痕身旁，此时也没有丝毫办法。他沉声道："我们赶快回天平球，只有彼得所长才有可能救他们。"

达蒙、雪恩、雪梅和莲娜四人也相继恢复了说话能力，同样的黑气出现在他们脸上，只不过由于身体情况较好且拥有异能，他们的状态比马里和麦若要好一些。

天痕刚要抱起父母回战舰，却被马里拉住了衣服："孩……子，别……白费……力气……了，我……我能……感觉得……到，那些……毒已经……侵入……肺腑……来……不及……了。"

"不，不会的。爸，妈，我不让你们死。"泪水顺着天痕的脸庞流淌而下。父母养育他长大，一生中大部分时间都生活在贫民窟之中，这几年日子才刚刚好过一些，却遇到了这样的事，这都怪他啊！强烈的自责令天痕几乎无法呼吸。

马里想抬手去擦天痕脸上的泪水，却怎么也用不上力。天痕拉住父亲的手放在自己脸上。马里强忍着身体的剧痛，勉强笑道："孩……子……别难……过，爸爸……和妈……妈活……了这……么大……年……纪，也不……算……亏了。你以……后要……好……好地……活……下去，你……还年……轻。你知……道吗？我……们多……想看……到你……结婚……生子……啊！但……是，我们……看……不到……了。"

"爸，您别说了，我立刻带你们回地球，到了那里，一定有救你们的办法。"天痕根本控制不住自己的泪水，心头不断传来阵阵剧痛。

马里轻轻地摇了摇头，道："不，你……听我……把话……说完，如……果不说……出来，我死……也无……法瞑……目。这是……最……后的……机会……了。"

"马……马……里，不要……说。"麦若虚弱地阻止着自己的丈夫。

马里道："不，孩子……他妈，我要……说，我们……不……能因……为自……己的……自私而……让天……痕始……终不知道……自己的身……世啊！说不……定，他的……亲生父……母还……活着。"

麦若眼中泪水横流，黑色的血液从嘴角处流出，但她的身体停止了痉挛。她眼中充满慈祥之色，看着天痕。

马里转向天痕："孩子，这件事……我……必须……告诉……你，其实……我和……麦若……并不是……你的……亲生……父母。当初……在贫民窟，我们还……年轻……时，有一天……我们在宁定城……附近散步，突然看到……天空中……一道红光……划过，落在……不远处的……山野……中，不知道……是什么。人在……年轻……的时候，胆子……都……很大。我和……麦若……走到……那里，看到了……一个……直径……三米的……圆球，那……时候……我……们还……不知道那……叫……救……生舱。舱盖打……开……着，而你……就……在里面。那时……候，你最多……只有……一……岁吧。你……是那……么……可爱，我们决定……收……你为子，由于你……是从天而……降，是上……天……留下……的痕迹，所以，我们给……你取了……天痕……这样……的名字。孩……子啊，你……可能还有……其他……亲人……在，可惜没……有任何……线索，以后……如果……"

真相终于大白，摩尔拉住马里的手，老泪纵横："我就是天痕的亲爷爷，我已经认出了他，谢谢，谢谢你们养育了他这么多年。"

马里眼中流露出惊愕之色，眼眸已经变成了死灰色的。他欣慰地一笑："好，那……太好……了，麻……烦您……好好……照顾……天……"

他的脸完全变成了紫黑色的，七窍同时出血，溘然而逝。

"爸——"天痕仰天悲吼，身体颤抖着，无法忍受的痛苦冲击着他的心。

"天……痕……"麦若虚弱的呼唤声叫醒了天痕。

"妈，妈，您好点了吗？"

麦若摇了摇头，她笑了："我……是自私……的，本……来，我……和……马里想……将……这个……秘密……瞒……上……一辈子，在我……们心……中，你永……远是……我……们的……亲生……儿子，你……明白……吗？"

"我明白，我明白。妈，您别说了，咱们回地球吧。"

麦若温柔地笑着："孩……子，妈妈爱……你，可是妈……妈再……也……不……能照……顾你……了，以后……你自……己多……保……重，一切……都要……靠你……自己……了。妈……妈要……去陪……你爸爸了，不……然，他……一个人……走了……多寂……寞啊！孩……子，别……哭，别……哭，别……"

麦若同样七窍流血，在马里之后失去了所有的生命力。

天痕全身僵硬地看着自己的父母，目光有些呆滞。短短几分钟，父母先后离去，这样巨大的打击让他如何承受啊！

"孩子，我们赶快上战舰吧，要不然你这些朋友恐怕也……"摩尔提醒天痕。

天痕木然地点了点头，用空间系异能小心地托起父母的身体，和摩尔等人带着同样中毒的达蒙他们，用最快的速度返回战舰。

"等一下。"一直没有开口的达蒙突然阻止摩尔启动战舰。

天痕呆滞的目光落在一脸黑气的达蒙身上："达蒙老师，您……"

达蒙向天痕摇了摇头，黯然道："来不及了，这种毒太剧烈，我们最多只有几分钟的时间。天痕，我们都有话对你说。不要启动战舰了，我怕会加速气血运行，使我们的时间更少。麻烦几位朋友将我们都放下吧。"

他很平静，在异能和宇宙气的作用下，他的声音并没有像马里和麦若那样断断续续。但是，谁都听得出，他已经做好了死亡的准备。

"天痕，我……我不要死，救救我，救救我啊！"莲娜突然哭喊出声，从夜欢手中挣脱，爬向天痕。

天痕赶忙上前扶住她："莲娜。"

莲娜眼中充满了恐惧之色："救救我，救救我，我不要死。为什么，为什么他们要抓我？我同你已经没关系了。我……"

"哇"的一声，一口紫黑色的血从她口中喷出，她的身体刹那间失去了生机，软软地倒在了天痕怀中。她没有异能，身体素质并不比麦若和马里好多少，她成了第三个离去的人。

看着亲人朋友接连逝去，天痕的神经有些麻木了，他深吸一口气，小心地将莲娜平放在战舰的地板上，与自己的父母放在一起。而后，他来到达蒙、雪恩和雪梅身前，蹲下身体，丝毫没有察觉自己的嘴唇已经被咬出了鲜血。

"两位老师，雪梅，你们还有什么愿望就说吧，我一定尽力办到。"

达蒙笑了："天痕，我没有看错你。才几年的时间，你就已经走上了世界的舞台。能有你这样的弟子，老师很高兴。别难过，你是男人，有的时候必须学会承受。老师没什么别的愿望，我死后，将我的尸体送回中霆综合学院吧。我在那里教学十年，那里才是我的家。"

雪恩的声音响起："我也是，把我和达蒙葬在一起，我们生是好兄弟，死了同样是好兄弟。天痕，你要坚强些，我们还指望着你报仇。"

天痕看着强忍痛苦的达蒙和雪恩，感受着他们毅然赴死的豪情，不禁用力握紧双手，关节处都变得青白了。

"天痕，还有我呢。"雪梅虚弱地叫着他。

"雪梅，你……"天痕看着雪梅，泪水再次流淌而出。

"我送你的布娃娃呢？还在吗？"雪梅轻声问道。

"还在，还在的。"天痕赶忙打开空间袋，取出了当初雪梅送给自己的礼物。

雪梅脸上挂着满足的笑容："谢谢，谢谢你还一直留着它。天痕，以后永远带着它，好吗？就当它是我。我要死了，抱抱我，好吗？我不想死在冰冷的地板上，拿你当个垫子，怎么也要舒服得多。"

天痕小心地将雪梅搂入怀中，哽咽着说不出话来，泪水滑落，滴在雪梅脸上。

雪梅勉强握住天痕的手："哭什么，一点都不像个男人。死没什么可怕的。其实，我……我从来都没有爱过你，你可不要太自作多情哦。"

两滴泪水悄然滑落，紫黑色的血液涌出，她也去了。

正在这时，谁也没有发现，天痕搂着雪梅的左臂处突然亮起一道极淡的蓝光，蓝光瞬间钻入雪梅体内，来回进出几次，便悄悄地消失了。

在雪梅的生命逝去的几十秒后，所有人还处在悲伤之中，达蒙和雪恩握住对方的手，带着些许不甘，平静地离开了人间。至此，被冥教抓走的六个人，先后死在了冥教那可怕的剧毒之下。

战舰上一片寂静。天痕紧紧地搂着雪梅，再没有泪水流出，表情平静得有些可怕。

摩尔、蓝蓝、风远、夜欢和赤烟都担心地看着他，谁也不知道该怎么去劝慰他。六名亲友先后离去，对任何人来说都是难以承受的打击啊！

"都死了，都死了……"天痕喃喃地念叨着，小心翼翼地将雪梅送给他的布娃娃收回了空间袋中，然后轻轻地将她的尸体平放在地面上。

摩尔向蓝蓝使了个眼色，蓝蓝赶忙走到天痕身旁，拉住他的手臂："痕，别难过了，你还有我。"

天痕仿佛没听到似的，依旧重复着那句话："都死了，都死了……"

他的眼神逐渐变得迷离起来，他目光呆滞地看着六具尸体，脸色变得越来越苍白。突然，身影一闪，天痕以移形幻影之法消失在舰舱之内。

蓝蓝吓了一跳："天痕——"

天雨星阴云密布，天痕静静地悬浮在半空之中，微风吹拂，带来几分苍凉之感。

蓝蓝几人都追了出来，她刚想再去安慰天痕，却被摩尔制止了。摩尔摇了摇头，低声道："让他静一静吧。"

光明大长老处理完了基因病毒的事情，飞到摩尔身旁，惊讶地看着天痕，问道："天痕这是怎么了？"

摩尔黯然道："他的养父母和朋友们都死在了冥教的剧毒之下，这个打击对他来说太大了。"

光明眼中光芒一闪，失声道："什么，都死了？浑蛋！"

自从成为圣盟的掌权者以来，他还是第一次如此激动。基因病毒和天痕亲友的死，令这位圣盟大长老心中的怒火上升到了极限。

正在这时，飘浮在半空中的天痕突然发生了变化，淡淡的黑色气息从他身体上散发而出，渐渐地，这精纯的黑暗系异能变为灰色的，那是毫无生机的死气。

"不好！"光明低喝一声，身形一闪，已经来到天痕背后，探手向他肩膀抓去。

天痕全身一晃，骤然转过身来，身体奇异地一扭，那灰色的死气如同实体化了一般，竟然将光明志在必得的一抓挡在了外面。

"死——吧——"巨大的声浪从天痕口中发出，他上身的衣物突然爆裂纷飞，一道道灰色的魔纹出现在他皮肤上，灰色的死气骤然膨胀，他手腕一翻，黑暗圣剑悄然出现。

光明还没来得及阻止，天痕已经一剑挥了出去，灰色的光芒透过黑暗圣剑骤然向前斩去，瞬间融入了冥教总部那座写字楼。灰色死气骤然释放，写字楼如同冰雪一般消融了，异常强大的腐蚀力不断向下延伸。

天痕怒吼着，巨大的轰鸣声中，整颗天雨星都震荡起来，直径超过千米的巨大深坑出现在众人脚下，险些连累停在运输站内的摩尔和光明的战舰。

"天痕，你冷静点。"光明飘飞而上，金色光芒大盛，他再次向天痕抓去。这一次，他用上了光明系异能。

天痕抬起头，满头黑发不知什么时候已经变成了银白色的，悲伤至极的他竟然瞬间白了头，灰色的双眼毫无生气。眼看光明向自己抓来，他竟然将手中的黑暗圣剑一横，迎了上去。

光明吓了一跳，改抓为拍，与黑暗圣剑碰触。他清晰地感觉到，异常强大的死亡之气骤然膨胀，顺着黑暗圣剑疯狂地向自己涌来。他心中一惊，金光骤然大放，天痕的身体带着黑暗圣剑被震得飞了出去。

一团黑色的光芒从天痕的丹田处骤然上升，天痕身体一震，灰色的双眼突然变得漆黑。它狂笑一声："哈哈，没想到这么快就等到了。他失去了神志，这具身体就是我的了。有了这具身体，我必将让黑暗重临世间。"

那分明就是苍老的黑暗之神，灰色气体重新变成黑色的，而且是异常浓郁的黑色。

光明心头一震。他虽然不明白具体是怎么回事，但也知道天痕的身体已经被另一股力量控制了。他双手在身前一合，沉声道："光明·圣灵阵！"

金色的光芒以他为中心骤然向四周散发，将天痕的身体笼罩在内，强烈的光明圣力将那黑色气息瞬间压制。

黑暗之神愣了一下，这才意识到自己所处的环境。

当初，在魔幻星时，为了换取天痕的信任，它向天痕许下了灵魂·奉献之誓。作为强大的黑暗生物，它又怎么会轻易屈服于别人呢？它一直在等待机会，通过那时的接触，它清晰地判断出，当黑暗系异能达到一定程度，需要做出重大突破时，天痕必然会面临神志迷失的情况，经历那个过程后，天痕就能拥有更强的黑暗系异能，否则，他很有可能会被黑暗所吞噬，彻底毁灭。它之所以敢向天痕发誓，就是因为那个过程的存在。

在魔幻星上受到的光明之神诅咒已经使它的能量遭到了巨大的破坏，它需要很长一段时间来休养。它在等待机会，一旦天痕的神志和意念完全丧失或者处于迷离状态时，它就可以凭借自己强大的黑暗能力控制天痕的身体，以天痕的身体为基础，成为新的黑暗之神。到了那时，由于它控制着天痕的身体，只要身体不受损害，誓言自然就没有效果了。

只是黑暗之神没有想到，天痕的心志竟然非常坚定。在相处的这几年中，它对自己的判断逐渐失去了信心。照那样发展下去，恐怕天痕在面临重大突破时神志也能保持清醒。只要天痕的意念还在，它就不可能控制天痕的身体，因为那样是违背誓约的。利用天痕的能力吸收了地狱魔龙后，黑暗之神虽然恢复了一部分能力，但觉得控制天痕身体的希望越来越渺茫了，因为随着能力的提升，天痕的心志也变得越发坚定了。

就在它以为天痕永远都不会出现神志完全迷失的情况时，它最想看到的事情终于发生了。机会千载难逢，虽然它的能力还远未恢复，但它昨天刚刚完全吸收了地狱魔龙的能量，此时有最佳状态时五成的能力，它立刻用自己的神志占据了天痕的大脑。修炼可以慢慢来，但控制他人身体的机会很难再出现。

光明·圣灵阵带来的纯净光明系能量分子使黑暗之神不禁想起了当初的光明之神，顿时大怒，手中的黑暗圣剑在身前闪电般画出一个十字。

"还想困住我，没那么容易。看我的破除一切封印的黑暗·裂魂十字斩！"黑色气流骤然转盛，缓慢地向光明所在的方向涌去。

光明神色凝重，双手在身前一合："光明·月耀！"

白色的光华如同弯月一般，在他身前形成一道巨大的光柱，骤然向黑暗十字的中央轰去。为了不伤害到天痕，他并没有用全力。

黑暗之神脸上露出一丝怪异的笑容，身形一闪，已经出现在黑暗十字前方，手中的黑暗圣剑画出一道奇异的弧线，迎上了光明·月耀。

第149章
黑暗之神的毁灭

黑暗之神背后的黑暗十字突然改变方向，加速朝上方而去。光明·月耀的能量竟然被黑暗圣剑画出的弧线斩得支离破碎，剑刃带出的尾光卷向光明大长老胸前。

光明眉头微皱，一拳向身前轰去，黑色与金色的光点瞬间充满整个圣灵阵，绚丽的光芒给人目眩神摇的感觉。

光明大长老心中充满了震撼，那强大的黑暗系异能使他仿佛又看到了当初的黑暗之主末世。为什么？为什么天痕会拥有这样的能力？

黑暗·裂魂十字斩清晰地印在圣灵阵顶端，黑烟冒起，下一刻，黑暗之神已经从十字斩形成的缝隙中如同烟雾一般冲了出去。

白色的光华出现，却不是光明系异能，手持阿拉姆司神杖的蓝蓝静静地悬浮在半空之中，阿拉姆司神杖前指，纯净的水神之力向黑暗之神胸口处撞去。

黑暗之神嘿嘿一笑："不怕杀了你的情郎，你就动手好了。"它竟然不闪不避，直接向蓝蓝发出的水神之力冲去。

蓝蓝全身一震，慌忙发出另一股力量，强行令自己先前发出的水神之力偏移了方向，由于反作用力的影响，蓝蓝胸口如中巨锤，脸色顿时发白。

嘹亮的龙吟声响起，绚烂的金色光芒迸发，光明大长老身下不知道什么时候出现了一条金色巨龙，巨龙带着光明大长老瞬间赶上了黑暗之神，强大的光明圣力笼罩着黑暗之神。天痕的身体被占据，他又怎么可能放其离去呢？

看到光明神龙出现，黑暗之神脸色微微一变。这种神级的光明圣兽，足以对它造成威胁，再加上强大的光明大长老，它根本没有任何机会。它眼中黑光一闪，身体原地一晃，顿时数十个黑色的身影出现，分别向不同的方向遁去。

"今天不陪你们玩了，等黑暗能力恢复后，我再找你们这些可恶的光明者算账。"

好不容易控制了天痕的身体，它最先要做的，就是觅地潜修，尽快恢复自己的能量，并融合天痕本身的异能。

看着那数十个闪电般的黑色身影，光明不禁一惊，它们都一模一样，就连气息也一模一样，即使是当初的末世也未必能施展这样的黑暗分身术。一时间，他倒不知该追哪一个好了。

"想走吗？没那么容易。空间·反向领域！"

白色光芒瞬间从四面八方升起，挡住了那些黑色身影，原本向外逃窜的黑影突然改变方向，全都向原来的位置聚集。

原来，摩尔早已在一旁观察，但他认为有光明出手就足够了。此时，黑暗之神想跑，他才适时出手。空间·反向领域是天痕研究出来的，摩尔是空间系审判者，很容易就理解了其中的奥秘，此时用出，恰好破了黑暗之神的分身术。

三大审判者呈掎角之势面对占据了天痕身体的黑暗之神，黑暗之神不禁有些惊慌："你们这些家伙也想阻拦我？那可别怪我不客气了！天痕的天魔变，我应该也可以用，以我的能力，我施展的天魔变可不是天痕可以相比的。"

手中的黑暗圣剑斜指天空，黑暗之神大喝道："天——魔——变——"

光明、摩尔和蓝蓝脸上都露出凝重之色，熟悉天痕的他们当然知道天魔变将极大地增强使用者的能力。就在他们准备全力对抗之时，怪异的一幕出现了，预想中的紫色气息并没有出现，一切依旧保持着原状。

黑暗之神愣了一下，再次大喝道："天——魔——变——"

它用精神切断了与三种异能的联系，但是，本应出现的天魔变依旧没有到来。

正在这个时候，天痕眉心处突然迸发出一团炽烈的银光，黑暗之神惨叫一声，再也控制不住天痕的身体，在地心引力的作用下，向地面落了下去。

天魔变并不是谁都能够使用的，天痕的能量结构怪异，才能产生那样的变异能力。虽然黑暗之神占据了天痕的身体，但它对天魔变的能力并不十分了解。以它强大的黑暗系异能，加上天痕本身的能力，自然要远远超过空间系异能。两种异能不平衡，又怎么可能使出天魔变呢?

黑暗之神之所以突然失去了对天痕身体的控制，自然不是因为能力达不到，而是因为遭受了异常强烈的精神攻击，攻击的来源，就是天痕心之契约的伙伴——星痕。

在黑暗之神第一次试图使用天魔变的时候，星痕就做好了准备，只是因为事出突然，它没有把握住机会。以它的力量，它是不足以与黑暗之神对抗的。而黑暗之神在使用天魔变时，会切断自己与三种能量的联系，这就是星痕唯一的机会。

就在星痕以为失去机会的时候，黑暗之神第二次试图使用天魔变。这一次，星痕蓄势待发，黑暗之神一中断自己与三种能量的联系，它就立刻发动了全力攻击。在心之契约的作用下，星痕直接冲到了黑暗之神精神力的最深处，顿时给黑暗之神带来巨大的创伤。

光明、摩尔和蓝蓝看到突如其来的变化，顿时吃了一惊，倒是心系天痕安危的蓝蓝最先反应过来，手中阿拉姆司神杖一挥，释放出一层白色的能量托住了天痕的身体。

天痕的眼睛变成了银色的，这回是星痕占据了天痕的身体。

"快！我将黑暗之神的精神力暂时压了下去，但它的力量太强，只要一恢复，我就控制不了天痕的身体了。蓝蓝，把你的阿拉姆司神力输给我，在我的引导下，用阿拉姆司神力净化那邪恶的灵魂，千万不能让它再与黑暗能量连接在一起，否则，天痕将永远失去对身体的控制权。"星痕没有请光明帮忙，是怕光明的异能伤害拥有黑暗体质的天痕。现在倒是蓝蓝的水神之力最为适合。

与天痕在一起这么长时间，蓝蓝对星痕还是非常熟悉的。她没有任何犹豫，将阿拉姆司神杖的杖首点在了天痕的胸口，纯净的水神之力不断涌入天痕体内。

星痕的做法非常简单，就是趁黑暗之神在灵魂重创下还没有反应过来，立刻引导蓝蓝的水神之力挡在天痕的胸口上，将黑暗之神的精神力与黑暗系异能完全隔开。

失去黑暗系异能的帮助，黑暗之神就像失去爪牙的老虎。星痕凭借自己的空间系能力，辅助精神力，向黑暗之神发动了疯狂的攻击。

黑暗之神也是作茧自缚，本来，以它的能力好好控制天痕的身体，只需要用最简单的办法——以天痕的生命威胁众人，它未必不能离开这里。但它想到天魔变的力量，一时间想试一下，结果被星痕钻了空子。

黑暗之神本也算是老谋深算，它早就想好了，自己控制了天痕的身体后，第一个就要除去星痕，融合星痕的空间系异能，然后是地火神龙，最后才是罗迦残留的灵魂。只要将这些能量完全收归己用，经过一段时间的修炼，它相信，自己一定能够恢复全部能力，力量甚至会超过以前的巅峰时期。

可惜，光明大长老没有给它对付星痕的机会。它被星痕压制，它的灵魂虽然勉强能够抵挡星痕的冲击，却已落了下风。在蓝蓝的水神之力出现后，它就再也没有抵抗之力了。

银、白两色光芒在天痕脑部不断地闪烁着，光明和摩尔来到蓝蓝和天痕旁边为他们护法。从蓝蓝逐渐变化的表情中，两人看得出，天痕已经渐渐从危险的边缘被拉回来了。

面对蓝蓝与星痕的联手攻击，黑暗之神暗暗叫苦。它知道，自己恐怕暂时无法控制天痕的身体了。无奈之下，它瞬间将自己的灵魂收拢在一起。它的灵魂毕竟足够强大，只要在蓝蓝和星痕完全攻破它的防御之前，将灵魂凝结成一颗灵魂珠，它就不怕蓝蓝和星痕的攻击了。经过一段时间的沉睡后，它可以再找机会占领天痕的身体。这并不是什么好办法，天痕一旦恢复了对自己身体的控制，自然会对付它，但它现在面临着精神烙印被清除的危机，也只能这么做了，毕竟，这是它保全自己的唯一办法。

正在这时，令黑暗之神意想不到的事情发生了，一团蓝色的气流与一团淡金色的气流呈螺旋状出现在天痕的脑海之中，没有任何犹豫，直接冲向了被黑暗之神占据的区域。刚刚试图凝结灵魂的黑暗之神顿时灵魂大震，意识一阵模糊，险些被这股巨力冲散。它吓了一跳，一边拼尽全力抵挡着四种能量的攻击，一边加快收敛灵魂的速度。它知道，自己如果再慢一些，恐怕就真的要完蛋了。

那团蓝色的气流自然是罗迦失去了意识的灵魂。虽然没有意识控制，但由于她临死时向灵魂中倾注了对天痕浓浓的爱，她的灵魂自然而然地守护着天痕的身体。那淡金色的气流则是天痕本体的灵魂。

因为悲伤过度，天痕本身的意识已经暂时消失了，但在罗迦的灵魂牵引下，天痕的灵魂潜意识中唤醒了他的部分意识，使他想到，自己还不能死，如果自己死了，不但无法使罗迦复活，就连梅丽丝也会受到牵累。于是，天痕本体的灵魂混合了罗迦的灵魂同时发动攻击。

黑暗之神的灵魂虽然强大，但在四个灵魂的同时攻击下，渐渐无法抵抗了。虽然罗迦的灵魂残缺不全，但她生前毕竟是灵魂祭祀，星痕则是神级圣兽，再加上一个传承了阿拉姆司神力的蓝蓝，这三个强大的灵魂都对黑暗之神造成了巨大的冲击。倒是天痕本体的灵魂因为意识的过度悲伤，显得弱了一些，但也绝对是不容忽视的力量。

黑暗之神眼看着自己的灵魂不断被吞噬，暗想：真是偷鸡不成蚀把米，恐怕自己最后能保存的，也只有生命烙印和一小部分灵魂了。它刚有这个念头，令它绝望的情形发生了，一道红色气流混合着黑色气流突然出现，就像罗迦和天痕的灵魂一般，交缠在一起瞬间冲了过来。

刹那间，黑、金、蓝、白、银、红六个强大的灵魂同时向黑暗之神发起了最后的冲锋，在天痕大脑中形成了压倒性的优势。

红色的灵魂自然是地火神龙的。它当初进入天痕体内也没安什么好心，这次如果黑暗之神不对天痕发动攻击，很有可能发动攻击的就是它。只不过，眼看着黑暗之神遭到众灵魂的围攻，老奸巨猾的地火神龙知道，如果自己不参与这次的"战争"，天痕恢复神志后，定会对自己不利。所以，它才在四大灵魂向黑暗之神发动攻击的同时溜了过来，与蓝蓝的灵魂简单交流了一下，就通过了阿拉姆司神力形成的屏障，形成了第五种能量。

而那道黑色的气流是属于梅丽丝的。灵魂·奉献之誓使她与天痕息息相关。这次的行动，天痕并没有让梅丽丝参加，她毕竟是黑暗系审判者，出现在圣盟的行列中容易引起圣耀小队和光明大长老的误会。但是，即使远在地球，梅丽丝还是感受到了天痕的危机。

由于距离太远，直到现在她才凭借灵魂契约勉强控制住留在天痕脑海中的灵魂，且正巧遇到了地火神龙，两个灵魂这才同时发动了最后的攻击。

在黑、金、蓝、白、银、红六大灵魂的围攻下，黑暗之神的防御土崩瓦解。它连连向众灵魂发出求饶的信息，但此时谁又会饶过它呢？六大灵魂将它的灵魂完全毁灭，它的生命烙印在地火神龙的灵魂之火的作用下完全消失。

堂堂魔幻星曾经最强大的超神级圣兽黑暗之神，竟然死在了天痕的身体里，它的灵魂主要分成了三部分，分别被罗迦、天痕和梅丽丝的灵魂同化，意识随着生命烙印的消失而彻底完结了。

六大灵魂并没有因为黑暗之神的陨灭而撤离，它们同时在天痕的脑海中为他重建意识之海。在其他五个灵魂的作用下，天痕意念中的悲伤被逐渐抚平，淡金色的意识之海重新燃起了生的希望。

天痕的意识在意识之海中清醒过来，在浩瀚无边的淡金色海洋中，他看到了蓝蓝，看到了一脸呆滞的罗迦、身体透明的梅丽丝、银光闪烁的星痕以及被淡红色火焰包裹住的地火神龙。

"谢谢你们救了我。"天痕的意识依旧充满了痛苦。父母和朋友的死对他的刺激太大了。

梅丽丝柔柔一笑，道："主人，我要先回去了，距离太远，我已经快控制不了自己的灵魂了，你一定要多保重，为了蓝蓝，为了爱你的人，也……也为了我。"黑色的身影从半透明状态中逐渐解脱，飘散于意识之海中。

蓝蓝眼中光芒一闪，看向一旁的地火神龙："黑暗之神潜入天痕的身体没安好心，我想，你与它的想法也差不多吧？"

地火神龙吓了一跳，赶忙道："没有，没有。我怎么会像那个卑鄙的家伙呢？如果我是那么想的，又怎么会救天痕？"

蓝蓝哼了一声，道："如果你不是那么想的，以你的能力，应该早就出来与黑暗之神对抗了。你为什么早不出来？等我们确立了胜局，你才慢悠悠地来收尾。我想，在毁灭黑暗之神庞大的生命烙印时，你得到了不少好处吧？"

地火神龙不知该如何回答，只得向天痕求助道："天痕，我们是朋友，我怎么会害你呢？你可一定要相信我啊！"

天痕淡然道："算了，蓝蓝，这样的机会以后再不会有。况且，当初地火神龙帮助我们抵御过冥教的战舰，也算救过我们一次。地火，我答应你，今后有机会，我一定给你找一个好的身体。但是，如果你有什么不轨的企图，可别怪我无情。"

地火神龙赶忙赔笑道："那是当然。黑暗之神的灵魂和生命烙印都已经消失了，但它的能量还在，你只要将它的黑暗系异能全都收归己用，想对付我还不容易吗？我一定不会给你找麻烦的。我也先回去了，以后用得着我时，尽管说。"

红光一闪，地火神龙的灵魂悄然而去。

蓝蓝轻叹一声，道："天痕，伯父、伯母的死我们都很难过，但是，你要坚强啊！正如梅丽丝所说，你并不孤单，你还有我们。"

天痕面无表情地点了点头，道："蓝蓝，你放心吧，我不会再这样了。记得你以前说过的话吗？如果我选择离开，你也会跟我离开吗？"

蓝蓝心头一震，已经明白了天痕的意思："你已经决定了吗？"

天痕坚定地点了点头。

蓝蓝柔和一笑，她的灵魂缠上了天痕的灵魂，温暖地安慰着他那千疮百孔的心灵。

"你在哪里，我在哪里。"白光一闪，蓝蓝也撤出了自己的灵魂。

星痕长出一口气，道："你没事就好了。天痕，你这家伙可要注意点，你那么伤心，连带我也要难受死了。别忘记，不只是蓝蓝、罗迦与你的生命息息相关，你兄弟我也是啊。我也走了。"

银光闪过，星痕的灵魂也回到了自己的意识中。

意识之海中，只剩下天痕和罗迦。

天痕抬起头，看着神色呆滞的罗迦，心中充满了怜惜："对不起，罗迦，你是不是觉得我太禁受不住打击了？你放心，以后我就算再难过，也会坚强地活着，我想，这也是我死去的父母和朋友们对我的期望。我一定会成为八十一级的黑暗系异能者，重新燃烧起你的生命之火，让你的灵魂恢复意识。你为了我而死，我不会辜负你的一片苦心。"

罗迦那蓝色的身影看起来甚是纤弱。突然，她身体一晃，又分出一道身影。看到这道身影，天痕不禁呆住了。那竟然是雪梅！

"雪梅？雪梅，你怎么会在罗迦的灵魂中？"雪梅的灵魂呈现淡红色，闪耀着淡淡的光芒，只不过，与罗迦一样，她也是呆呆的，显然没有任何意识。

天痕突然明白了，是罗迦，一定是罗迦在雪梅死的时候用自己的灵魂保留了雪梅的灵魂与生命烙印。可是，为什么只有雪梅一个呢？为什么罗迦失去意识的灵魂会选择雪梅呢？

天痕怎么也想不通。但是，至少现在雪梅还没有完全死亡，说不定，当他的黑暗系异能达到八十一级时，他能够让雪梅也复活呢？想到这里，天痕死气沉沉的心终于有了一分生气。

罗迦的灵魂是没有意识的。天痕养父母死的时候，天痕的极度悲伤引动了罗迦的灵魂，罗迦曾试图保留他们的生命烙印和灵魂。但是，在冥教的多日折磨下，天痕的养父母不论是身体还是精神都已经极度虚弱，罗迦并没有成功。莲娜的情况也一样。而达蒙和雪恩由于没有接触天痕的身体，错失了机会。

只有雪梅由于拥有火系异能，身体情况相对较好，尤其是最后死在天痕怀里时，天痕异常强烈的悲伤再次极大地刺激了罗迦那失去意识的灵魂。罗迦的灵魂勉强将雪梅的生命烙印和灵魂吸入，没有将其同化，而是与其形成了并存之态。罗迦的灵魂虽然在阿拉姆司神殿时增强了许多，但也只有摄取一个灵魂进入天痕体内的能力，而雪梅成了这个幸运儿。

"罗迦，谢谢你。你总是在帮我，即使已经为我付出了生命，你失去意识的灵魂依旧在帮我，你让我怎么感谢你才好呢？等你复活后，我一定会加倍地报答你。我会小心地呵护你，再也不让你受到任何伤害。"

罗迦的灵魂似乎听懂了天痕的话，无神的眼眸轻微地转动了一下，蓝光收敛，带着被红光包裹着的雪梅悄然而去。

摩尔和光明都在焦急地等待着，他们看到天痕头部不断散发出各种光芒，不禁眉头紧锁。这种情况他们也是第一次遇到，他们根本不明白到底发生了什么事。

一道道光芒逐渐消失，天痕的身体从微微颤抖转为平静，脸色也逐渐变得正常了。

白光收敛，蓝蓝拿开了贴在天痕胸口处的阿拉姆司神杖，长出一口气，睁开了眼睛。如果不是阿拉姆司神杖的作用，她的灵魂不可能进入天痕体内。刚才，正是她的水神之力消耗了黑暗之神大部分的能量。

摩尔焦急地问道："蓝蓝，天痕怎么样了？"

蓝蓝道："已经没事了。先前那控制他身体的力量，来源于魔幻星上的一个黑暗生物。刚才我们已经联手将那黑暗生物的生命烙印和灵魂完全毁灭了，以后天痕应该不会再有危险，估计休息一段时间，他就会清醒过来。让他自己向你们解释吧，我也不太清楚他体内这个灵魂的具体情况。"

精神的消耗令蓝蓝显得很疲倦，她缓缓闭上眼睛，全身白光闪烁，恢复着自己的能力。

光明和摩尔对视一眼，同时松了一口气。虽然天痕是他们的亲人，但是，如果他拥有强大的黑暗系异能，最后他们也只能将他的力量封印。

摩尔飞到天痕身旁，空间系异能如丝网般小心地罩上了天痕的身体。摩尔向光明道："咱们先回地球再说吧，天痕这次受到的伤害太大，需要好好调养一阵，地球比较适合他。"

光明点了点头。众人重新登上摩尔的战舰，高速离开了天雨星。光明的战舰则留在了这里，以供圣耀小队成员们完成任务后使用。

不知道过了多长时间，天痕的灵魂终于完全归位，意念充斥大脑，控制着眼皮缓缓睁开。

房间中有些昏暗，百叶窗紧闭，似乎是怕外界的光线影响天痕的睡眠。

天痕凝神内视，此时，他体内的情况非常混乱，脑海中的空间系异能倒没有什么，胸口处的宇宙气也还算稳定，但是丹田中的黑暗系异能发生了天翻地覆的变化。

黑暗之神的灵魂和生命烙印被剿灭，这下可便宜了天痕，大量黑暗系异能滞留于丹田中，无主的能量以天痕原本的黑暗系异能为中心，正在缓慢地运转着。如果不是那细小的黑暗晶体，恐怕天痕的身体早已经出现问题，被黑暗系异能腐蚀了。

黑暗之神不但留下了自己全部的能力，而且，它的灵魂分别被天痕、罗迦和梅丽丝的灵魂同化了。天痕清晰地感觉到，自己脑海深处似乎多了些什么，可是他又抓不住那种感觉。

黑暗系异能的大量囤积，现在还说不清对天痕是好是坏，毕竟，这些能量他还没有吸收，一旦受到外界刺激，很容易突然爆发。而且，由于体内能量不平衡，天痕已经失去了天魔变这一能力。

按常理来说，天痕现在最该做的，就是寻找一个安静的地方好好修炼，先将黑暗之神留下的能量都化为己用，至少达到黑暗系审判者的境界，再想办法提高自己的空间系异能，或者利用宇宙气，对两种异能进行转化，让它们趋于平衡，好再施展天魔变。但是，天痕现在有这样的心情吗？

清醒过来后，他依旧有些呆滞，目光暗淡，望着天花板。父母、达蒙、雪恩、莲娜和有可能死而复生的雪梅，每一道身影都是那么清晰，如同电影一般不断在天痕的脑海中闪过，天痕想抓住他们，却无论如何也做不到。

"啊，主人，你什么时候醒的？你怎么不说话？"梅丽丝惊喜的声音响起。

她一直在天痕身旁守护着，由于时间太长，刚才无意中睡着了。即使她在睡梦中，天痕清醒时产生的脑波还是能够牵引她的灵魂，她一醒来就发现天痕已经睁开了眼睛，顿时大喜，赶忙发问。

天痕没有吭声，依旧呆呆地看着天花板，目光迷离，泪水从眼角滑落。想起父母二十年的养育之恩，他又怎能不悲伤呢？

梅丽丝握住天痕的手："主人，你不要吓我啊！你可千万不能有事。"梅丽丝看到天痕流泪，她的眼圈也红了。

天痕轻叹一声，道："我没事，其实，我早就可以醒过来，只是不愿意面对现实而已。现在既然醒了，我就会好好地活着。再难过有什么用？我的父母和朋友们也无法复活。但是，他们不会白白付出生命，冥教，法曼民族，不将你们彻底毁灭，我绝不罢休！"

说着，他缓缓坐了起来，看着面容憔悴的梅丽丝，心中生出一丝怜惜之意，柔声问道："我昏睡了多久？"

梅丽丝坐到天痕身旁，道："已经有六天了。蓝蓝本来一直守在这里，早上我看她实在是太累了，就让她回去休息了。她说下午过来换我，现在是中午。主人，你饿不饿？我去给你弄点吃的，好吗？"

天痕摇了摇头，道："不用了。我的精神恢复了，身体也没什么事，只是因为睡得太久而有些头晕。"

说着，他开启空间袋，取出一管高级营养液灌入腹中。天痕体内的能量迅速得到了补充。

第150章
放弃圣盟的地位

"梅丽丝，你在这里等我，我要去见光明大长老。"天痕一边说着，一边从床上爬了起来，就要向外走。

梅丽丝赶忙扶住他："主人，您还是先休养休养再说吧。我听蓝蓝说，光明大长老这次是真的动怒了，明确向议会施压，开始全力对付冥教。议会也已经同意了。我想，法曼民族的那些浑蛋不会有好结果的。"

天痕眼中寒光一闪："我自己的仇要自己去报。议会？哼，等收拾了法曼民族的那些浑蛋，我也绝不会放过他们。放心，我没事，等我回来后，咱们就离开这里。"说着，他向外走去。

他虽然恨冥教教主，但相信冥教教主说的议会指使冥教对付自己父母的事情并不假，否则，冥教根本没有理由为难圣盟。天痕对议会的恨绝对不比对冥教的少，只不过，以他现在的能力还不足以与议会抗衡，他只能隐忍。

看着天痕有些孤寂的身影，梅丽丝心中一痛，暗暗为他祈祷，希望他能早日恢复正常。

走出房门，天痕停了下来，站在原地，催动体内的宇宙气快速绕体一周，驱除脑海中不断传来的眩晕感。他突然发现，自己昏睡了这么长时间，灵魂的争斗又带来过极大的负荷，但此时身体状况并没有什么不妥，尤其是体内的经脉，似乎比以前更加坚韧了，他在内视时甚至可以看到经脉闪烁着淡淡的白光。眩晕感消失后，他没有多想，就立刻大步而去。

光明坐在舒适的大椅子上沐浴着阳光。这些天发生了很多事，他忙着应付，冥教的卑鄙使他心情始终不好，天痕的状态更是令他担忧。难得今天他没什么事需要处理，能够安静地在自己的办公室中想些事情。正在这时，通信器传来信息。

"光明老大，我来了。"摩尔有些疲倦的声音响起。

"进来吧。"

摩尔推开门，大步走了进来，直接走到沙发一屁股坐了下来，道："我说老大，你可要把我害死了。"

光明微笑道："你是我妹夫，我怎么会害你？又怎么了？"

摩尔道："情报部门汇总上来的信息那么多，我连看都看不过来，要不是有希拉和月、星帮忙，恐怕我又要变成老头了。咱们商量商量如何，你换其他人管理情报部门吧，我还是回我的明黄星去。"

光明没好气地道："你呀，就是太懒惰了。现在你的身份已经不一样了，作为本盟的长老，你怎么可以逃避责任？这个位置你给我继续坐下去，至少五年内，我绝不会给你换地方。我让采若天太上长老帮你指导那些空间系的掌控者，已经为你减轻了压力，你要是还不满足，我就把那边也都交给你。至于明黄星，有你的弟子们就足够了。对了，冥教的消息调查得怎么样了？"

摩尔恨恨地道："这些法曼民族的人还真是狡猾，离开天雨星后，整个冥教似乎凭空消失了一般，根本没有任何消息，就连以前我们监视的一些分部也完全消失了。我与议会的情报局沟通了一下，他们那边也没消息。看来，冥教是怕了我们，不知道藏到什么地方去了。"

光明脸色阴沉，道："不管他们藏匿得多深，我们一定要想办法将他们找出来。这个毒瘤如果不铲除，总有一天会给人类带来巨大的危害。"

摩尔眼中流露出一丝担忧："是啊！如果不将冥教和法曼民族完全消灭，我怕天痕永远也无法恢复过来。那群浑蛋做得也太绝了！"

通信器再次响起："大长老，天痕向您报到。"

突然出现的声音令摩尔和光明眼中都流露出一丝喜色。天痕已经恢复了吗？

光明赶忙道："快进来，天痕，你爷爷也在这里。"

脸色苍白的天痕走了进来，向光明和摩尔施礼道："大长老、摩尔老师。"

光明微笑道："坐吧。还叫摩尔老师吗？现在一切都已得到证实，你应该改口了。"

天痕愣了一下，目光复杂地看向摩尔，到嘴边的两个字却始终叫不出来。

摩尔微笑道："算了，别为难孩子，顺其自然吧。天痕，你好些了吗？那天真是吓死我们了，我们还以为你被黑暗之神吞噬了灵魂。"

天痕道："让你们担心了。多亏大家相救，否则，我的身体恐怕真的要被黑暗之神占据。大长老、摩尔老师，我是来向你们告别的。"

光明和摩尔同时身体一震。光明皱眉道："天痕，你这是什么意思？"

天痕摊开自己的右手，露出乳白色的生物电脑。

"大长老，一直以来，承蒙您和摩尔老师以及大家的帮助，天痕非常感激。但是，现在我想退出圣盟，请您将这代表长老身份的生物电脑收回去吧。"

摩尔猛地站起身："天痕，你疯了吗？你能有今天多不容易，你以为圣盟长老的位置是谁都可以坐的吗？"

天痕眼中流露出一丝凄苦之色："如果不是因为我过于追求力量，追求名利，我父母怎么会死？如果不是因为我加入了圣盟，冥教有什么理由为难他们？如果我没有异能，或许，现在我还与父母在一起幸福地生活着。可是，现在我已经没有了一切。父母死了，他们虽然只是我的养父母，但是对我有二十年的养育之恩啊！还没等我有所回报，他们就因为我而去，我又怎么能再留在圣盟呢？请光明大长老和摩尔老师成全。"

光明眉头紧皱，看着天痕。他虽然早已经料想到天痕必然会有所反应，但没想到天痕反应会如此激烈。

"天痕，我希望你再考虑考虑。你父母和朋友的事我也感到很遗憾。我向你保证，一定尽全盟之力清剿冥教。留在这里，你报仇的机会才会更大。不要因为一时冲动而毁了自己，你应该知道自己在圣盟有什么样的前途。我已经老了，十年之内，我这个位置必然是你的。"

天痕心灰意懒，道："大长老，这段时间，我已经想得很清楚了。一切都已经发生了，对于名利，其实我早已有些厌倦，只是身上的责任使我不能有所动作。现在，我的父母死了，朋友也因我而死，我已经没有什么可留恋的了。冥教的事，我自己会处理，就算走到天涯海角，我也一定要将他们找出来。

"你们放心，虽然我离开了圣盟，但将来如果圣盟有用得着我的地方，我一定不会推却。我现在除了报仇，对任何事情都提不起兴致，请你们原谅，就算你们不同意，我也一定要离开这里，离开地球。"

摩尔眼中不断闪烁着淡淡的光芒，沉声道："不错，你养父母已经死了，但是，我和你奶奶年纪都大了，难道你就不管我们了吗？"

天痕一愣，抬头看向摩尔，一时间倒不知该如何回答了。从当初在明黄星相识一直到现在，摩尔对他那无微不至的关怀他又怎么可能忘却呢？就算摩尔不是他的爷爷，他也不可能放弃这份感情。他一时间说不出话来。

光明突然道："这样吧，你既然要走，我也不强留。咱们圣盟本来就是一个自由的组织，本盟成员虽然加入时需要经过审核，但只要本人愿意，随时都可以离开。不过，在你走之前，我想请你再为圣盟做最后一件事，这个要求不过分吧？"

天痕点了点头，道："大长老，您说吧，天痕力之所及，必定全力以赴。"

光明微微一笑，道："也不是什么难事。前些天我就想让你爷爷去联络立顿家族，现在正好有时间了，你就陪你爷爷和月、星两位走一趟吧。等回来后，如果你还要走，我绝不拦你。生物电脑你先带着，在完成这件事回来之前，你还是我圣盟的第七长老。"

摩尔急道："光明老大，你真的要放这小子走？不，我绝不同意。"

光明用眼神阻止摩尔再说下去："事情就这样决定了。天痕，你先回去休息，你的身体还没有复原。三天后，你们再一起前往立顿家族。哦，对了，你的养父母我已经命人安葬在地球上最美的地方——夏碧岛，你那几个朋友，也都按照他们的心愿，安葬在了中霆星的中霆综合学院中。以后，你可以常去祭奠他们。"

光明已经决定了，摩尔也不好再说什么。

天痕眼中流露出感激之色，点了点头，道："谢谢您，大长老。我会跟摩尔老师一起前往立顿星球的。"

光明这最后的要求天痕根本没有任何理由拒绝。他向两人行礼后，离开了房间。反正他总是要离开的，既然要走了，就先帮爷爷做些事吧。

天痕一出门，摩尔就不满地向光明道："老大，你怎么能让他真的脱离圣盟？先不说他对圣盟有什么作用，如果他离开了咱们的保护，万一冥教对他使用什么卑鄙的手段暗害了他怎么办？我可就这一个孙子啊！"

光明微笑道："你冷静点，我还不知道你只有一个孙子吗？我没有后代，你的孙子就是我的，我又怎么会不顾他的安全呢？以天痕的个性，他决定了的事不会轻易更改，如果我们非拦着不让他走，恐怕到最后他会给咱们来一个不辞而别，那样，以后我们想联系他可就难了。况且，他未必会真的离开圣盟。我让他跟你去立顿家族自然有我的用意，现在，百合就在立顿星的贫民窟中，我会将天痕的情况通知她。"

摩尔眼睛一亮，顿时明白了光明的意思，呵呵笑道："老大，还是你有办法。有的时候，女人的作用可比亲人要大，希望百合能劝住他吧。"

光明道："百合在天痕心中有很高的地位。其实，他们在一起的时间并不长，连我都不明白他们为什么会有那么深的感情。可惜，百合这孩子志向高远，否则，有她陪在天痕身边，这次天痕也许会好过一些。"

摩尔叹道："原先，我并不是很喜欢蓝蓝，她那大小姐脾气实在让人受不了。而百合是希拉的义女，心地善良，待人和善，虽然辈分比天痕高，但我们异能者一向不拘这些小节，我希望她能成为天痕的妻子。但这段时间，我的想法改变了很多。因为我发现蓝蓝喜欢上天痕之后，她的性格发生了很大的变化，她似乎一切都以天痕为中心，大小姐脾气也收敛了很多，尤其是在天痕替她挡了那一刀之后，她更是死心塌地地跟着天痕，天痕去哪里，她就去哪里，时刻关心着他。不久前，他们从龙川星回来，蓝蓝的能力提升到了审判者境界，但她没有一丝骄矜之气，对天痕的态度也没有丝毫改变，反而与天痕更亲近了。可是，百合呢？在天痕最需要关心的时候，这丫头却在忙着她自己的事情。唉，我现在已经比较偏向蓝蓝了。"

光明莞尔一笑，道："你这老家伙还真是自私，谁对你孙子好你就偏向谁。孩子们感情上的事，我们还是不要管为好，由他们自己选择吧。不过，这次去立顿家族，你要注意点自己的脾气。现在是天痕心情最低落的阶段，你要好言劝慰，就算他最后依然决定要离开，你也不能为难他。

"多些磨炼，对他来说并不是什么坏事。至于他的安危，你大可不必担心。天痕本身虽然不是审判者，但他的天魔变有审判者级别的能力。他要是离开圣盟，恐怕蓝蓝也会跟着去。你也看到了，蓝蓝那神秘的能力非常纯净，就算比起你来也差不了多少，再加上一个黑暗系审判者级别的小蝙蝠，合三个审判者的力量，就算遇到八十级的德库拉十三世，即使打不过，跑也还是跑得掉的。你瞎担心什么？"

摩尔愣了一下："小蝙蝠？你说什么小蝙蝠？"

光明道："你忘了吗？就是上次天痕和蓝蓝救回来的那个。上次天痕只是一句带过，但有黑暗系异能者在我们天平球中，我又怎么能不调查清楚呢？前几天我找那小蝙蝠谈过一次，她对天痕绝对是忠诚的。有她和蓝蓝在天痕身边，安全问题倒是不必担心。"

摩尔皱眉道："黑暗系异能者的心性很难说，要是那小蝙蝠带着某种目的跟在天痕身边，可就是随时都可能爆发的定时炸弹。"

光明笑道："不，你错了。那小蝙蝠对天痕非常忠诚，她与天痕之间有灵魂·奉献之誓。那可是黑暗世界中最严重的誓言，是绝对不会更改的。你知道那天我是怎么找小蝙蝠谈的吗？我趁蓝蓝不在时，易容潜入天痕的房间，假意要对天痕不利，那小蝙蝠明知自己不敌，却不惜用生命保护天痕，唯恐他受到一点伤害。后来我才现出本来面目，向她了解了她与天痕之间的关系。"

听了光明的话，摩尔也不禁露出一丝笑容："老大，还是你想得周到。这件事就交给我吧，现在只希望百合能让天痕回心转意。自从月和星跟着希拉离开我以后，我就再没去过立顿家族了，还不知道他们对我是个什么态度呢！"

光明觉得好笑，道："你也有怕的时候吗？应该没事的。当初，希拉救了月和星的性命后，她们两个就一直对希拉言听计从，后来肯和你在一起，主要是她们不想离开希拉。说起来，你倒是占了不少便宜。现在你和希拉都已经和好了，还怕什么？以月和星在立顿家族的身份，谁还能说什么？"

摩尔苦笑道："现在立顿家族的族长虽然是月和星的大哥日·立顿，但真正掌权的还是他们家老爷子。那老爷子可不好应付，我和月、星她们分开二十几年，老爷子见了我，不痛骂我一顿才怪。"

光明笑道："那你就让他骂呗，这也是应该的。谁让你一直没勇气去找她们三个呢？最后还是天痕出面才使她们回到你身边。"

摩尔没好气地道："光明老大，你似乎在幸灾乐祸啊！这次我是逃不了了，去就去，反正带着天痕。当着小辈，老爷子总要给我点面子。"

光明眼中流露出一丝黯然之色："我有什么可幸灾乐祸的？如果采离当初肯回到我身边，别说是被骂一顿了，就算把我打成重伤我都愿意。兄弟啊！你已经比我幸运多了。"

采离的离去，是光明心中永远的痛。

摩尔道："老大，算了吧。师姐也离开那么多年了，你现在还不算老，也该找个妻子了。堂堂圣盟大长老，连个家都没有，像什么样子？"

光明苦笑道："采离走时，把我的心也一起带走了。到了我这个年纪，你觉得我还有那个心思吗？况且，现在我即使想找个妻子也有很多顾忌，谁知道对方是不是敌对势力安插到我身边的卧底呢？我早已经习惯了一个人的生活，以后也继续这样过下去吧。你去吧，先跟希拉说一声，把你手头的事情都跟她交代清楚，做好准备，三天后出发。"

天痕回到房间，一进门就看到蓝蓝已经来了。他勉强一笑，道："你也来了。这些天真是辛苦你和梅丽丝了。"

蓝蓝柔声道："说这些干什么，快躺下。其实，这些天紫幻姐也一直在帮我们照顾你，每天她都会带一些药剂输入你的身体，这个时候估计她也快来了吧。你感觉好些了吗？"

天痕道："我还没那么虚弱，怪不得我体内的经脉比以前状态还要好，原来是紫幻的药的功劳。倒是应该好好谢谢她。"

坐在床上，天痕向蓝蓝和梅丽丝道："刚才我已经跟大长老说过了，我决定辞去圣盟的长老之位，离开地球。"

蓝蓝身体一震："你已经决定了？"

天痕坚定地点了点头："父母和朋友遇难，都是因为我成了异能者。如果我没有现在的能力，情况又怎么会是这样呢？我十几岁的时候，是在达蒙老师的资助下才进入了中霆综合学院学习，但他的恩我还没来得及报，他就死了，都是我连累了他们。在为他们报仇之前，我不想再做其他事。蓝蓝，我再问你一次，你真的愿意放弃在圣盟的一切跟我走吗？"

蓝蓝微怒道："你说的这是什么话？难道你还不相信我吗？我早已决定，你在哪里，我在哪里。"

天痕看着蓝蓝，歉然道："对不起，我太患得患失了，我实在禁受不起再一次打击了。不过，我们暂时还不能离开圣盟，大长老让我最后再为圣盟做一件事，随摩尔老师到立顿家族走一趟。我想，应该是像去比尔家族似的，与立顿家族谈合作事宜吧。等回来后，咱们就离开。"

蓝蓝一愣，道："去立顿家族？那可是很远的，在银河联盟的最北端，是四大家族中距离地球最远的。而且，据说立顿家族的人脾气都很怪，不太好相处。我和梅丽丝姐姐也陪你去吧。不在你身边，我们实在放心不下。"

听着蓝蓝关心的话语，天痕脸上不禁露出一丝微笑："别把我当个孩子似的，我能照顾自己，这次和摩尔老师一起去，不会有什么问题的。这些天你们都累了，就留在天平球中休息吧。摩尔老师的战舰速度非常快，我想，多则十天，少则五日，我们一定能回来。"

蓝蓝想了想，虽然心中不舍，但还是点头道："那好吧，你也应该出去散散心了，记得早些回来，我们会想你的。"

天痕刚要说什么，却听到外面传来了清晰的脚步声。门开了，身材高挑、气质清冷的紫幻走了进来。与上次天痕见她时相比，紫幻显得憔悴了许多，脸色分外苍白，没有一丝血色。

看到天痕坐在房间中，她愣了一下，喜悦的光芒从眼中一闪而过，道："你已经醒了。"

天痕站起身："紫幻，谢谢你这些天的照顾。你的脸色怎么这么难看，有什么不舒服吗？难道又是冰毒发作了？"

紫幻一听，赶忙道："没有，冰毒早就解了。可能是最近有些累吧，过些日子就好了。来，你先把这个喝了。既然你醒了，也用不着打点滴了。"说着，她递给天痕一瓶药剂。

天痕接过药剂，愣了一下，扭头向蓝蓝问道："这些天我一直都喝的这种药剂吗？"

蓝蓝点头道："是啊！每天紫幻姐都会拿两瓶这样的药剂过来，输入你身体里。怎么，有什么不对吗？"

天痕原本毫无生气的双眼流露出激动之色，他看着紫幻，突然伸手将紫幻的手腕抓到自己面前翻转过来。紫幻双手的肌肤上赫然有一排清晰的针眼，针眼周围呈现青紫色。

"为什么对我这么好？你这是何苦呢？"

这瓶药剂天痕认得，与前些天掌控者大会时彼得所长给他的那瓶一样。他清晰地记得彼得所长说过，这种药剂必须以冰族人的鲜血为引才能制成。他手中的药剂足有两百毫升，就算鲜血只是引子，恐怕每瓶药剂内也有紫幻几十毫升的鲜血，每天两瓶，六天下来，紫幻耗费了多少鲜血啊，她的气色怎么会好呢？

他早该想到的，如果不是这种珍贵的药物，自己的经脉怎么会在段时间内变得如此坚韧？紫幻的默默付出，让天痕心中充满了感激。

紫幻抽回自己的手，低下头道："你是圣盟的长老，帮你调理身体是我应该做的。既然你已经好了，那我就先走了。"

"不。"天痕身形一闪，挡在紫幻面前，双手轻托，用空间系异能包裹着紫幻的身体将她送到床上。

紫幻有些惊慌地道："你干什么？"

天痕没有吭声，飘身而起，落在紫幻背后，双手按在了紫幻后背上，将纯净的宇宙气输入紫幻体内，帮她调理身体。

紫幻虽然有二十几级的异能，但与天痕比起来就差远了，此时她根本没有反抗的能力，只能任由天痕将宇宙气输入自己体内。温和的宇宙气滋润着她的每一条经脉，因为失血过多而产生的眩晕感顷刻间消失，阵阵暖意袭来，她逐渐放松，进入了梦乡。这些天为了给天痕调制营养药剂，她心力交瘁，再加上失血过多，她的身体已经非常虚弱，此时才得到了真正的休息。

温暖的气流从背后传入天痕体内，不断补充着他失去的能量，蓝蓝柔和的声音响起："你刚好一点，还是让我来吧。我的能量应该更适合紫幻。"

天痕知道，蓝蓝的能力比自己强，且水与冰相近，蓝蓝的能量确实比自己的更适合紫幻。他小心地扶着紫幻躺在自己的床上，将她交给了蓝蓝。

紫幻睡得很沉，天痕站在床边，看着蓝蓝不断将柔和的白色光芒融入她体内，心中放松了一些。

梅丽丝来到天痕身旁，低声问道："主人，紫幻姑娘怎么了？您好像很担心她。"

天痕轻叹道："紫幻的身体本就不好，这些天，她给我用的药剂都是以自己的鲜血为引制成的。你想想，她已经损耗了多少鲜血？她如此帮我，这份恩情我怕是还不清了。"

蓝蓝和梅丽丝都看向天痕，眼中充满了惊讶，她们对紫幻不禁生出一丝敬佩。白色光芒变得更亮了，水神之力给整个房间带来了一丝淡淡的神圣气息。

天痕向梅丽丝道："你也休息吧，在圣盟这里不会发生什么事的。这些天你也辛苦了。"说着，他将梅丽丝拉到一旁，让她躺在柔软的沙发上。

梅丽丝本不想休息，但在天痕坚定的眼神中乖乖地躺下了，她蜷缩在沙发上，像一只可爱的小猫，双眼闭合，缓缓进入了梦乡。

天痕从旁边的柜子里拿出一条被子盖在梅丽丝身上，自己在一旁的地上盘膝坐好，进入修炼状态。

空间系异能的白色晶体和宇宙气的黄色晶体同以前相比都没有任何变化，但是，宇宙气所在胸口处向下，已经完全被黑色的气流所充满。这些原本属于黑暗之神的能量都围绕着天痕那黄豆粒大小的黑暗系异能晶体缓慢地旋转着，天痕毫不怀疑，自己如果能将这些黑暗系异能全部吸收，至少能达到七十级的能力。

为了报仇，天痕心中充满了对力量的渴望。他没有丝毫犹豫，立刻开始了对周围黑暗系能量的摄取。但是，他忘记了一件事，修炼是需要循序渐进的，尤其是他这种情况，必须让三种能力平衡，特别是宇宙气。没有宇宙气的保护，黑暗系异能很容易影响到他的心志。

由于同化了黑暗之神的部分灵魂，天痕吸收起这些黑暗系能量来竟然比想象中容易得多，他清晰地看到，自己丹田处的黑色晶体在缓慢地变大，阵阵冰冷不断从丹田处传来，淡淡的黑色魔纹逐渐浮现在他皮肤表面。

第151章
★ ★ ★
立顿家族的特殊异能

在三种能量中，天痕现在最渴望提升的就是黑暗系异能，因为只有八十一级的黑暗系异能才能够令罗迦和雪梅有复活的机会。

现在罗迦那失去意识的灵魂明显比开始时状态要好得多，附着在天痕的左臂中，蓝色的灵魂之力已经凝结成了一颗蓝灵珠，雪梅的灵魂和生命烙印正是在蓝灵珠的保护下才不至于消散。

黑暗系异能不断地收拢着，天痕的宇宙气和空间系异能却失去了精神力的支持，只能自然而然地吸收外界的能量分子，同黑暗系异能这种直接吸收黑暗系能量的方式比起来要缓慢得多。

"天痕，醒醒，摩尔爷爷来找你了。"蓝蓝的呼唤将天痕从修炼过程中惊醒。他缓缓睁开眼睛时，两道冷冷的电光在静室中一闪而没，整个房间的温度似乎都降了下来。

黑色的眼眸中多了一分邪异，冰冷的气息收敛，天痕轻轻地从地上站了起来，皮肤上的黑色魔纹淡去，一切都恢复了正常。虽然他不知道自己的黑暗系异能达到了什么程度，但经过三天的时间，黑暗之神留下的黑暗系能量已经被他吸收了五分之一。黑色的晶体比原先增大了许多，冰冷使天痕的大脑更加清醒。如果不是没有时间，他一定会将所有黑暗系能量完全收归己用。

"痕，你没事吧？"蓝蓝有些疑惑地看着天痕，"你是不是在吸收黑暗之神留下的能量？"

天痕点了点头，道："黑暗之神的能量留在我身体里，如果不吸收，就不能为我所用。"

蓝蓝眉头微皱："还是小心一些为好，黑暗系异能毕竟容易对人产生负面影响。"

天痕淡然一笑，道："放心，我没事的。你看，梅丽丝的黑暗系异能恐怕有七十级了，她不一样好好的吗？"

"不，主人，我没被负面情绪影响是因为您。"梅丽丝的声音在天痕背后响起，"在灵魂契约的作用下，我自身的灵魂其实存在于您的意识之海内，我的黑暗系异能再强，也不会影响到我的神志。况且，我现在的能力也就刚过审判者的级别而已。血皇留下的能力我虽然都吸收了，但还不能完全应用，至少还需要一年才能达到七十级。"

天痕扭头看向梅丽丝，她的脸色好看了许多，黑色的长发披散在背后。能力达到审判者境界后，梅丽丝发生了微妙的变化，比以前多了分高贵的气质。她同蓝蓝一样，关切地看着天痕。

"摩尔老师在门外吗？你们怎么没让他进来？"

"没有，摩尔爷爷在光明爷爷的办公室呢。他让你过去，说是要出发了。一路注意安全，我们等着你。"蓝蓝一边说着，一边从床上拿起一套银色的制服递给天痕，连内衣都有，"先去洗个澡吧，换上衣服再出发。"

"紫幻呢？怎么没看到她？她好点了没有？"天痕看到空空如也的床，不禁问道。

蓝蓝道："紫幻姐经过我们的调理，身体已经好多了。她一觉睡了足有二十四个小时，醒来后就离开了。"

天痕叹息一声，道："她也是个苦命人，以后有机会，我们要多照顾她才是。我去洗澡了。"

二十分钟后，经过热水淋浴，天痕觉得舒服了许多，悲伤已经被他深深地埋在心底，至少表面看去，他已经恢复了正常。

笔挺的银色制服衬托着他那高大的身躯，显得气势逼人，英俊的面容配上黑色及肩长发，增添了几分儒雅的气息，看得蓝蓝和梅丽丝都不禁露出一丝笑容。

蓝蓝微笑道："去立顿家族可不许沾花惹草哦，要知道，这些大家族中，美女可是很多的。要是让我知道你有什么不轨的行为，等你回来后，看我怎么收拾你。"

天痕故作轻松地笑着对蓝蓝道："想什么呢，我是那种人吗？"

蓝蓝听完，心中十分欢喜。

"摩尔老师他们还在等着我，我先走了。你们也多保重，要是想我，就修炼吧，或许，等你们从修炼中醒来，我就回来了。"

走出房间，天痕脸上的笑容消失了。冥教不灭，他的心结又怎么能解开呢？刚才他是为了不让蓝蓝和梅丽丝再为自己担心，所以故意摆出一副轻松姿态的。

搭乘音速电梯，天痕很快就来到了天平球顶层。

罗丝·菲尔、祝融、奥恺和沃马此时都在研究所中指导掌控者们，光明大长老则在顶层办公室中。天痕顺着甬道来到办公室门外，按动通信器，道："大长老，天痕来了。"

"进来吧，就等你了。"摩尔的声音从通信器中传出。

天痕推开门，走了进去。

光明大长老的办公室中人还真不少，天痕都认得，除了坐在办公椅上的光明，还有摩尔、希拉、月·立顿和星·立顿。看到天痕走进来，他们都露出了笑容，似乎刚才正在谈论他。

希拉来到天痕面前，眼圈一红，拉着天痕坐在一旁的沙发上："可怜的孩子。"

刹那间，希拉那母性的温暖使天痕再也无法抑制心中的悲伤，他下意识地叫道："奶奶。"

希拉将天痕搂入怀中："别让自己承受太多，孩子，你还有奶奶。对不起，这些天奶奶只去看过你两次，事情实在太多了。"

泪水不受控制地从天痕眼中流淌而出，他哽咽得说不出话来："奶奶，奶奶，我……"

希拉抚摩着天痕的头，眼中流露着慈祥的光芒，任由他的泪水沾湿了自己的衣襟。悲伤都释放出来，对天痕只有好处。

半晌，天痕心中的悲痛渐渐收敛。

摩尔笑道："啊，我要嫉妒了，为什么这么不公平？"

天痕从希拉怀中坐起，有些茫然地看向摩尔。

摩尔笑道："真是白疼你小子了。你和希拉一共也没见过几次，我可是和你在一起的时间够长了，也没听你叫我一声爷爷。"

悲伤得到释放，天痕此时的心情好了许多，他有些尴尬地看着摩尔，一时间不知该说什么好。

希拉没好气地瞪了摩尔一眼，道："这就叫亲疏有别。你能和我比吗？哼！天痕，就不叫他，他哪儿算个称职的爷爷？"

天痕站起身，走到摩尔面前，与摩尔慈祥的目光对视着，有些艰难地道："爷……爷爷。"

摩尔愣了一下，他也没想到天痕竟然在这时愿意叫自己爷爷，不由身体一震，有些激动地道："好，好孩子，别难过了，你还有爷爷、奶奶在。"

天痕点了点头，向月·立顿和星·立顿叫道："二奶奶，三奶奶。"

月、星对视一眼，脸上露出会心的笑，道："天痕，我们永远都会是一家人。"

一直没有吭声的光明突然道："行了，你们一家就别在我面前亲热了。摩尔啊，看来，我真要考虑你的建议才行了。"

摩尔哈哈一笑道："希拉，你哥终于开窍了。到时候，我们介绍个美女给他。我看，祝丝就挺合适的。"

光明吓了一跳，赶忙道："别，别，我可受不了她那脾气，我只是开玩笑而已。摩尔，你们现在就出发吧，也好早些回来。"

希拉道："哥，你别的地方都好，怎么就在这感情方面那么困难？看来，我真要给你想想办法才行。在这点上，我赞成摩尔的意见。"

摩尔扬扬得意地道："就是，我们夫妻一向是站在同一条战线上的。希拉，这边的事就交给你了。月、星、天痕，咱们走吧。"

希拉道："月、星，到了立顿家族替我问老爷子好。还有，你们要多注意着点摩尔，可别让他闹出什么事来。"

月笑道："姐姐，分开这么几天就舍不得他了吗？放心，有我们姐妹在，他不会的，否则，回来我们就向你告状，让他继续做孤家寡人。"

摩尔苦笑道："三个女人一台戏。看来，我这辈子是要被你们三个压得死死的了。"

众人登上摩尔的痕迹号，摩尔走到最前面的操作位坐了下来，白色的金属头盔和金属盔甲在主控电脑的作用下覆盖在摩尔的身上。摩尔道："你们坐好了，我要起飞了。"

月和星一左一右坐在天痕两旁，三人分别扣好安全带，同时向摩尔示意后，银河联盟目前最快的战舰痕迹号冲天而起，三秒后就进入了异空间之中，朝极北的立顿家族而去。

在防护罩的保护下，扭曲的空间根本无法对天痕、月和星造成任何影响。

月开启通信系统，向天痕道："天痕，你怎么没带上蓝蓝？"

天痕道："最近蓝蓝因为我的事太累了，我让她留在天平球中多休息休息。二奶奶，您和三奶奶都是立顿家族成员，立顿家族到底是什么样的？有你们在，我们应该很容易与立顿家族结盟吧。"

虽然没有血缘关系，但对这两位容貌秀美的奶奶，天痕还是很有好感的。

月轻叹一声，道："我们也有几年没回去过了。能否结盟还很难说，这就要看你爷爷的本事了。立顿家族在四大家族中算是中游，四大家族以比尔家族势力最大，其次的立顿和冰河两大家族势力相差不多，分别统御南北各一个星系。我们立顿家族的体系是最严格的，上下等级非常明确，现在族长是我和星的兄长，日·立顿。

"立顿家族以从事宇宙贸易和矿物开发为主，拥有整个银河联盟最大的矿业公司。四大家族中，兵员数量应该以比尔家族为首，最少的是立顿家族。我们的神级舰艇编队一共只有五千艘战舰，但是，由于对各种稀有矿物的开采，我们的战舰有很强的战斗力，次一级的A级战舰多达五十艘。对军事，立顿家族一直是非常重视的。"

星接腔道："其实，立顿家族也有许多异能者，只不过其异能与圣盟异能者的异能有所区别。立顿家族的异能不是按等级计算的，而是按阶段。立顿家族主要的异能有六种，分别是水、风、火、雷、甲和尖，像我和姐姐分别拥有水和风的异能。水、风、火三种异能与圣盟的异能类似。这六种异能都分为九个阶段进行修炼，第七阶段基本就相当于圣盟六十四级审判者的能力，第八阶段相当于七十二级，而最高的第九阶段至今还没有人达到过，应该与圣盟的八十一级异能相似吧。"

星的话引起了天痕的兴趣，他问道："那雷、甲、尖又是什么样的能力呢？这我倒是第一次听说。"

星道："雷系异能与圣盟的六种异能也很相像，只不过是吸收天地间的雷电元素充实自己的能力，攻击力很强，绝不比火系异能差，而且攻击速度非常快。我哥练的就是这种异能。立顿家族成员的能力与圣盟异能者的能力最大的区别，就在于我们的异能都是后天修炼的，而不是先天就拥有的，而且修炼非常艰难，不但对天赋的要求很高，还要看体质属于哪一种。

"甲系异能是一种非常怪异的能力，完全以修炼者的身体为基础。使用甲系异能时，修炼者的皮肤会发生变异，变成一种类似于角质的铠甲。同时，修炼甲系异能的高手在使用自己的能力时，不但速度会增加许多，且力大无穷，就像一个超级体术高手。甲系异能阶段越高，变异出的甲胄就越坚固。"

说到这里，她停了下来，微笑着看着天痕。

天痕此时已经沉浸在星所讲述的立顿家族异能体系之中，见星停了下来，便道："那甲系异能要是修炼到极致，岂不是无敌了吗？不但有坚实的防御，还有超快的速度和强大的力量，还有什么异能可以与其媲美呢？"

星微笑道："不，这个宇宙是平衡的，没有任何一种力量没有缺陷，只不过缺陷体现的地方不一样而已。甲系异能虽然很强，但也有缺点，那就是不能将能量化于体外发动攻击，也就是说，它的攻击范围很小，一旦遇到像你爷爷这样的空间系异能高手，就很难击中对方。能量无法外放，是一件很痛苦的事。所以，甲系异能修炼者往往更重视自己的速度，甚至超过对防御甲胄的重视程度，只有绝对的速度才能使他们与其他系的异能者抗衡。不过，他们的防御力确实很惊人，虽然攻击上吃亏些，但除非实力相差极大，否则，想破他们自身所产生的甲胄，是极为困难的。"

天痕恍然大悟："原来如此，我还是第一次听说异能可以通过修炼得来，而不需要先天拥有呢。"

一旁的月接腔道："傻小子，哪儿有你想的那么容易？你不知道我们当初有多么羡慕圣盟这些先天就拥有异能或者后天觉醒的异能者呢。像我们这样凭借修炼而得到异能的人，是很难追上你们的提升步伐的。况且，在最初修炼的时候，筛选极为严格，并不是每个人都可以修炼，必须有非常好的天赋才行。

"普通人中，一万个里面也未必能挑选出一个适合修炼我们立顿家族异能的人，就算拥有家族血统的人可以直接选修，但最后的成就很难说。在这方面，悟性以及成就最高的就是我的父亲。他现在已经处于半退隐状态，除了一些必要的大事还需要他做决定以外，普通的事都由我哥哥处理。

"我父亲的甲系异能已经达到了第八阶段，虽然还没有突破到最后的第九阶段，却是公认的四大家族第一高手，就连比尔家族的风霜，见到我父亲也要恭敬地称一声老爷子。我父亲的甲系异能达到第八阶段以后，至今还没有人能破除他的防御，恐怕连光明大哥也不见得能成功。后天异能修炼到这种程度，几乎已经达到极限了。虽然我父亲现在退居二线，但正是由于他的存在，我们立顿家族才能在四大家族中始终拥有超凡的地位。"

天痕心中微动，他隐隐感觉到，四大家族虽然各自负责银河联盟一端的防御，距离遥远，但彼此之间似乎有什么联系。二奶奶和三奶奶的父亲，他恐怕要称呼为太爷爷了吧。对于这位甲系异能高手，天痕心中除了敬意，还多了几分好奇。

本来，他这次随摩尔和月、星前往立顿家族，只是抱着应付的心思，准备从立顿家族回来后就立即离开圣盟，一边修炼，一边寻找冥教的下落。但此时，他的兴趣被勾了起来，他倒想看看，这擅长后天异能的立顿家族到底有什么神奇之处。

想到这里，天痕向月和星道："两位奶奶，那最后的尖系异能又是什么呢？有什么特点？"

月和星相视一笑。在出发之前，她们早已经同希拉商量好了，这次带天痕出来，不但是为了更好地完成与立顿家族结盟的使命，也是为了让天痕散散心，排解他心中的忧伤。此时看来，这个目的已经达到了，天痕既然开始对立顿家族感兴趣，后面的事就好办多了。

月道："尖系异能是一种很奇特的异能，在我们立顿家族中，尖系异能修炼成功的人可以说是少之又少，因为，这种异能修炼时是非常危险的，一个不好，修炼者就会被自己的异魂所吞噬。"

天痕一愣，道："异魂？什么是异魂？"

月道："这是尖系异能中独有的一种称呼。尖系异能也称为植物系异能，一个人与某种具有强大攻击力的植物体结合后，经过不断修炼，与所融合的植物达到心灵相通的地步，就可以驱使该种植物帮助自己攻击或者防御了，而所融合的植物，就是异能者的异魂。越强大的异魂融合起来就越困难，危险性也越大。所以，除非资质极好且经过族长亲自批准的本族子弟，普通族人是不被允许修炼这种异能的。

"现在我还记得，我的姑姑原本是一名尖系异能者，她的异魂是魔阳花，那是一种非常霸道的植物异魂。姑姑的资质甚至在父亲之上，开始时的融合很顺利，魔阳花与她的身体结合后，很快就带给她强大的力量。利用这种力量，姑姑成了立顿家族第一高手，实力远超同辈。但是，好景不长，十年之后，魔阳花霸道的能力经过四个阶段的提升，已经到了姑姑无法驾驭的程度，最后，姑姑还是被那可怕的魔阳花吞噬了，成为尖系异能的又一个牺牲者。"

说到这里，她脸上不禁流露出一丝悲伤。

天痕对这植物系异能的兴趣远在前两种异能之上，他面露急切的神情，道："二奶奶，那就没有人能修炼成功吗？听您的意思，尖系异能似乎比雷系异能和甲系异能更加强大，是吗？"

月面露慈祥之色，道："确实，尖系异能可以说是我们立顿家族最强大的一种异能，同级别的情况下，其他任何一种异能都根本无法同尖系异能抗衡。正是因为这个，虽然尖系异能修炼起来极为困难，但还是有不少本族子弟想尽办法争取得到族长的同意。据我所知，现在本族的尖系异能者不超过十个，而且似乎都是与比较低级的异魂结合的。这样做比较保险，但能力提升得并不明显，也没有了尖系异能原本的优势。"

星突然插话道："不，姐姐，你忘记了吗？族里有一个小丫头在进入异魂殿选取异魂种子的时候，与姑姑选的一样，也是魔阳花，而且，那颗种子似乎是姑姑临死时留下的。只不过这丫头现在还处于比较低的阶段，又受到老爷子全力保护，所以在家族中并不显眼。"

月神情一动，道："你说的是绝情那丫头吗？唉，说起来这丫头也真可怜。本来以她的资质，继续修炼选择的雷系异能，经过大哥的指点，今后必然是我们立顿家族的翘楚，可谁知道上天竟然跟她开了一个这么大的玩笑，她一直暗恋的人竟然在前些天公布自己是女生。一怒之下，她放弃了已经提升到第三阶段的雷系异能，改名绝情，进入异魂殿，还毅然选择了修炼最高等的魔阳花。"

听到这里，天痕心中突然生出一丝怪异的感觉，插嘴道："异能修炼到半途还可以放弃吗？两位奶奶，你们说的那个由男变女的家伙，不会是比尔家族的奈落吧？"

月"扑哧"一笑道："就是奈落那小子，哦，不，应该说是那丫头。原来你也知道这件事，消息传得还真快啊！不久前，他爷爷风霜·比尔宣布，奈落·比尔重新成为家族嫡系继承人，同时郑重宣布了奈落的真实性别。这下，曾经暗恋奈落的女孩子们大失所望，而绝情那丫头就是其中表现最激烈的一个。"

天痕惊讶地道："不会那么夸张吧，奈落那家伙原来就是一花心大萝卜，竟然也有那么多人喜欢？不会吧？"

星笑道："在这方面你可比人家奈落差远了，奈落之前迷倒了无数少女，再加上第一大家族嫡系继承人的身份，他可是整个银河联盟标准的钻石级人物。你也要向人家好好学学，早点娶老婆，也好给我们多生些曾孙子、曾孙女，到时候，我们可就什么都不干，回明黄星专心带孩子了。"

天痕苦笑道："星奶奶，您就别取笑我了，现在我哪里还有那种心情？我有个疑问，如果由一名先天异能者来学习立顿家族的后天异能，尤其是尖系异能，效果会怎么样呢？"

月和星同时一愣，两人对视一眼后，月道："不愧是我们的孙子，想法果然大胆。不过，这个问题我们也无法回答你，因为到现在为止，这种情况还没有出现过。你要明白，先天异能者本身就有很大的优势，尽力将自己的异能修炼到极致是他们所追求的，谁又会去修炼后天异能呢？况且，立顿家族的后天异能也不是谁都可以修炼的，那是家族的秘密。天啊！你不会要去学尖系异能吧？"

天痕眼中光芒大放："从理论上看，这并没有什么不可以。我想，尖系异能与我本身拥有的能力并不冲突。多一种能力总是好的，何况是神奇的尖系异能呢？只是，尖系异能既然是立顿家族最高等的秘密，恐怕他们也不会让我这个外人随便修炼吧。"

为了能报仇，现在天痕最重视的就是提升自己的能力。不说黑暗系异能，他的空间系异能和宇宙气提升都已经非常困难了，如果能学到立顿家族传族之宝，自然不是什么坏事。以他的身体情况，他才不相信自己驾驭不了那些植物异魂呢。

月想了想，道："你这个想法或许能够实现，但是以我父亲的固执，恐怕你很难进入异魂殿，那毕竟与规矩不符。而且，异魂是非常危险的，以你的脾气，你肯定不会选太次的，这样就更没有把握了，我看，你还是放弃的好。有黑暗和空间两种异能，对你来说已经足够了。"

天痕脸上露出一丝高深莫测的微笑，道："这件事等到了立顿家族再说吧。确实，有了空间与黑暗的能力，上天已经待我不薄了。两位奶奶，我想修炼一会儿，等到了立顿家族咱们再聊，好吗？"

月微笑道："休息一会儿吧。以摩尔这艘痕迹号的速度，估计再有几个小时就差不多到了。回家的感觉还真是好呢。"

闭上双眼，天痕回忆了一下月和星刚才对他所说的一切。将雷、甲、尖三系异能的特性记牢后，他立刻开始了修炼。

丹田中有那么庞大的黑暗系异能，不吸收实在说不过去。天痕深信，只要自己将黑暗之神留下的能量完全收归己用，黑暗系异能至少能提升到七十级。虽然失去了天魔变的能力，但他的整体实力提升了，七十级黑暗系异能不比天魔变差多少，而且还没有时间的限制。至于空间系异能，只能等他的黑暗系异能完全稳定后再修炼了。

现在，他有些理解摩尔偏重空间系异能，而将风系异能摆在次要地位的做法了。毕竟，当一种力量已经非常强大之后，谁会愿意去修炼另外一种低级别的能力呢?

　　不过,与摩尔不同的是,天痕有天魔变的因素在,所以,他自然不会放弃空间系异能。天痕很清楚,一旦自己的空间与黑暗两种异能脱离平衡状态,他自身恐怕会出问题,黑暗系异能将很难控制。但是,他不怕,他相信自己的能力。

　　本来,黑暗系异能提升后,天痕完全可以通过当初使用天魔变时的特殊方法,将黑暗系异能转化为空间系异能,使自己的两种异能共同进步,但是,他没有这样做。原因很简单,他需要强大的力量,真正强大的力量,而不是天魔变那样昙花一现的能力。所以,天痕这次下定决心,至少要先让自己成为真正的审判者再说,哪怕是最危险的黑暗系审判者。

第152章
百合与星剑

丹田中的黑色能量晶体散发着幽暗的光芒，天痕发现，随着自己的黑暗系异能不断增强，吸收黑暗之神留下的能量的速度也在不断加快，他相信，用不了太长时间，剩下的黑暗系异能必将被自己完全吸收。

黑色的魔纹在天痕全身浮现，脸上的魔纹很清晰，使他看上去多了几分阴森。

月和星都知道天痕拥有黑暗系异能，就没有在意他的变化，各自闭上眼睛，进入静修状态。毕竟，只有在修炼的时候，时间才过得最快。

立顿星系坐落于整个银河联盟所属星球的最北侧，除了恒星立顿太阳之外，还有十一颗行政星。但是，因为立顿太阳的温度太高，距离它较近的五颗行政星上都没有人类居住，而外围的六颗行政星，就是立顿家族的根基所在。

立顿星是立顿星系中从立顿太阳处由内往外数的第九颗行政星，不论是气温还是环境，都很适合人类生存。

整个星球上仅有三分之一的面积被海洋覆盖，其他地方大多生长着各种奇特的植物。立顿家族将工业和军事，都安排在其他几颗星球上，而这个首都星却尽量保持着原始状态。与明黄星一样，立顿星也是环境优美的星球。

在摩尔熟练的操作中，痕迹号进入了立顿星系轨道，然后从异空间中跳了出来，他没有直接进入立顿星。毕竟，他操作的这艘战舰是外来的战舰，他可不想被密集的星球防御火力网打得像苍蝇似的逃来逃去，尽管那并不足以对他造成什么伤害。

摩尔向主控电脑发布命令："联络立顿星主脑，发出友好信号，请求降落。"

白色的金属头盔升起，摩尔悠哉游哉地等待着联络信号，光芒一闪，三维立体影像投射在半空中。

影像中出现的是一名身材高大的中年人，他刚毅的面庞看起来十分严肃，深蓝色的短发配上深蓝色的制服，看上去甚是威严，显然他也通过影像投射看到了摩尔。他皱了皱眉头，有些不屑地道："我还以为是谁这么轻易就进入我的专属主脑，传来了信号，原来是你这个浑蛋。哼，你还有脸来我们立顿家族吗？"

摩尔苦笑道："不用这么不客气吧，怎么说我也差点娶了你那两位可爱的妹妹，不看僧面看佛面，你就别损我了。几天前，光明老大应该跟你联络过，说我们圣盟有人会过来。"

影像中的中年人正是立顿家族现在的掌权者日·立顿，他闻言冷哼一声，道："你少跟我套近乎。光明确实联络过我，也已经先派人过来了。只是没想到来负责谈结盟的人会是你，真不知道光明是怎么想的。依我看，我们也没有必要谈什么了。摩尔，你可以走了，我是不会允许你进入我们立顿星大气层的。看在月和星的分上，这次我就不和你计较了，下次再出现在我们立顿家族的范围，可别怪我对你不客气。"

摩尔笑道："我们有什么深仇大恨，让你对我这么不满？"

日·立顿脸色一沉，道："摩尔，你说为什么，因为你辜负了月和星！

她们两个毅然追随你而去，你不但没给她们名分，还在她们出走后不闻不问，难道你不会想办法把她们追回来？一看你对她们就不是真心。我听说，你在明黄星过得可是舒服得很，并没有为她们的离开而感到难过。像你这样冷漠的人，踏上我们立顿家族的土地，简直是在玷污我们立顿星。你给我立刻滚，否则，当我开启星球防御体系后，你想走恐怕都走不了了。"

摩尔听了日·立顿的话，不禁愣了一下，虽然他知道日·立顿一向对自己不友好，但也没想到对方说话竟然如此刻薄。他毕竟是圣盟的长老，面子上实在有些挂不住，脸色微变，欲辩驳几句。突然，月和星朝他走了过来，站在他的身旁。

"哥，是我们回来了啊！难道你不让我们回家了吗？"月红着眼圈说道。见到自己的亲人，她又怎么能不激动呢？

日·立顿愣了一下，顿时惊喜地道："二妹、三妹，你们回来啦，太好了！"说完，他脸色突然一变，道，"你们怎么跟这个浑蛋一起回来的，难不成你们已经与他和好了？"

月点了点头，怨道："哥，你别总是叫他浑蛋，怪难听的。我们喜欢他，你却这么叫他，不是让我们难堪吗？对了，爸还好吗？"

日·立顿道："爸的身体比我还好呢。好，看在你们的分上，我就先不与摩尔计较，你们过来吧。摩尔，等下次见到你再和你算账。"

摩尔眼睛一亮："看来，你的雷系异能应该已经达到第七阶段了，那我们倒是可以好好切磋一下。"

摩尔很清楚日·立顿的性格，虽然他有很强的统御能力，但脾气暴躁，对付他这样的人，用实力说话才是最好的办法。

在他们交谈之时，天痕也从修炼中清醒过来，虽然只修炼了几个小时，但他能清晰地感觉到自己的黑暗系异能又得到了提升。

摩尔与日·立顿的谈话天痕都听到了，虽然天痕心中一直不太愿意承认摩尔就是自己的爷爷，但在内心深处，摩尔依旧是他最尊敬的人。日·立顿出言侮辱摩尔，他心生怒火，要不是看在月和星两位奶奶的分上，他早就插嘴了。尽管最后事情解决了，立顿家族还是给天痕留下了一个不好的印象，他暗自决定，等到了立顿家族之后，一定要找机会灭灭他们的威风。

痕迹号终于进入了立顿星的大气层，平稳地降落在立顿家族专属的停舰坪上。刚从痕迹号下来，天痕顿时被这里清新的空气迷住了，好舒服的感觉，仿佛又回到了明黄星。天痕的心情顿时开朗了不少，脸上不禁露出淡淡的微笑，但是很快他的微笑就僵住了，因为来接他们的翔车到了，而最先从翔车上下来的两个人是天痕万万没有想到的，那一紫一白两个身影给了他极大的震撼。

他不敢相信地问道："紫幻、百合，你们怎么会在这里？"

一身紫色长裙的紫幻和一身白色长裙的百合，都微笑看着天痕，天痕实在没想到，竟然会在立顿家族见到她们。

天痕飘身而起，落在紫幻和百合面前。看到百合，天痕有些尴尬，又有些惊讶，上一次因为梅丽丝的事情，他们产生了分歧，影响了他们之间的感情。

百合冲天痕一笑，道："天痕，你还好吗？"

天痕叹息一声，道："爸、妈都死了，达蒙老师、雪恩老师和莲娜也死了，你觉得我会好吗？"

百合眼中流露出一丝哀伤："这件事我已经知道了，我也很难过，你节哀吧。恶人会有恶报的。"

天痕的眼神立马就变了，心中的恨意升腾："有恶报又如何？我的父母和朋友永远不会再活过来了。"

正在这时，百合和紫幻乘坐的翔车上又下来几个人，其中一个天痕认识，正是先前对摩尔极不友善的日·立顿。在他身后还跟着一男一女，男子脸上带着温和的笑容，身材高大，十分英俊，戴着一副金丝边眼镜，看上去斯文有礼，他的笑容如同春风一般温暖人心。而那名女子身材高挑，一头暗红色的长发与梅丽丝有几分相像，只不过她的气质更像以前的紫幻，冰冷的眼眸中没有一丝生气，与那年轻男子正好相反，两人形成了鲜明的对比。

在日·立顿的带领下，三人迎上了下舰的摩尔和月、星。

"哥——"月和星不禁眼圈一红，虽然她们的年纪都已经不小，但心中对亲情的渴望并没有随着年纪的增大而减弱，反而更加强烈了。二人与日·立顿相拥在一起，一时间，三人心中都感叹不已。

那边发生的事情与自己无关，天痕也懒得去理会，他转身看向一旁的紫幻，道："你怎么也在这里？身体好些了吗？"

紫幻的脸上露出一抹淡淡的红晕，本就很美的她此时就像盛放的玫瑰一般格外动人，她微笑着说道："是光明大长老让我来的，彼得所长将我分配到了圣盟，进行一段时间的工作，那天我从你那里走后就离开了圣盟，现在先到这边来做些准备工作。"说完这句话，她才意识到自己的话有些不妥，瞥了一旁的百合一眼，没有继续说下去。

天痕的目光转向一旁的百合，问道："你呢？你又怎么会在这里？难道你的理想已经实现了？"

百合从天痕这句话里听出了一丝怨气，摇了摇头，道："哪有那么快啊，不过我最近这段时间一直都在立顿星，在星剑大哥的帮助下，立顿星系中的六颗行政星已经有三颗没有了贫民窟，贫民们都享受到了与普通人平等的待遇，有机会进入正规学院学习。我想，最多再过一年时间，整个立顿星系的贫民窟都会消失。"一说到帮助贫民窟中的人们，百合脸上不自觉地露出一丝自豪。

天痕淡然一笑，道："这样啊，那先恭喜你了。你所说的星剑大哥是哪位？我倒想认识一下，他心地这么善良，能力还这么强，在立顿家族应该有很高的地位吧？"

百合微笑道："是啊！星剑大哥是日·立顿族长的长孙，他人很好的……"说到这里，百合不禁停了下来，因为她发现天痕的脸色已经变了。

突然，一个温和的声音在天痕背后响起："你好，我就是星剑·立顿。想必你就是百合经常提起的天痕。你好，真没想到天痕兄这么年轻就能成为圣盟长老，有机会还要向天痕兄多多请教。"

天痕转身看去，只见刚才与日·立顿同时出现的高大男子正看着自己，他一脸温和的笑容，显得很友善，但不知道为什么，天痕并不喜欢这个人，或许是因为百合吧。

这里毕竟是立顿家族的地盘，必要的礼数天痕还是懂的，他回过神来，立即向对方伸出手，淡然一笑，道："你好，我是天痕。请教不敢当，有机会大家一起切磋吧。"

两手相握，星剑·立顿看着天痕，眼中流露出一丝嫉妒。天痕的眼神刚好与之对上，看来，天痕的判断没有错，没有人会白白帮忙，这个星剑·立顿很明显对百合有意思。虽然星剑·立顿是立顿家族的长孙，但天痕并没有把他放在眼里。年轻一代中，除了蓝蓝和百合，基本上没人能胜过自己。

星剑·立顿早就知道天痕的存在，百合来到立顿星系后，与他邂逅，他顿时被百合吸引，她的善良深深地打动了立顿家族这位继承人的心。他是个聪明人，并没有直接追求百合，而是在经过一番打听之后，得知百合来到立顿星系的目的，进而在各方面帮助百合实现她的理想，慢慢走到百合身旁，与她成为好朋友。

在接触中，星剑·立顿发现，百合口中提到次数最多的人就是天痕，每次提起天痕她都十分开心，星剑·立顿明白，这个天痕显然就是百合心中喜欢的人。

星剑·立顿和奈落·比尔是截然不同的两种人，立顿家族家教极严，他从小在父亲严厉的管束下长大，养成了循规蹈矩的习性。他虽然喜欢百合，但因为百合已经有了心上人，他只能将这份感情埋藏在心底，从来没有向百合表明过心意，只是与百合做好朋友，并在消灭贫民窟这件事上尽全力帮助百合，慢慢地得到百合的认可。

前几天，百合突然告诉星剑·立顿，天痕要来了。得知这个消息，星剑·立顿心灰意冷，他知道，自己的希望越来越渺茫了，但他有点不甘心，所以今天天痕和摩尔等人一到，他便立刻跟着爷爷前来，他想看看，这个在百合心中占据了重要地位的男子，究竟是一个什么样的人。

亲眼见到天痕后，星剑·立顿顿时暗暗欣喜。论外貌，天痕丝毫不逊色于自己，而且，天痕身上那股清冷的气质十分有魅力，就连见到百合，天痕都没有自己想象中那样激动，只是很平淡地与百合交谈着，看得出，百合很在乎他的感受。

"天痕，你过来，我给你介绍一下。"摩尔打破了天痕与星剑·立顿之间的沉默。

天痕向星剑·立顿点点头，松开手，转身走到摩尔身旁。

日·立顿的目光落在天痕身上，上下打量，强大的气势一闪而过，他悄然探察了一下天痕的身体，天痕站在原地没有动，甚至连表情都没有发生任何变化。日·立顿心中暗暗吃惊，这个年轻人不简单，看他的眼神，似乎经历过许多。

摩尔有些得意地道："我给你介绍一下，这是我唯一的孙子天痕。天痕，还不见过日·立顿族长。"

天痕对日·立顿的印象不太好，闻言，淡然施礼道："您好，立顿族长，我是天痕。"

"哼，显摆什么，不就是个先天异能者吗？有什么了不起的。"一直站在日·立顿背后的那名神情冷峻的女子说道。

天痕仿佛没听到似的，向摩尔道："爷爷，结盟的事我就不参与了，有您和两位奶奶处理就足够了，我想和百合找一个安静的地方静修。什么时候离开，您通过生物电脑通知我吧。"

摩尔知道天痕心情不好，点了点头，道："去吧。切记，修炼不可操之过急，循序渐进为好。"

"知道了，爷爷。"天痕应了一声，随后转身向百合和紫幻走去。

那名神情冷峻的女子见天痕完全无视自己，眼中不禁闪过一丝愤怒，刚想发作，却被日·立顿用眼神制止了。

"百合，你现在住什么地方，能给我找一间安静的房间吗？"

百合微微一笑，道："当然可以，我就在立顿星原来的贫民窟中居住，现在大部分贫民都已经出去上课，那里空房很多。正好，我也想与你谈谈呢。不过，你现在离开合适吗？"

天痕道："没关系，我已经跟爷爷说过了。想必你也知道，摩尔老师就是我的亲爷爷。我们现在就走吧，紫幻，你也一起来，谈结盟的事本就很枯燥，你还不如跟我们在一起修炼。"

紫幻点了点头。

百合向星剑·立顿告辞道："星剑大哥，那我们就先走了，有什么事你到我住的地方找我。"

星剑·立顿眼中闪过一丝失望，心中暗叹一声，对百合说道："那好吧，我派一辆翔车送你们过去。"

百合向天痕投去询问的目光。天痕摇头道："不用了，谢谢你，星剑，坐了一路战舰，我想自己飞一会儿。百合、紫幻，咱们走。"

光芒一闪，下一刻，天痕已经到了半空之中，速度奇快，紫幻修为低一些，百合拉着她追了上去，道："天痕，你慢点，我来带路吧。"

看着三人的身影消失，星剑·立顿无奈地摇了摇头，暗想，自己可能真的要失去百合了。这应该就是传说中的有缘无分吧。

"大哥，既然你喜欢百合姐姐，为什么不告诉她？拖下去对你没有任何好处，只是便宜了刚才那个嚣张的小子。"那名神情冷峻的女子不知道什么时候来到了星剑·立顿身旁，不悦地说道。

星剑·立顿皱了皱眉，道："绝情，不要乱说。人家是客人，要有礼貌。我和百合只是朋友。"

绝情冷哼一声，道："只是朋友那么简单吗？如果是那样的话，为什么你每次见过百合之后，都会一个人傻笑半天？这种心思，恐怕连小孩都无法骗过吧。喜欢人家又没有勇气去追，你还真是我的好哥哥。"

星剑·立顿微怒道："你懂什么，我不想让百合因为我而产生什么困扰，他们在一起不是挺好的吗？只要百合幸福，我真的无所谓。我喜欢她又怎么样？难道你没看见，她的心思完全在天痕身上吗？这种情况，我告白了又有什么用，难道你想让我们连朋友都做不成吗？"

绝情又冷哼一声，道："那个嚣张的小子，有机会我倒要看看，他有什么惊人的能力。"

"你会看到的。你是绝情吧？"月面带微笑走到绝情和星剑·立顿身旁，望着寂静的天空，解释道，"你们不要误会天痕，其实他原来不是这样的，他是个很好的孩子。只不过，最近他受到的打击太大了，恐怕换成任何一个人都无法坦然接受。"

绝情望向月，道："月奶奶，那他是不是能力很强大的异能者呢？"

月微微一笑，道："有机会你自己去问他吧。天痕究竟有多强的能力，连我都弄不清楚呢。"

绝情目光冷厉，道："那我倒要看看，是他的异能厉害，还是我的魔阳花霸道。"

月依旧面带笑容，并没有因为绝情的话而改变神色。在她看来，像绝情这样骄纵的女孩子是需要磨砺的，而磨砺的最好办法就是让她尝一尝失败的滋味。

在百合的带领下，天痕三人很快来到了一片茂密的森林上方。

百合主动飞到天痕的身旁，柔声道："你还在难过吗？在这里多住几天吧，这边环境很好，非常适合修炼。"

看着百合关心的目光，天痕心软了，轻叹一声，道："我没那么脆弱，现在已经好多了。百合，你这些日子过得还好吗？上次匆匆一别，我们都没来得及说什么。"

百合道："上次我确实无法理解你的做法，有些生气，但后来一想，黑暗势力如果能完全被你掌控，或许是一件好事，至少比被我不了解的人掌控要好得多。对了，现在那边情况怎么样？"

天痕道："本来一切还算顺利，可是突然出现了一名强大的黑暗系异能者，将我的计划完全打乱了。"

随后，他将自己与德库拉十三世的一战简洁地说了一遍。紫幻也是第一次听天痕谈起这件事，听到惊险处，不禁和百合同时惊呼出声。

听完天痕的讲述，百合微微皱眉，道："那现在可麻烦了，敌人那么强大，恐怕你的目标很难实现。如果有机会，还是请光明大长老去对付那个德库拉十三世吧，恐怕也只有他有把握了。

"我们马上就到了，立顿星的贫民窟比其他星球的要好得多，就在这片森林中，至少这里的贫民可以自己种植各种蔬菜。经过这么多年，我发现在家族统治下的星球，管理上要比那些由银河联盟指派行政长官统治的星球好多了。"

三人往下飞，来到了森林中，清新的空气带给天痕和紫幻十分舒适的感觉。天痕闭上眼睛，深吸几口气，在这种大自然的环境中，他的宇宙气微微悸动着，吸收能量分子的速度也明显加快了。

一座座小木屋出现在三人的视线中，与其说这里是贫民窟，还不如说这里是一个村落。许多衣着朴素的贫民都在忙碌，有些在固定房屋，有些在打理着各种植物，给人一种回归自然的感觉。贫民们看到百合，都亲切地以圣女相称，他们个个都流露出尊敬的神色，这一幕使天痕仿佛回到了中霆星自己的家乡宁定城一般。

百合亲切地回应着贫民们的问候，随后带着天痕来到森林最里侧的一间木屋中。屋中的设施同当初在宁定城一样简陋，屋内只有一张木床。

百合微笑道："到家了，我这里有些简陋，紫幻，不好意思啊。你们先坐，我去打些水来给你们喝。"

紫幻惊讶地道："百合，你就住在这里吗？"

百合道："是啊，我一直都住在这里，我不习惯高科技产品太多的地方，反倒喜欢这种清净朴素的感觉。你陪天痕先坐，我去去就来。"说着，她走出了房间。

紫幻看向天痕，天痕的表情很平静，他坐在百合床上，正思索着一些事情。这里让他想起了自己与百合第一次见面的情形，那时百合救了自己，如果不是她，恐怕自己早已经死了。

在刚见到百合时，天痕很想问她，在我需要你的时候，你在哪里？但此时，他打消了这个念头，百合有自己的追求，毕竟，百合所做的一切并不是为了她自己，而是为了所有贫民，甚至是整个人类的未来。他当初之所以会喜欢百合，不就是被她的善良感动了吗？

"你刚认识百合的时候她就住在这种地方吗？"紫幻忍不住问天痕。

天痕点了点头，道："百合是个很朴素的女孩子，我出身贫民窟，而我所在的贫民窟正是百合拯救的第一个地方。"

紫幻道："所以你就喜欢上了她？你真幸运，能遇到百合这么好的姑娘。可是，你要怎么处理百合与蓝蓝的关系呢？我看得出来，蓝蓝对你也很好，为了你，她不惜付出一切，难道你忍心伤害她们其中任何一个，与另一个在一起吗？或者……"说到这里，她看了天痕一眼，没有再说下去。

天痕微微一笑，道："你想听实话吗？"

紫幻一愣，下意识地点了点头。

天痕轻叹一声，道："实话就是，我也不知道。你不要以为我在逃避，我确实不知道该如何选择。坦白说，爱慕我的女孩子不止她们两个，她们每一个都对我很好，正如你所言，我无法伤害她们中的任何一个。"

紫幻还是第一次听到天痕说出这种话，道："确实挺为难的。"

天痕道："有些事你还不知道，已经有两个女孩子为我付出了宝贵的生命，虽然还有复活的机会，但是，她们的死让我明白了一件事，人生苦短，大家都好好活着就好。至于感情的事，我真的不愿伤害任何一个。"

第153章
黑暗系审判者的关卡

"先喝点水吧。"百合走进来，手中托着一个盘，上面放着一把水壶和几个杯子。

百合倒了两杯水，分别递给两人，然后对天痕道："听说你要离开圣盟？你要去哪里？"

天痕道："你也知道了？看来，今天你的出现是大长老特意安排的。百合，别劝我，我已经决定了。因为我成了异能者，导致父母和朋友受到连累，我真的不能在圣盟中继续待下去了。否则，我都不知该如何面对父母的在天之灵。"

百合在天痕身旁坐下，叹息道："报仇的事你自己决定吧，不过，你要照顾好自己的身体，还要有仁义之心，对那些能力普通的敌人，就不要展开杀戮了，好吗？"

天痕眉头微皱，看着百合温柔的眼神并没有说什么，但是在他心中已经决定，他一定要让法曼民族血债血偿。

"不说这些了，百合，你给紫幻找一个休息的地方，这间房子让给我吧，我想静修几天，然后等爷爷那边的消息。"天痕说道。

百合点了点头，道："这里能住的房子有不少，我和紫幻就住在你旁边吧，有什么事你就叫我们。痕，这次你来之后，我发现你身上的黑暗气息浓郁了不少，你的黑暗系异能现在达到多少级了？"

天痕道："我也不知道具体达到多少级了，现在黑暗系异能应该已经超过了空间系异能。"

百合心中一惊："痕，你为什么选择修炼黑暗系异能，你不知道这样做很危险吗？"

天痕道："这不是我所能选择的，那天，我亲眼看着父母和朋友一个接一个惨死在剧毒之下……"

当下，他将那天的情况简单地说了一遍，虽然叙述时他的语气很平静，但百合能感觉到他遭受灵魂攻击时的危险，等天痕说完，百合的脸色已经苍白得没有一丝血色。

"对不起。"百合低下了头，"在你遇到危机的时候，我没有陪在你的身边，你是不是在怪我？"

天痕摇了摇头，道："没事了，这一切都已经过去了，我不是还活着吗？黑暗之神留给我的黑暗能量如此强大，如果不加以吸收，随时都有可能威胁到我的生命。更何况，这些能量得来不易，要是放弃就太可惜了，只有完全吸收它们，才能在短时间内提升我的能力。百合，别阻止我，我已经下定决心要这么做了。"

百合叹息一声，道："你现在这样，我又怎么能阻止你呢？以前母亲和我说过，当黑暗系异能修炼到一定程度时，修炼者非常容易被反噬，虽然我不知道你现在达到了什么程度，但这几天的修炼就由我来为你护法吧。只要能护住你的灵魂，就算你的黑暗系异能达到极高的等级也没关系，但你今后一定要加强宇宙气和空间系异能的修炼，尽量让它们保持平衡。否则，当你情绪失控的时候，很容易被黑暗系异能侵蚀心灵，影响心志。"

天痕有些惊讶地看着百合，他没想到百合不仅没有责怪他专修黑暗系异能，而且还愿意为他护法，他心中顿时舒服多了，点了点头，答应下来。

百合带着紫幻去了她的房间，天痕没有浪费一点时间，立刻开始修炼。

来到这里，天痕终于可以专心吸收丹田中的黑暗能量。黑色雾气悄然从他的身上散发出来，充斥在这间并不大的木屋之中。房间内的温度一下下降了许多，虽然在白天黑暗能量分子相对薄弱，但对天痕并没有什么影响。

天痕虽然急于提升自己的能力，但并不莽撞，在开始吸收黑暗能量之前，他先将宇宙气提聚起来，与空间系异能结合后汇聚于自己的脑海处，形成一层防御，随后才开始吸收黑暗能量。

在浓郁的黑色雾气中，天痕身上的魔纹再次出现，一层淡淡的紫光慢慢出现在他的身体周围，黑暗系异能晶体此时的大小已经是空间系异能晶体的两倍了。

据天痕估计，现在自己的黑暗系异能至少达到了五十五级，而黑暗之神留下的黑暗能量还有大部分没有被吸收。想象着自己将这些能量吸收后，就可以成为一位黑暗系审判者，他不禁变得激动起来，意念完全集中于丹田处，全力吸收黑暗能量为自己所用。

天痕脑海中已经没有了时间的概念，黑暗之神留下的能量一缕一缕被他的黑暗系异能晶体快速吸收着。当初阿拉姆司改变了他的储存能量的形态，去除了能量晶体中的所有杂质，让能量晶体比以前更加精纯。

从那以后，虽然天痕在修炼时能感觉到提升的速度慢了一些，但体内的能量比以前更加精纯了。这个好处不单单只有天痕能享有，因为黑暗之神始终寄居在他体内，所以黑暗之神也得到了极大的好处，否则，黑暗之神也无法那么快就将地狱魔龙所有的能量完全吸收。

黑暗系异能在天痕体内窜来窜去，他能感觉到，自己的黑暗系异能晶体在不断发生变化，不仅如此，随着黑色晶体逐渐变大，吸收黑暗能量的速度也在加快，加速的过程虽然并不快，但天痕相信，只要能一直保持这样的加速度，或许用不了多长时间，自己就能将这些能量完全收为己用了。

紫幻去休息了，而百合坐在自己的房间门口出神。以她光明系异能的修为，自然能够清晰地感觉到天痕房间中那精纯而庞大的黑暗气息。那种令她嫌恶的黑暗之力，正处于匀速提升的态势，随着天痕的修炼不断增强。

理智告诉百合，自己现在应该冲进去阻止天痕，因为在潜意识中，她始终感觉有些不妥，天痕的黑暗系异能如此快速地提升，在不久的将来，他真的还能控制住自己吗？她并不是不相信天痕，而是不相信那带有强烈负面情绪的黑暗系异能。

百合现在真的很怕，她怕天痕的心神被黑暗系异能吞噬，她实在无法想象，如果到了那时候自己应该怎么做。

两天过去了，天痕依旧在修炼，房间中的黑暗气息似乎更加浓郁了，百合觉得自己应该阻止他才对，可是，现在还能够阻止得了吗？

名义上自己是他的女友，但这些年来，自己从来没为他做过什么，如果现在打断他的修炼，恐怕会对他造成很大的影响。不，自己不能那么做。此时的百合，内心焦灼，十分矛盾。

天痕自然感受不到百合的焦灼，在修炼过程中，他变得越来越兴奋，黑暗之神的能量已经被他吸收了五分之三，吸收的速度明显提升，比最初时快了一倍。

圆球状的黑暗系异能晶体，此时已经恢复成菱形，大小也同压缩前差不多大了，那幽深的气息，看起来十分强大。天痕感觉到，自己即将突破。

从外表看，天痕身体周围覆盖的那层紫色的光芒，与刚开始相比耀眼了许多，似乎有一层地狱魔火在燃烧他的身体一般。黑色气流如同黏液一般聚拢在他的身体周围，看上去他就像一个巨大的黑色旋涡。

突然，黑色的气流停止了旋转，天痕只觉得自己全身僵硬，丹田中那黑色的能量晶体停止吸收黑暗能量。他不明白这是怎么回事，于是通过意念尝试去控制黑暗系异能，但没有用。

一时间，天痕感到十分害怕，不会是因为自己操之过急而走火入魔了吧？他心中一阵冰凉，如果真是那样，之前所有的努力都将化为泡影，在这么强大的黑暗系异能的作用下，自己能否保住性命都是一个问题。

就在天痕担忧之时，异变发生了。原本黑色的能量晶体突然发生了变化，破碎声传来，天痕的心降到了冰点。

是的，黑暗系异能晶体出现了裂痕，一道道细微的裂痕逐渐变大，一圈黑色能量从晶体处散发出来，将还没有吸收的黑暗能量堵在了外圈。黑暗系异能晶体破裂代表着什么天痕不知道，此时，他的心中除了恐惧，已经不知道该怎么办了。

冰冷的气息瞬间从黑暗系异能晶体的裂痕中爆发出来，刹那间传遍天痕的全身，强烈的噬血感觉使天痕险些把持不住，幸亏宇宙气和空间系异能及时护住了他的大脑。他看到了一幕奇异的景象，丹田中的黑暗系异能晶体就像蜕皮一般，外面的黑色不见了，取而代之的是晶莹的紫色能量晶体。这难道就是进化吗？

没等天痕过多思考，紫色的光芒骤然充斥在丹田之中，先前没有被吸收的黑暗系异能如同大海一般，刹那间被紫色的光芒笼罩，紫色晶体的体积变大了，紫色的气息如同潮水一般，向天痕的经脉中狂涌而去。

这并不是一次简单的蜕变，因为此时他的全身都充满了黑暗之气，他终于明白，当初末世为什么会说黑暗系异能达到六十四级时会经历一个非常危险的阶段了。由此，他也更加肯定，自己只要能扛过去，就能成为一位真正的黑暗系审判者。

黑暗系异能是异能中最怪异的一种，前面阶段的修炼相对来说十分简单，但当黑暗系异能超过十级之后，所产生的各种负面情绪会逐渐影响修炼者的心神。心志不坚者，往往就会被黑暗之力影响，做出一些连自己都控制不住的事，这也是为什么黑暗系异能者始终不被其他异能者接受的原因。

随着黑暗系异能者的实力不断提升，这种影响将越来越大。直到六十四级时，影响达到最大化。这时，如果能凭借坚定的心志扛过这一关，就能得到质的提升，黑暗系异能的负面影响反而会逐渐减弱。但这一关是黑暗系异能者所面临的最艰难的一关，往往需要已经达到六十四级以上的黑暗系审判者护法，才有可能通过。

而天痕此时面临的问题却比普通黑暗系异能者更加困难，在短时间内，因为他吸收了黑暗之神遗留的能量，黑暗系异能得到了飞速提升，戾气根本来不及化解。在突破六十四级的同时，他又吸收了大量的黑暗能量，此时，他真正的实力已经达到了七十级，这还是在没有彻底同化黑暗能量的情况下。否则，以黑暗之神遗留下来的庞大能量，加上他自身的黑暗系异能，完全可以达到七十五级的高度。

但是，仅仅是这七十级黑暗系异能所产生的负面情绪，就已经是他所无法抵挡的了。

紫色气流携着无比狂暴的气息扶摇直上，虽然上行的速度并不快，但天痕感觉到这些冰冷的紫色气流所过之处，自己的意识顿时失去了该有的感知。他很清楚，一旦被紫色气流攻入大脑，破坏自己的意识，恐怕自己就要完蛋了。

想到这里，天痕拼命将空间系异能与宇宙气凝聚起来，堵在紫色气流上行的必经之路上，他不敢奢望自己能够阻挡住这些邪恶的紫色气流，只是希望经过宇宙气与空间系异能的过滤后，这些上行的紫色气流能够被削弱，这样自己的心神还能够承受得住，这样，也算大功告成了。

诚然，天痕一直以来都是两种异能一起修炼，又通过宇宙气达到了两种异能能够相互转化的程度，使黑暗系异能已经不排斥空间系异能了。但是，那是在两种异能能量相等的情况下。而现在，情况明显已经不一样了，超过七十级的黑暗系异能又怎么是四十几级空间系异能和第四阶段宇宙气所能抵挡得了的？

紫色气流看上去并不强大，但当它蔓延到天痕胸口处时，天痕已经失去了对身体其他部位的控制，只有大脑还能思考，身体绝大部分区域都被紫色气流覆盖。

"轰——"

紫色气流终于与白、黄混合的阻碍碰撞了。两军相遇勇者胜，没有任何悬念，不论是空间系异能还是宇宙气，都被那紫色气流吞噬，并且没有被削弱一丝力量，骤然加速向天痕脑部冲来。

紫色气流瞬间冲入天痕脑海之中，天痕只觉得全身剧震，这一次的冲击比上次黑暗之神侵占他身体时的感受要强烈得多。那次，毕竟是他自己放弃的，而这一次，他受到了侵略般的攻击。

天痕的大脑受到了前所未有的冲击，在紫色气流的作用下，各种复杂的负面情绪蜂拥而至，使天痕的身体在剧烈的颤抖中变成了紫色，身体周围的黑色气流此时已经完全被他吸入体内。准确地说，应该是被增强后的黑暗系异能吸入体内。光芒闪烁中，他身上的魔纹已经全部消失了，就像施展天魔变后一般，皮肤变得如同紫水晶一般晶莹剔透，身上的衣物早在黑暗系异能的作用下变成了齑粉。

紫水晶般的身体不断颤抖，天痕又怎么甘心自己被负面情绪影响呢，他用坚韧的意志力拼命抵抗着黑暗之力的侵蚀，但是，黑暗之力太强了，四面八方不断涌来的负面情绪正逐渐吞噬天痕的意识，只要他的意识稍微松懈，就会立刻失去对身体的控制。

银色的气流率先出现在天痕的脑海中，原本在天痕体内处于修炼状态的星痕，通过心之契约感受到天痕正遭遇危险，顿时毫无保留地驱动着自己的能力冲入天痕脑部。星痕非常聪明，当它发现那黑暗之力自己抵抗不了之后，立刻与天痕的意志结合在一起，将防御范围收缩到最小，护着天痕大脑中一片清明之地。

星痕的加入使本已经神志有些模糊的天痕骤然一震，重新集中精神，拼命抗衡着黑暗系异能的侵袭。

就在天痕的情况刚刚变好一点的瞬间，红、蓝、黑三色气流鱼贯而入，先后冲入了天痕的脑海之中，与星痕的能量汇聚在一起，在它的意识周围形成了一个坚实的保护罩，配合天痕自身的意志力联合抵抗那些紫色气流。

这后来的三股能量正是地火神龙、罗迦和梅丽丝的。由于上次发生的意外事件，这次天痕离开时，梅丽丝将一丝意念附在了天痕身上。天痕走了，她在天平球中处于修炼状态，凭借不断提升的黑暗系异能，通过灵魂契约，她可以清晰地感受到天痕正在经历的一切，庞大的黑暗系异能在天痕体内爆发，她只比星痕慢了一步，随后就驱动自己的灵魂赶了过来。

罗迦的无意识能量就不用说了，她现在已经成为天痕体内的保护者，只要天痕发生异常情况，她就会被天痕的心神牵动，自主对天痕进行保护。

而雪梅的能量则因为过于微弱，并没有出现。

在这三色能量中，最矛盾的要属地火神龙了。作为一个在宇宙中生存了数万年的高等生物，自私是它的天性。当初选择利用天痕离开不稳定的火云星，目的就是为了能够跟随天痕找到另一颗适合自己的星球。它之所以选择天痕，是因为它觉得天痕的能力还不足以威胁到自己。但是，它万万没想到，天痕的能力竟然提升得如此之快，尤其是上次发生黑暗之神的事情后，地火神龙不禁有些绝望了。

此时，天痕面临危机，地火神龙明白，如果自己不出来帮忙，只有两个下场。一个就是天痕的心志完全被黑暗之力吞噬，成为黑暗者。到那时，恐怕自己的能量不是被天痕利用，就是被天痕毁灭。另一个下场就是天痕抵挡住了黑暗气息的侵蚀，成为一位真正的黑暗系审判者。但因为自己在他面临危机的时候没有出手相助，下场恐怕也好不到哪里去。

经过一番斟酌之后，地火神龙明知抵御黑暗之力非常危险，但还是催动自己的全部能量冲了出来，只有先保住天痕，才能更好地保护自己。

地火神龙的能量确实足够强大，灼热的红色气流一出现，顿时将紫色气流逼到一旁。再加上其余三股能量的帮助，天痕终于稳住了自己的心神。

天痕观察着紫色气流的变化，收拢着空间系异能与宇宙气，他很清楚，这一关自己还没有过，黑暗系异能的爆发岂是那么容易阻挡的？

天痕的判断是正确的，就在以地火神龙为首的四股能量布好防御之时，紫色气流再次发生了变化，它散发出了异样的光芒，丹田中的紫色晶体猛然将能量收缩。

天痕心中十分警惕，连忙联合体内所有的能量做好防卫准备，他的警惕是正确的，当所有紫色光芒完全收拢后又骤然爆发。这一次，竟然是直奔他的大脑冲来。

能量最强大的地火神龙首当其冲，红色的能量与紫色光芒相交，天痕只觉得全身剧烈一震，紫色光芒硬生生地破开了地火神龙的防御，直冲而上。天痕甚至听到了地火神龙的惨叫声，但他根本来不及去查看它的情况，紫色光芒已经进入他的意识之中。不论是梅丽丝的黑暗灵魂，还是星痕和罗迦的能量，都被紫色光芒完全驱散，紫色光芒直逼天痕的灵魂最深处。

天痕惨叫一声，喷出一口鲜血，强行鼓动能量，拼命抵抗着黑暗系异能对自己灵魂的侵蚀。但那股力量确实太强大了，强大到近乎无法抵御，这次的爆发比最初强大了三倍。

天痕心中十分绝望，难道自己真的要被黑暗系异能控制了吗？

紫色光芒如同巨兽一般不断侵占着天痕的领地，他的意识逐渐变得模糊了，但他心中的不屈依旧坚守着最后一道防线。

就在天痕快坚持不住的时候，他的识海中突然亮起一丝金色光芒，金色光芒瞬间将他的灵魂和意识笼罩住了，并聚焦到一点。那紫色光芒似乎有些害怕金色光芒，虽然仍在不断地冲击着，但威势已经减弱了几分。

天痕耳边响起了百合的声音："守护心神，意念与灵魂归一，定要撑过这一段能量爆发。"

当天痕体内的黑暗系异能第一次爆发的时候，守在门口的百合就已经发现了，为天痕护法的她极为敏感，天痕一出现问题，她立刻冲入房间。

虽然百合是光明系异能者，但她对黑暗系异能却熟悉得很，当初跟随希拉时，她经常听母亲说起黑暗系异能的种种特性。

尽管当时百合不知道天痕正面临什么具体问题，但她明白天痕正面临一个艰难的关卡。就在她准备出手帮助天痕时，却发现竟然有多股能量出现，正协助天痕阻挡黑暗气息的侵蚀。所以，她没有出手，她在等待，只有在天痕最危急的时候，她的光明系异能才能发挥出最大的作用。

毕竟，光明与黑暗是互相排斥的，她若过早出手，就算帮助天痕渡过了难关，也会对他造成一定的影响。

黑暗系异能的第二轮冲击来临了，百合时刻感受着天痕体内的情况，当黑暗系异能即将冲破天痕最后的防线时，她出手了。她伸出右手食指闪电般点在了天痕的眉心处，光明的灵魂引动了当初留在天痕脑海中的光明印记，刹那间将天痕从死亡边缘拉了回来，在金光的笼罩中，天痕的心重新恢复了平静。

当初，在百合第一次救天痕时，为了防止以后天痕成为真正的黑暗者，她在天痕体内留下了光明印记，一旦哪天天痕做出危害人类的事，她就可以利用这个印记配合自己的能力将天痕毁灭。

末世留在天痕体内的意念，虽然及时发现并用黑暗系异能将这个印记的大部分都抹去了，但那毕竟只是末世残留的灵魂，所以印记依旧存在着，这一点印记已经足够让百合的灵魂进入天痕识海的最深处。

黑暗系异能如同潮水般退去，在金色光芒的笼罩中，虽然天痕的灵魂极不舒服，但总比被黑暗气息吞噬要好得多。

百合暗暗松了一口气，有些生气地道："痕，你太大意了，怎么会出现这样的情况，失去对黑暗系异能的控制？一旦被黑暗气息吞噬，后果有多严重你知道吗？到那时，你将完全不受自身控制啊！先不说了，还没有结束呢，小心最后一轮冲击。"

天痕愣了一下，凝神内视，那紫色晶体在所有黑暗系异能回归之后十分平静，紫色光芒有节奏地闪烁着，并没有再次冲出的迹象。

"百合，我也不知道为什么会这样，看来，只修炼黑暗系异能确实是非常危险的，谢谢你及时救了我。"天痕感激地道。

百合叹息一声，道："一切等你渡过这次劫难再说吧。跟我还用得着说谢谢吗？小心，要来了。"

金色光芒变得更加闪亮了，百合的灵魂在天痕的识海之中陡然变得光彩照人，六只金色的羽翼出现在她背后，神圣的气息骤然释放，她双手合十，站在天痕身前，一圈圈金色的光芒不断向外迸发。

果然，紫色能量晶体似乎容光焕发一般，整块晶体竟然自行上升，紫色光芒也随着它逐渐向天痕的大脑接近。

　　一道紫色电光蕴含在晶体内，随时欲出，天痕收敛自己的心神，先前被紫色光芒冲散的能量重新聚集到了天痕的识海内。有了百合带领，除了梅丽丝的灵魂在天痕身旁以外，其他能量都在百合的帮助下重新恢复了耀眼的光芒，只是代表着地火神龙的红光显得黯淡了许多。

第154章
新的黑暗系审判者

　　紫色能量晶体上升到天痕胸口部位时，突然开始旋转起来，如同一个紫色的尖锥，瞬间化为一道流光上行。天痕强行凝聚自己的识海中不多的能量，在大脑中形成一具银色的身体，淡黄色的光芒围绕着他的身体，带着梅丽丝与百合冲了上去。

　　各色光芒骤然迸发，百合首先对上了紫色尖锥，怒吼声在天痕脑海中响起，紫色能量晶体一震，速度慢了一拍，带有六只金色羽翼的百合显示出强大的能力，不知道什么时候，她的左手上多了一面金色的盾牌。

　　只听百合轻吟道："伟大的光明之神啊！请赐予我光明神力，抵抗一切邪恶的气息。光神赐我光神之盾，阻邪挡恶坚不可摧。"那金色的盾牌骤然变大，将百合的身体完全护住，无数金色气流席卷而出，向那紫色的尖锥袭去。

　　光明与黑暗两种能量在天痕的体内骤然碰撞，两种极端的气息相互缠绕，使天痕顿时全身剧震，喷出一口鲜血。

　　百合也不好受，点在天痕眉心处的手指剧烈地颤抖起来，鲜血顺着嘴角流下。紫色的尖锥不断地冲击着，使百合在天痕识海中的能量之体渐渐变得透明起来。如此危急时刻，天痕体内各种不同的能量同时对上了紫色光芒，必须阻止它继续旋转，才有可能挡下这轮强烈的冲击。

在百合、星痕、地火神龙、罗迦和梅丽丝的联合攻击下，紫色光芒终于变得黯淡了，尤其是百合那光神之盾强大的防御力始终抵挡着紫色光芒的侵袭，一丝黑暗气息都没有袭击过来。

两边的能量都在不断削弱，那紫色晶体的黑暗气息逐渐收敛。天痕的身体已经不再那么冰冷了，脑海中神光一闪，天痕动了，一闪身，从百合背后冲了出去，直接融入了那紫色晶体之内。寒冷瞬间侵袭了天痕的意识和灵魂，他没有犹豫，直接将灵魂和意识散开，吞噬着紫色晶体的能量。外面有百合几人压制，内有天痕在抵抗，最大的威胁终于要解决了。

天痕感觉到，这些强大的黑暗之力逐渐为自己所用，加上自己原本就拥有的能量，他已经可以渐渐控制住这些黑暗之力了。随着紫色光芒渲染，天痕的意识变得越来越清醒，他甚至已经可以感受到，百合几人的阻挡之力是向自己发出的。

能量构造的意识之体盘膝坐于紫色晶体中央，天痕大喝一声："降！"

光芒闪烁中，紫色能量晶体几乎在瞬间回到了丹田之中，所有黑暗气息在天痕的控制下纷纷聚集，他终于成功掌握了这股强大的黑暗之力，提升到了黑暗系审判者境界。

金光闪烁，百合第一个消失了。其他几股能量也纷纷回到了自己应该去的地方。控制住了黑暗之力，天痕的意识回归，重新掌控了自己的身体。虽然危机已经解除，但刚才的斗争给他的身体带来了极大的消耗，经脉疼痛欲裂，全身肌肉酸痛，不过那充满力量的感觉却带给他喜悦。

突然，天痕感觉到外界有东西向自己袭来，他赶忙睁开眼睛，只见脸色苍白的百合正向自己身上倒来，似乎已经陷入了昏迷之中。

天痕吓了一跳，赶忙张开手臂将百合搂入怀中。他用宇宙气探察了一下，发现她是能量消耗过度导致的昏厥，这才松了一口气，小心翼翼地将她放在床上。由于天痕的能量中包含黑暗气息，所以他不敢帮百合恢复体力，只能靠她自己了。

天痕凝神内视，发现自己体内的宇宙气和空间系异能都已经变得极其虚弱了，而代表黑暗系异能，经过变异后的紫色晶体内却充满了强大的黑暗能量。

经过这次修炼，天痕不得不重新重视对宇宙气和空间系异能的修炼。

门外有脚步声响起，天痕愣了一下，听出是紫幻，赶忙喊道："你先不要进来。"

话音未落，紫幻已经推门而入。看到天痕赤裸着上身，而百合睡在床上，紫幻的脸色顿时变得通红，赶忙转过身去："对，对不起，我不知道你们……我这就走。"

天痕知道她误会了，苦笑道："别，紫幻你先别走，等一下。"紫幻虽然能力不强，但应该可以帮助百合恢复。

紫幻全身一颤，她不知道天痕要做什么，心中想离开，却说什么也挪不动脚步，心跳骤然加快，如同小鹿乱撞一般有些不安。

天痕顾不得身上还有汗水，手忙脚乱地从空间袋中取出一套干净的衣服换上，这才松了口气，走到紫幻背后，拍了拍她的肩膀。

被天痕一碰，紫幻顿时有些紧张："你，你……"

天痕赶忙解释道："紫幻，你别误会，不是你想象的那样。我刚才修炼险些走火入魔，体内能量过于强大，将衣服毁了。百合进来是帮我的，她现在有些虚弱，你能不能帮她一下，或者有什么恢复体力的药给她吃一点。你转过身来吧，放心，我已经穿好衣服了。"

听天痕说到这里，紫幻才松了口气。她小心地侧过身，瞥见天痕确实穿上了衣服，这才完全转过身来，看了他一眼后走向床边。

紫幻从手腕上摘下她那小巧的银色手表，在上面按了几下，一根针从中弹出，刺入百合的手腕之中，各种数据不断显示在表中。

紫幻仔细地看了看数据，抬头对天痕道："百合没什么事，需要休息一段时间，她这是能量消耗过度所致。天痕，你修炼可不能操之过急。你也算是修为高深的异能者了，走火入魔有多危险你难道不清楚吗？下次你修炼的时候叫上我吧，我的冰系异能有一个好处，可以帮你收摄心神。"

天痕微微一笑，道："谢谢你，以后不会再出现这样的情况了。"

黑暗之神留下的能量都被天痕吸收了，但他发现，似乎有什么东西潜伏在自己的识海中，那是异常怪异的气息，虽然微弱，但他能感受到那股气息，想寻找，又无法找到。不过危机已经渡过，这有可能出现的问题，只能等以后再说了。自己如今是黑暗系审判者了，已经向八十一级的黑暗系守望者迈入了一大步，罗迦、雪梅，你们等着，只要我的能力达到了，一定会尽快复活你们。

紫幻道："你快去洗洗吧，看你身上弄得全是汗。"

两个小时后，百合从昏迷中清醒过来，天痕洗过澡后，静静地坐在床边恢复自己的宇宙气和空间系异能。

为了避免不必要的干扰，紫幻也在房间中守护着他们，见到百合清醒过来，她赶忙上前关心地问道："怎么样？感觉好一点了吗？"

百合依旧有些虚弱，先前为了抵御黑暗能量的攻击，她使用的能量已经超出了自己的承受能力，她深吸一口气，微笑着向紫幻点了点头。

天痕从修炼中惊醒，看到百合睁开眼睛，赶忙拉住她的手："多亏你了，要不是你的光明系异能及时抵挡住黑暗气息的侵袭，恐怕……"

百合有些生气，看着天痕道："你呀，这些话倒不用对我说，以后不要再那样修炼了。大长老不是提醒过你，努力修炼宇宙气才是最重要的。"

天痕点了点头，终于达到了审判者的境界，百合又脱离了危险，此时他心情很好地道："就算你让我再来一次，我也不会了。我舍不得你如此受累啊！不过，我的黑暗系异能这次似乎已经达到了六十四级。今后一段时间，我都不会刻意去修炼它，争取早日让宇宙气和空间系异能赶上来，那时就不会出什么问题了。黑暗系异能的负面情绪真可怕，那种噬血的感觉险些令我把持不住。"

紫幻将一管高级营养液递给百合："百合，你先喝了这个再说，我在里面加了一些药物，对补充体力很有效果。"

百合谢过紫幻，将营养液喝入腹中。不愧是圣盟研究所研制出来的药物，很快就被吸收了，百合的脸色变得红润了一些。

天痕道："百合，你的能力似乎提升了很多啊！面对那么强大的黑暗能量的冲击都能抵挡得住，看来，你的实力依旧在我之上。"

百合看了天痕一眼，道："说这些干什么，难道我还能同你动手不成？我的光明系异能确实提升了不少。上次，在银河联盟东北方一颗行政星的贫民窟处，我无意中得到了一种神秘的力量。那个地方有着很不寻常的气息，似乎冥冥之中有人牵引着我的意识，将我带到了那里。一些奇怪的声音和听不懂的话不断在我耳边响起，当我完全清醒时，我发现自己在一个地底的洞穴中，不仅能力提升了许多，体内还多了一样东西，就是你先前在体内看到的光神之盾，这面盾牌既可以实体化，也可以完全能量化，防御力极强，只不过我现在还不能完全使用它所蕴含的能量，这次多亏了它，我才能帮你挡住黑暗能量的冲击。"

天痕心中一动，想了想，道："百合，如果我没猜错，你一定是继承了史前高等智慧生物留下的宝物。"

"史前高等智慧生物？那是什么？"百合疑惑地看着天痕。

　　天痕微笑着将当初自己与蓝蓝在龙川星上的遭遇详细地说了一遍，并没有避讳一旁的紫幻。阿拉姆司神殿中各种神秘的东西，令百合和紫幻听得入迷，天痕为了不让她们担心，故意将遭遇的惊险略过，只是详细描述了其中发生的奇异之事和阿拉姆司所说的话。

　　听完天痕的叙述，百合不禁道："天痕，这么说，我们人类随时有可能遭遇恶魔族的入侵？"

　　天痕点了点头，道："恐怕是这样的。阿拉姆司说过，我们人类现在不敌恶魔族，想抵抗它们的侵略，就必须得到史前高等智慧生物留下的宝物。现在蓝蓝继承了阿拉姆司的神力，你的光明系异能也得到了提升，并且拥有了光神之盾，看来，上天并没有放弃我们人类。"

　　百合道："据生物电脑的检测，我现在的光明系异能达到了六十级，加上光神之盾的威力，应该也接近审判者的力量了。如果恶魔族真的那么强大，我们现在的力量是远远不够的。但是，得到那些史前生物留下来的宝物只能凭运气，我们要如何寻找呢？"

　　一直没有说话的紫幻突然插嘴道："我知道有个地方有史前遗迹，虽然我不知道那里的遗迹是什么，但可以肯定那里一定有。"

　　天痕若有所思地道："你说的，应该就是你的出生之地玄玄星吧。"

　　紫幻眼中流露出一抹哀伤："是的，就是玄玄星，那里的温度太异常了，以玄玄星在银河系中所处的位置，不应该有那么低的温度。而且，彼得老师在那里发现过一股奇怪的能量，但由于那里一直有议会的人把守，所以无法深入研究。那股能量，或许就是史前遗迹吧。"

　　天痕微微一笑，道："照这么看，玄玄星上的史前遗迹能量应该是冰系能量，等我们回到地球后，就去那里一趟吧，我和蓝蓝陪你一起去，如果可以的话，我们尽量发掘出史前遗迹留下的东西，最好你能用上，这样，我们的实力必能增强很多。"

百合叹息一声，道："天痕，你还是决定要离开圣盟吗？就没有一点转圜的余地？"

天痕坚定地道："我要离开。本来我对权力的欲望就不是很大，我只想过自由自在的生活。不过你放心，一旦人类有难，我绝不会袖手旁观。百合，你去完成你的理想，我不会阻止，但一定要注意安全，因为我们都不知道，恶魔族如果发起攻击，会从什么方位开始。"

百合点了点头，道："这件事关系到整个人类的安危，比我的理想更加重要，等立顿星系这几颗星球贫民窟的问题解决后，我就返回圣盟总部，协助几位长老。至少很长一段时间我不会离开地球，天痕，你不想留在地球上和我一起修炼吗？"

天痕全身一震，眼中流露出一丝犹豫，道："百合，让我考虑一下好吗？"

百合握紧天痕的手，道："对不起，我不应该勉强你的。当初，你愿意支持我的理想，任我在银河联盟各处行走，现在我怎么能约束你呢？你愿意怎么做都随你吧，只要你别忘了我就好。"

天痕道："我要好好想一下，才能给你答复。你的身体还很虚弱，先休息吧。有什么事，等你的身体恢复后再说。"

正在这时，天痕突然感觉到有人向他们飞来，虽然只有一个人，但明显是个高手，接近他们的速度极快。天痕瞬间将精神力外放，感受着对方的气息。当他确定对方的身份后，不禁皱起了眉头，因为来的这个人，正是立顿家族的星剑·立顿。

清朗的声音在外面响起："百合，你在吗？"

一个身影在房间外面停了下来，他的声音并没有因为飞行而显得急促，可见能力之强。

百合看了天痕一眼，提高声音道："是星剑·立顿先生吧，请进。"

星剑·立顿走进房间，他平日经常到这里来找百合交流关于贫民窟的事，对这里非常熟悉。他看到百合躺在床上，不由得大吃一惊，赶忙上前几步，关切地看着她道："百合，你怎么看上去这么虚弱？"

百合在天痕的搀扶下坐起身，摇了摇头，道："星剑大哥，谢谢你的关心，我没事的。只是修炼时出了岔子，现在已经调整好了。"

星剑·立顿眼中满是担忧："怎么这么不小心？以后修炼一定要循序渐进才是。"

天痕看到星剑·立顿仿佛没看见自己似的，顿时气不打一处来，咳嗽两声，道："立顿先生，你来这里有什么事吗？"

星剑·立顿扭头看向天痕，这才记起自己是来干什么的，微笑道："你好，天痕，你直接叫我星剑好了。我这次来，是专门找你的。"他确实是来找天痕的，这种传递消息的事本不用他亲自做，只是一想起百合，他就不由自主地要求亲自前来。

天痕一愣，道："找我？找我干什么？结盟的事由爷爷做主就可以了。"

星剑·立顿道："不，不是关于结盟的事。你们这次来得很巧，我们银河联盟四大家族三年一度的聚会正好在立顿星上举行。"

天痕对星剑·立顿着实没什么好感，淡然道："四大家族之间的聚会似乎和我没什么关系吧？"

星剑·立顿并没有因为天痕的态度冷淡而生气，解释道："四大家族的聚会一向是由各家族派遣族长继承人或者族长亲自来参加。聚会主要是协调四大家族之间的利益关系，或许你还不知道，四大家族虽然各自居住在银河联盟一角，但相互之间的联系是非常密切的。

"这次是摩尔爷爷让我叫你过去认识一下四大家族的人，本来圣盟与我们立顿家族的结盟协议即将达成，但我爷爷似乎听若西家族和冰河家族的代表说了什么，现在又有些犹豫。毕竟，比尔家族已经与圣盟结盟，如果我们立顿家族再与圣盟结盟的话，对于四大家族的集体利益会有很大影响，甚至对银河联盟的局势都有一定的影响。这关系到四大家族的利益，所以这次四大家族趁聚会，将谈论此事，做出决定。"

天痕听了星剑·立顿的话，觉得他说得不错，与立顿家族的结盟不但对四大家族的影响很大，对圣盟的影响同样不小，一旦结盟成功，立顿、比尔两大家族同时支持圣盟，议会将再也不可能对圣盟有所行动，所以这次结盟对圣盟来说极为重要，完全在秘密中进行。只是连光明也没想到，结盟事宜竟然正好遇到四大家族在立顿星聚会，这就使事情变得复杂了许多。

天痕思索片刻后，道："星剑，那咱们现在就过去吧。紫幻，还要麻烦你在这里照顾百合，我会尽快赶回来。"

虽然天痕要离开圣盟了，但在圣盟这些年，有一定的感情，最后帮圣盟一把也是应该的。冰河家族姑且不说，凭自己与若西家族的关系，让他们支持圣盟应该问题不大，最不济也可以让他们不反对立顿家族与圣盟结盟，只是不知道这次若西家族派了谁前来参加聚会。

百合松开天痕的手，道："你去吧。早去早回。"

星剑·立顿看了百合一眼，道："百合，你好好休息，我和天痕兄弟先走了。"说完，他当先向外走去。天痕整理了一下刚刚换上的制服，看看百合，再看看紫幻，这才跟了出去。

出了房间，星剑·立顿招呼天痕一声，率先腾空而起，虽然他知道自己与百合可能没什么希望，但还是心有不甘，定要与天痕比一比，于是在半空中骤然加速，朝立顿家族所在的方向飞去。

星剑·立顿不断运转着体内的能量，很快，他就将自己的速度提升到了极限，周围的景象因为速度过快，都显得有些扭曲了，他心中不禁有些得意，看来最近这段时间，自己的能力又有所增强。

突然，星剑·立顿意识到一个问题，自己这次是来请天痕的，万一因为自己速度过快，他跟丢了怎么办？想到这里，他不禁暗骂自己小气，赶忙回身看去。他惊讶地发现，天痕就飞在自己身旁，神态悠闲地跟着自己，似乎并没有用多少力。

星剑·立顿心头一沉，暗想，看来这天痕在能力上丝毫不弱于自己啊！心中仅存的一丝希望随之破灭。

不再对百合抱有幻想，星剑·立顿反而大度了许多，他微微一笑，向天痕道："天痕兄弟，不知道你在圣盟中负责什么？"

天痕并没有察觉星剑·立顿有意与自己较量的事，在他眼中，星剑·立顿的速度并不算快，就算不用黑暗系异能，自己刚刚恢复了一些的宇宙气也足以跟上星剑的步伐了。

天痕听星剑·立顿发问，回答道："也没做什么，我在圣盟中并没有特定的职位。这次随爷爷和两位奶奶前来，只是想见识一下立顿星和你们立顿家族而已。"

星剑·立顿道："这次结盟的事情有些麻烦，若西家族和冰河家族的代表态度都很强硬，坚决反对与圣盟结盟之事，而比尔家族则持赞成态度，双方一时僵持不下。"

天痕问道："这次其他三个家族的代表都是什么人？"

星剑·立顿道："比尔家族来的是他们的继承人奈落·比尔小姐，冰河家族则是族长雪夜·冰河亲自前来，若西家族的代表是首席大长老孤超·若西。"

听星剑·立顿这么一说，天痕顿时心中大定，脸上不禁露出一丝笑容："四大家族聚会这样的盛事，想必不会只是聊天而已，有没有其他活动呢？"

星剑·立顿道："为了增强四大家族年轻一辈们的进取心，每次四大家族聚会，都会举行比武大会，由各家族三十岁以下的代表参加，每个家族派出三人进行比试。获得胜利者，将会得到四大家族统一提供的奖品，记得上一次的奖品是一艘小型战舰，也算得上丰厚了。"

天痕微笑道："那上一次是哪个家族获胜？"

星剑·立顿眼中流露出一丝自豪："说来惭愧，上一届的冠军正是我。那时，我勉强胜了奈落·比尔小姐半招，获得第一名。不过，她在上一届比武大会时还是男装打扮。"

天痕道："看星剑兄的样子，应该还不到三十岁吧，这次应该有很大机会蝉联冠军。"

星剑·立顿摇了摇头，苦笑道："恐怕很难了，这次比武大会冰河家族会派出雪夜·冰河族长的孙子，也是冰河家族最出色的晚辈——天云·冰河。据说，他的冰河力已经修炼到很高的境界，想赢他恐怕不容易。上一次若不是因为他在闭关修炼，冠军也未必就是我。"

两人加速飞行，前方的景色突变，在飞过一片茂密的森林后，天痕看到下方出现了一条宽阔的大河，河宽上百米，水流湍急，朝远方倾泻而去。在大河之后，竟然是一座只在史料中才见过的城堡，城堡背靠高山，前方临水，并不同于若西家族的古堡是平地而建，这座城堡看上去更像一座城市，占地面积极广，足以容纳数十万人生活。

城堡外围是高大的古式城墙，最高处离地有近五十米，城墙内到处都是中世纪建筑，高耸的尖顶看上去非常有特点，从上方向下俯视，根本无法发现这是一座现代化的城市，倒像回到了古地球中世纪时期一般。

星剑·立顿道："这就是我们立顿家族的立顿堡，只有家族成员才可以在堡中居住，普通人都生活在其他城市。我祖上非常喜欢古地球中世纪时的那种建筑风格，所以在建设城堡时，特意建成了那样的风格。你看，在城堡大门处还有可以折叠的高吊桥，只有贵宾前来时才会开启。"

天痕道："四大家族都有自己的文化底蕴，能看到和书本资料上相似的中世纪建筑，真是荣幸。星剑，我们怎么进去？"立顿堡必然有自身的防御设施，他只是随口问问而已。

星剑·立顿从怀中摸出一枚徽章递给天痕，道："拿着这个就没问题了。里面的芯片经过城堡内主脑的自动扫描，能够自动辨别身份。我们下去吧。"

两人一闪身，疾速朝立顿堡飞去，天痕感觉到在整座立顿堡上空有一层无形的能量罩，虽然肉眼无法看到，但其能量极为庞大，当自己和星剑落下时，能量罩消失了一秒，让他们顺利穿过，在进入城堡后，它又重新开启了。

两人落地，虽然周围有不少行人，但没有一个因为他们的到来而感到惊讶，行人们似乎大都认识星剑·立顿，纷纷和他打招呼。

星剑·立顿一边走着，一边对天痕道："聚会应该已经开始了，我们直接过去吧，摩尔爷爷和四大家族的代表都在那里。"

第155章
秒杀天云

天痕颔首道："麻烦你了，星剑。"

一路飞来，星剑·立顿的善意天痕能够感觉得出，他虽然喜欢百合，但似乎对自己并没什么敌意，天痕一向吃软不吃硬，对方既然对自己客气，那自己也不会为难人家，语气也变得客气起来。

星剑·立顿展颜一笑，道："不麻烦，虽然我们没有血缘关系，但论起来，也算是亲戚。你看，立顿堡中央的城堡就是我们族长直系亲属的居所。四大家族的聚会也在那里举行。我们称这座城堡为堡中之堡。"他所说的中央城堡高耸于整个立顿堡正中央的位置，从立顿堡内任何一个角度都可以看清楚，灰色的城堡看上去散发着淡淡的光芒，气势磅礴，极具威严。

天痕和星剑·立顿加快脚步，很快就来到了这堡中之堡内，城堡内布置考究，却并不豪华，看上去非常简洁，这种风格正是天痕喜欢的，他不由得对立顿家族多了几分好感。

在星剑·立顿的带领下，他们直接来到城堡二层的大会议室。会议室外站着两个年轻人，他们一看到星剑·立顿前来，左边的年轻人微笑道："大哥，你怎么才来啊！刚才爷爷还问起你呢。"

星剑·立顿微笑道："来，我给你们介绍一下，这位是圣盟的天痕。天痕，这两个是我的亲弟弟，星辉和星耀。他们负责这里的守卫。"

星辉和星耀有些好奇地看着天痕，向他微笑施礼，天痕大方地道："你们好。"

星剑·立顿催促道："天痕，我们先进去吧。"说着，他也不敲门，悄悄推门而入，与天痕一起走了进去。

会议室比天痕想象中还要大，足有近五百平方米，宽阔的会议室中央摆着一个椭圆形的会议桌。上首位置正坐着立顿家族的族长日·立顿，绝情·立顿站在他背后，一看到天痕和星剑·立顿进来，眼中不禁闪过一道冷光。

天痕的目光扫向日·立顿左手下方的一人，金色的短发，笔挺的制服，正是奈落·比尔，虽然依旧是男装打扮，但现在的她看上去多了几分女子的柔媚。看到天痕出现，她向天痕微笑点头。

日·立顿右手下方是一名看上去四十多岁的中年人，身材魁梧，坐在那里便有几分不怒自威的气势，此时他正在发言："……立顿族长，我的意思就是这样，四大家族在银河联盟中有着极高的地位，如果四大家族纷纷与圣盟结盟，议会会怎么想？希望您慎重考虑。"

星剑·立顿带着天痕从一旁绕过去，向他比了一个手势，直接将他带到奈落·比尔下方摩尔的身旁。

摩尔看到天痕，向他点了点头，使了个眼色，示意他站在自己后面。天痕用眼神回复着摩尔，走到他背后站定，星剑·立顿则走到自己爷爷背后，与绝情·立顿并排而立。

天痕刚刚站稳，就看到在摩尔的正对面坐着一位老人，正是若西家族的首席大长老孤超·若西。孤超长老向天痕微微点头，天痕回以一笑。不用问，先前说话的中年人自然就是冰河家族的雪夜·冰河了。

会议并没有被天痕和星剑·立顿的到来打断，只听日·立顿道："结盟之事事关重大，经过昨天的会议，我听取了冰河家族和若西家族的建议后，觉得你们所言有理，特向我父亲老族长汇报。父亲的意思是，这件事由他亲自定夺，他需要考虑考虑，在比武大会结束后再决定。"

　　说完，日·立顿的目光转向摩尔，道："摩尔长老，这次的事实在不好意思，本来我们已经答应了结盟的事，但现在不得不考虑其他两大家族的意见。四大家族同气连枝，希望你能理解我们的难处。三天后，也就是比武大会结束时，我父亲自然会给大家一个交代。"

　　摩尔淡然一笑，看向对面的孤超·若西和雪夜·冰河，道："好，我就等着老族长的决断。我相信，老族长一定不会像某些人那样杞人忧天。"

　　此话一出，看到天痕出现的孤超倒没什么反应，但脾气暴躁的雪夜·冰河忍不住了，拍案而起，怒道："你说什么？！"

　　原本站在雪夜·冰河背后的一名年轻人，目光冷厉，怒视着摩尔，似乎随时都有出手的意思。

　　摩尔故作惊讶地看着雪夜·冰河，道："我说什么关你的事吗？我指名道姓地说你了？真是无聊，见过捡金子和捡银子的，没想到还有讨骂的。"

　　雪夜·冰河怒气冲天，刚要说什么，他背后的年轻人突然道："摩尔长老，你侮辱了我们冰河家族的族长，我天云·冰河向你发起挑战。外面请。"

　　摩尔笑了，看着雪夜·冰河道："雪夜，我记得你和菲尔的关系不错，一直以来我都对你存着几分尊敬，可是，你教弟子的功夫却不怎么样，大人说话，孩子也可以随便插嘴吗？"

　　雪夜·冰河冷哼一声，道："天云是我的嫡亲孙子，为了捍卫家族的荣誉，他并没有做错什么。难道，你没胆接受他的挑战？"

"不，你错了，不是我爷爷不敢接受挑战，而是你孙子不配。"天痕的声音响起。他看着对面的雪夜·冰河和天云·冰河，目光冷厉。

"你说我不配？"天云·冰河的声音拔高了几分，作为冰河家族年轻一代最有天赋的弟子，他一向眼高于顶。

天痕不屑地哼了一声，道："如果你想挑战，我愿意替爷爷答应，只要你能接下我三招，就证明你有资格向我爷爷发起挑战，到时我绝不阻拦。"他这话一出，不单雪夜·冰河祖孙俩的脸色变了，就连日·立顿的脸色也变了。这样的挑衅对冰河家族是极大的侮辱。

绝情·立顿看着一脸冷傲的天痕，心中不禁生出一丝异样的感觉。

孤超·若西淡定地坐在那里，他是全场除了摩尔以外，唯一不怀疑天痕实力的人。

就连摩尔身边的奈落·比尔也有些惊讶，毕竟天云·冰河的实力不容小觑，她相信天痕能够打赢天云·冰河，但只用三招让她有些难以置信。

日·立顿皱眉道："天痕，不可太过分，这里都是你的长辈，你先退下吧。"

天痕没有动，淡然道："有志不在年高，我想以我的身份，应该可以代表圣盟做任何事。"说着，他露出右手掌心的生物电脑，"我是圣盟的第七长老。现在，我应该可以与众位平起平坐了吧。"

"第七长老"四字一出，会议室中顿时变得异常安静，毕竟圣盟五大审判者长老的强大都是众人熟知的，摩尔是第六长老，但他们没想到，摩尔的孙子竟然是第七长老。

日·立顿的脸色再变，咳嗽一声，道："这里不是你们圣盟，我不管你是第几长老，至少你是我的晚辈。"

天痕道："不错，我是您的晚辈，但我并没有觉得自己做错了什么，既然天云·冰河向我爷爷发起挑战，就相当于向圣盟发起挑战，有事弟子可以代劳，难道只允许天云·冰河代表家族，却不让我代表圣盟了吗？我代替爷爷接受挑战，难道有错？"

日·立顿顿时语塞，目光转向一脸不善的雪夜·冰河。

雪夜·冰河气极反笑："好，多年不曾与圣盟的异能者切磋，这次倒是一个机会。天云，你就与这位第七长老切磋一番，看他怎么在三招之内打败你。"

摩尔站起身，微微一笑，道："我和天痕这次代表圣盟前来，对四大家族绝对是以诚相待。雪夜，既然要切磋，总要有点彩头吧。"

雪夜·冰河同样站了起来，他竟然比天痕还要高半个头，淡然道："切磋就是单纯切磋，摩尔，你想绕我进去恐怕没那么容易。"

天痕见雪夜·冰河在愤怒中仍然能够保持清醒，不禁心中暗赞，四大家族的族长，果然没有一个好摆平的。

日·立顿道："既然你们要切磋，那就外面请吧。不过，我事先说明，在此次切磋过程中，谁也不许刻意伤害对方，否则，就是与立顿家族为敌。"

说完，日·立顿便带着星剑·立顿和绝情·立顿率先向外走去。雪夜·冰河紧随而出，天云·冰河在临出会议室之前，恶狠狠地看了天痕一眼。

奈落站起身，走到天痕身旁，向他伸出大拇指："还是你强，第一次看到你这么霸气的模样，我精神上支持你。"

天痕没好气地道："你少来，精神上支持有什么用？奈落，听说你又重新成为继承人了。"

奈落苦笑道："你不知道这段日子我有多苦，以前的快乐生活全然消失，爷爷对我异常严格，我每天除了修炼，就是处理族中事务，你以为这个继承人好当啊！要是能换，我倒愿意像你一样不受约束地生活。"

摩尔看着天痕，微笑道："这样也好，你就向他们展示一下我们圣盟的实力，也好让他们有所忌惮。"

摩尔知道天痕最近心情不好，对于唯一的孙子，摩尔的态度已经不能用疼爱来形容了，明知道天痕刚才的话有些过分，自己也不忍心再责备他。

孤超·若西的声音在天痕耳中响起："黑暗之主，我先出去，如果需要我做什么，您尽管吩咐。"

黑暗祭祀就是若西家族的事毕竟是秘密，孤超·若西向来稳重，所以先前并没有直接与天痕相认。

天痕瞥了孤超·若西一眼，对摩尔道："爷爷，刚才我有一点冲动。但是，今日如果我们不在四大家族面前展现足够强大的实力，恐怕很难与立顿家族结盟，只要能压住冰河家族，别的事就好处理了。"

摩尔微笑道："你是圣盟大长老的下一任继承人，本来这次会议就应该让你参加的，我相信你的能力。"

几人走出会议室，其他人都在外面等着，看到天痕他们走出来，雪夜·冰河对日·立顿道："立顿族长，还要麻烦借用一下你们的演武场。"

日·立顿道："冰河族长不必客气。各位，请跟我来吧！"

在日·立顿的带领下，一行人走出堡中之堡，向立顿堡东侧走去，一路上非常引人注目。有立顿家族的人员负责给他们开道，很快，一行人就来到了一个空旷的广场，广场周围由合金封闭，像一个体育场，里面足以容纳数万人。

一进入这宽阔的演武场，天云·冰河停下脚步，扭头看向天痕，说声"请"，当先向空中飞去。他飞行的速度极快，只是一闪身，就到了半空之中。之前在路上他一言不发，但其实早已怒火中烧，活了二十多年，还是第一次有人如此蔑视他。

天痕向摩尔微微施礼，这才不紧不慢地向空中飞去，经过一段时间的恢复，他的空间系异能和宇宙气都恢复了不少。

当着四大家族的面，黑暗系异能自然是不能用的，星痕、地火神龙也因为帮助自己而处于虚弱状态，尽管如此，天痕对自己还是有着绝对的信心。虽然黑暗系异能不能通过宇宙气完全转化成空间系异能，但刚才天痕试了一下，黑暗系异能可以通过宇宙气的转化暂时以空间系异能的形式使用，转化后大概十秒，能量就会重新变为黑暗系异能，流回丹田之中，这对于天痕来说已经足够。

天云·冰河冷冷地看着天痕："我要开始了。"

作为冰河家族的人，基本礼数他还是懂的。

天痕看着对方，淡然道："请吧。"

天云·冰河相貌英俊，有着一头深蓝色的短发，配上他那天蓝色的眼眸，便是人中龙凤。蓝光骤然迸发，空中的温度急剧下降，一层淡淡的霜雾从他体内散发出来，他的左拳右掌，竟然完全变成了蓝宝石一般的颜色，他大喝一声："拳掌令天冰雪寒！"

蓝光瞬间爆发，霜雾覆盖的范围疾速扩张，眨眼间已经弥漫于空中，从四面八方向天痕袭来。

刚刚突破审判者级别的天痕在体内暗暗地转化黑暗系异能，很快，黑暗系异能便以空间系异能的形式出现。由于能量过于庞大，空间系异能发生了质的变化，银色的光芒围绕着天痕的身体飘然而出。

"看清楚了，这是第一招，空间·反向领域！"天痕大喊道。

银光迸发，向那带着蓝色光芒的霜雾缠绕而去，天云·冰河所用的正是他最擅长的冰雪领域，此时见天痕也展开了自己的领域，不禁心头一紧，连忙加大能量的输出。当他的冰雪领域与天痕的空间·反向领域相碰触时，他惊讶地发现，天痕所施展的领域似乎没有对自己的冰雪领域产生任何影响。

银光飘散，能量虽然若隐若现，但天云·冰河的冰雪领域已经施展到最佳状态，整个领域之中的温度已经降到了零下一百摄氏度。对于普通人来说，在如此寒冷的环境下，不论能力有多强，都会受到影响。可惜，他面对的是天痕，虽然地火神龙由于能量消耗过度陷入了昏迷，但它纯阳的气息已经在天痕体内留存了一段时间，不知不觉中令天痕拥有了抗寒的能力。

天云·冰河心想，难道天痕只是装装样子，本身并没有什么强大的能力？不，今天自己一定不能输。想到这里，他的拳掌在身前快速摩擦一下，一柄如同弯月一般的冰刃飘然而出，在剧烈旋转下，向天痕切割而来。虽然这只是试探性的一击，却也已经发挥出了他四成的能力。

天痕淡然一笑，岿然不动，双眼此时已经完全变成了银色。下方观战的众人都看到了一幕奇异的景象，眼看天云·冰河发出的冰刃向天痕飞去，飞到离天痕还有些距离时，旋转着的冰刃突然毫无预兆地在空中转向，以更快的速度向天云·冰河的方向飞来。

摩尔满意地笑了："不错，看来天痕的反向领域运用得更加自如了。"

最惊讶的人莫过于天云·冰河，看着自己的冰刃飞回，他心中大惊，虽然他的能力不弱，但实战经验远远无法和天痕相比。他左掌向后收回，击出右拳，迎上了冰刃的攻击。

在慌乱之中，天云·冰河并没有发现，天痕眼中的银光已经如同皓月一般闪亮，周围的空间变得扭曲起来。他吃惊地发现，面前的冰刃突然消失不见了，他的一拳也落空了。没等他反应过来，背后一股强大的冲击力袭来，他只觉得全身剧震，护体冰河力险些被击破，不禁喷出一口鲜血，在冲击力的作用下，向地面跌去。

"轰——"

天云·冰河重重地摔在演武场的地上，砸出了一个大坑，幸亏他自身的冰河力不算弱，并没有受到重创，却仍然忍不住接连喷出三口鲜血。

天痕身体周围的银光散去，冰雪领域也因为失去了天云·冰河的控制而没了效果。就这么简单，前后不到十秒钟的工夫，胜负已分。

天痕才发出一招，天云·冰河就已经败了，彻底败了。

天云·冰河不明白是怎么回事，下面的人却看得清楚，先前就在天云·冰河向返回的冰刃发动攻击的时候，他背后什么都没有，将整个后背留给了自己发出的冰刃，他又怎么会好受呢？

别人不明白，摩尔却清楚得很，天痕是利用空间·反向领域先后两次耍了天云·冰河，第一次是迫使他的冰刃改变方向攻回他自身。第二次，竟然直接将天云·冰河的身体掉转了方向。要知道，利用反向领域直接控制对方的身体是极为困难的，很显然，天痕对空间·反向领域的控制已经达到了出神入化的地步。

天痕从半空中落下，看都不看雪夜·冰河祖孙二人，向日·立顿道："立顿爷爷，不知道我刚才算是用了几招？"

"不算，不算。你分明就是耍赖，明明是人家让你的。"绝情·立顿到现在也没弄明白刚才那一战为什么会那样结束，她不满天痕的傲慢，出言反驳道。

日·立顿不知该如何回答天痕，他当然不会像自己孙女那样没看懂，他明白，刚才空中发生的一切都在天痕的掌控之中。天云·冰河的能力怎么样他很清楚，如果天痕在天云·冰河被冰刃击中时出手，完全可以要了天云·冰河的命。

这一战确实是天痕胜了，而且是在三招之内完胜。准确来说，是以彼之道，还施彼身，他只出一招，凭借领域的能力就轻易获得了胜利。

　　天云·冰河的伤并不算重，此时已经走到众人面前，身上的雪污和凌乱的衣服使他看上去有些狼狈，上前道："是我输了。"

　　天痕听他承认失败，转身看向他道："你知道自己输在什么地方吗？"

　　天云·冰河道："我太大意了，应该先想办法破了你的领域。"他是当事人，自然明白，自己输在了天痕的领域上。

　　天痕摇了摇头，道："不，你输在了'骄躁'二字上。以你的能力，如果仔细观察，绝不会那么容易被我击败。你的冰雪领域很强，只不过，作用力太分散了，根本对我构不成威胁。下一次，我希望你能变得更强一些。"

　　天云·冰河看着天痕，表情变得平静下来："现在我已经明白人外有人，天外有天的道理。你能够利用领域控制住我的身体，就算我及时发现你领域中的奥秘，也不可能是你的对手。这一战，我败得心服口服，但只是现在，并不是永远。将来，我一定会再次向你发出挑战的。"说到这里，他转向摩尔，弯下腰，鞠了一躬，恭敬地道，"摩尔长老，我为我先前的狂妄向您道歉，我确实没资格向您发起挑战。"

　　摩尔本不是小气之人，上前扶起天云·冰河，微笑道："嗯，怪不得你爷爷这么看重你，果然能屈能伸。现在这样多好，大家和和气气的，不比吵来吵去舒服多了吗？其实，你也不用觉得委屈，天痕的修为不比我低，你要是能战胜他，也就不用挑战我了。雪夜，你说呢？"

　　雪夜·冰河没好气地道："现在还有什么好说的，你这老东西自己本事不怎么样，倒是教出来一个厉害的孙子。"

　　摩尔哈哈一笑，走到雪夜·冰河面前："都那么大岁数了，何必还生气呢？你可要保重身体啊！刚才在会议室，是我说的话太刻薄了。现在，咱们也没必要再争什么，到底是否与圣盟结盟，最后就让立顿老族长下定论吧。其实，你也没必要生气，天痕是光明老大选出来的继承人，又怎么会差呢？论起地位来，在圣盟中他只会比我高。"

摩尔的声音不大，可在场的人都听到了。孤超看着天痕，嘴里没有说什么，心中却多了几分疑惑。而其他人更多的是惊讶，天痕的实力之强已经带给了他们很大的震撼，此时听说他竟然是圣盟最高领导者的继承人，看他的眼神顿时又变了几分。

奈落·比尔凑到天痕身旁，嘿嘿一笑，道："第一圣子，这回你可威风了，没想到你比上次在我们比尔星时又厉害了这么多。哎，亏我这几个月一直努力修炼，现在看来，想追上你还真不是一件容易的事。"

日·立顿道："时间不早了，我已经准备好立顿星的特色菜肴请大家品尝，一起去用饭吧。星剑，你给天痕在我们这里安排一个住处。"

天痕本想立刻回森林贫民窟那边去看看百合，但他刚才注意到了孤超的神色，明白自己必须向孤超解释一下，以免孤超心存芥蒂，也就没有说什么，任由立顿家族安排了。

由于先前的表现，天痕的实力得到了众人的认可，吃午饭时，他被请到了主桌。

摩尔心情不错，连连和日·立顿以及雪夜·冰河拼酒。雪夜·冰河先前丢了面子，正想找回来，几个人喝得不亦乐乎。

奈落·比尔也喝了几杯，席间，只有天痕和孤超滴酒未沾，孤超显得很低调，午饭期间一共说了不到五句话。

酒劲上涌，摩尔和雪夜·冰河似乎已经忘记了先前的矛盾，在微醺的状态下，两人竟然开始称兄道弟。日·立顿对摩尔的态度明显好了许多，席间天痕问起两位奶奶的去向，日·立顿告诉他，月和星好不容易回立顿家族一次，此时正陪在立顿家族的老祖宗身边，也就是立顿家族中辈分最高的紫清·立顿。

紫清·立顿今年一百七十岁，是日、月、星三人的奶奶，五十年前，她就已经不问世事了，是立顿家族中的太上长老，地位尊崇，在立顿家族内无人可比。就连现任族长日·立顿的父亲，号称四大家族第一高手的戈勒·立顿，也不敢不听自己母亲的吩咐。这些年银河联盟中并没有发生过什么大事，立顿家族的事务自然烦不到紫清·立顿身上。

日、月、星小时候都极讨紫清·立顿的喜爱，这次回来，自然要去陪伴立顿家族的这位老祖宗几天。

午饭结束，天痕并没有跟各族的高层再聊下去，而是直接回了星剑·立顿给他安排的房间。黑暗能量虽然已经完全吸收，但宇宙气和空间系异能还没有完全恢复，先前施展空间·反向领域的时候，由于空间系异能本身微弱，转化了黑暗系异能使用出空间系的能力，使天痕的身体有些不适，他需要时间来恢复自己的能力，调整好状态。幸好在宇宙气进入第四阶段后，他自身的恢复能力变强了，在短时间内已经恢复了五成。

星剑·立顿给他安排的房间很宽敞，是一个套房，外面是待客用的小客厅，而里面则是一个大卧室，大床一看就很舒服。

盘膝坐在床上，天痕没有浪费任何一点时间，三种能力同时启动，精神力分为三股，对黑暗系异能自然是加强控制，而宇宙气和空间系异能则是加速恢复。进入了审判者境界，天痕明显感觉到了自己的不同，虽然先前黑暗系异能险些剥夺了他的意识，但在紫色气息上行的同时，也在改造着他的经脉，使他的经脉现在变得更加坚韧了，修炼起来效果倍增。

第156章
★★★
紫清·立顿

　　阳光从窗外洒进来，照在天痕身上，他很快进入了修炼状态，脑海中的白色晶体和胸口处的黄色晶体疾速吸收着外界的能量分子。天痕虽然在修炼，但并没有完全投入其中，毕竟这是在立顿家族，又没人在旁边为他护法，随时都有被打扰的可能，而且他在等一个人。

　　两个小时后，房间内的通信器响起："天痕，我能进来吗？"低沉的声音将天痕从修炼状态中唤醒，他睁开眼，微微一笑，他等的人终于来了。

　　房门打开，面容苍老的孤超·若西缓步而入，将门关好。一层淡淡的黑气飘然而出，房间内的所有电子设施同时失灵，黑色气息形成了一个隔音结界，使外人无法听到其中的声音。

　　天痕微笑道："长老请坐，我就知道你一定会来找我的。"

　　孤超·若西点了点头，道："黑暗之主，我想听一下您的解释。虽然我们一直都知道您在圣盟，但是并不清楚您在圣盟中的职位。您也知道，黑暗与光明从来都不可能并存。虽然我们长老会中的长老都已经向您立下了灵魂·臣服之誓，但为了黑暗祭祀一族的未来，我不得不向您问清楚。"得知天痕是圣盟领导者的继承人，孤超·若西当时心中就充满了疑惑，好不容易才抽身前来，自然要问个明白。

天痕微微一笑，给孤超·若西倒了一杯水，道："孤超长老，其实你不用误会，我是圣盟的人，我也拥有黑暗系异能，这些都没错。圣盟现在对我们黑暗势力并没有太多敌意，这是其一。其二，也是你最想确认的一点，我不会成为圣盟的最高领导者，这点我可以向你保证。

"这次来立顿星，是我最后一次代表圣盟。待回到地球后，我将向光明大长老请辞，离开圣盟，恢复自由。但是，我离开并不是因为身属黑暗势力，而是为了其他事。今后，或许我们还将与圣盟合作。你要明白，对于我们黑暗三大势力来说，最重要的是不断增强自己的实力。现在的情况你也了解，就算黑暗三大势力加在一起，也不可能与圣盟抗衡。"

孤超·若西沉声道："黑暗之主，我们宣誓向您效忠，就是希望您能带领黑暗祭祀一族在银河联盟中更好地生存下去。我希望您在做一些决定的时候，也能为我们考虑一下，这就足够了。我们相信您的能力，也愿意为您做一切事情。"

天痕道："孤超长老，等我离开圣盟，处理完一些私事后就赶去飞鸟星系与你会合，有些事也该准备了。我的黑暗系异能已经达到了审判者境界，我想，到飞鸟星应该对黑暗祭祀们有所帮助。哦，对了，德库拉家族出现了一个潜藏的高手，不知道你是否知道？"

孤超道："黑暗之主，您指的是德库拉十三世吧。我不仅知道他，还在不久前与他大战了一场。"

天痕心中一惊，问道："结果如何？有没有受伤？"

孤超摇了摇头，道："德库拉十三世是依规矩前来拜访的。他现在已经统一了德库拉家族，希望我们能与他合作。我们已经臣服于您，没有您的命令，我们自然不能答应他什么。后来，他就提出要比试。他比我们想象中还要强大很多，我联合其他十余位长老布下灵魂灭绝大阵，才勉强与他打了个平手，他临走时说让我们再考虑考虑，他还会再来。如果我没猜错，从我们那里离开后，他应该是去了黑暗议会。"

天痕眉头微皱，道："这德库拉十三世的意思很明显，就是要控制整个黑暗势力。如果在我到达飞鸟星之前他再去找你们，你们不要同他发生冲突，以免出现不必要的损失，一切等我回去了再说。放心吧，有我在，绝不会让他的阴谋得逞。"

想起德库拉十三世，天痕心中不禁有些郁闷，八十级的黑暗系异能者实力太可怕了，集合自己、梅丽丝和蓝蓝的能力，或许有机会与其一争，但想赢太难了。最怕的就是德库拉十三世分开行动，在单打独斗的情况下，除了圣盟的大长老光明，谁也不是他的对手。看来，自己的实力还要立即增强一些才行。

现在自己虽然失去了天魔变的能力，但黑暗系异能已经达到了审判者境界，同样可以凭借肉体在异空间中生存，希望能够在那里快速提升自己的空间系异能。那样做虽然有些冒险，但总比这样被动挨打要好。只是异空间中的能量似乎有一定的界限，当能力强大到一定程度之时，就很难再吸收能量了，不知道这个界限是多大，能不能让自己的空间系异能从四十六级提升到同黑暗系异能一样的级别呢？

天痕陷入沉思之际，敲门声突然响起，房门上的通信器已经被孤超屏蔽了，这突如其来的敲门声不禁令他们一惊。

天痕向孤超·若西使了个眼色，孤超·若西点了点头，飘身而起，如同一只大蝙蝠般吸附在房顶上，黑暗气息完全收敛。

天痕见孤超·若西藏好，淡然道："请进。"

门被推开，一张冰冷的脸出现在天痕面前，来人冷傲地道："天痕，你出来一下，我找你有点事。"

天痕看着面前的绝情·立顿，道："绝情小姐有什么事，不能在这里说吗？"

绝情·立顿哼了一声："怎么，你堂堂圣盟第七长老还怕我一个女人吗？是男人的话，你就出来，我在外面等你。"说完，她转身就走。

天痕用空间系异能包裹着自己的声音，向房顶上的孤超·若西道："你先回去吧。记住，从现在开始，若西家族的态度改为同意与圣盟结盟。现在没有人知道你们黑暗祭祀的身份，与众多强大力量联合在一起，对若西家族只有好处。我先去看看这丫头耍什么花招。"说完，他走出了房门。

绝情·立顿见天痕跟了出来，满意地点了点头，对他道："跟我来吧，我带你去一个地方。"

天痕既然已经出来了，自然没有再拒绝的理由，心中暗想，两位奶奶说过，现在立顿家族中修炼高等尖系异能的只有这个绝情·立顿，她从自己来到立顿星的那一刻就对自己不太友善，这次叫自己出来，无非就是想和自己比试一下，也好，就让他看看这尖系异能有什么奇特的地方。如果适合自己，倒是可以想办法学一学，多一种能力总不是坏事，哪怕用来辅助也是好的。天痕一边想着，一边跟上绝情·立顿的脚步向外走去。

在绝情的带领下，他们来到堡中之堡第四层，这一层几乎没有人。绕过几个弯，绝情·立顿在两扇大门前停了下来，两扇大门极为厚实，雕刻着两柄斜插而下的长剑，在长剑的交锋处，是一个代表着立顿家族的暗红色标志，这个标志竟然像是用整块红宝石雕刻而成的。

绝情·立顿转身看了天痕一眼："跟我进来吧。说完，她用力推开大门，一股淡淡的清香从门后散发而出，天痕跟着她走了进去。

这是一个空旷的房间，高达十米，面积有上千平方米。房间内没有任何摆设，地上铺着红色的地砖，散发出淡淡的光芒，一看就知道是一种特殊的矿物，刺眼的颜色看上去给人一种烦躁的感觉。周围的墙壁则是砌的白砖，同样是一种特殊的矿石，在现今社会合金大行其道的情况下，这样一间宽阔而铺满矿石的房间，显得有些怪异。房间内连一扇窗户都没有，似乎是一间封闭的禁室。

绝情·立顿走到房间正中央停下来，转身面向天痕，突然道："魔阳现！"

灼热的气息骤然从绝情·立顿全身发出，红色的光芒迸射而出，绝情·立顿突然消失了。一朵巨大的红花出现在她原本的位置上，看着像是一朵红色的向日葵，妖异的光芒带着灼热的气流骤然向四周散开，无数枝叶藤蔓从红花下向四周席卷，粗大的藤蔓铺天盖地般向天痕袭来。

看着这些藤蔓和那朵巨大的红色向日葵，天痕心中不禁有些兴奋，他没有反抗，任由藤蔓将自己的身体缠住。当藤蔓接触到他的身体时，他清晰地感觉到，这些藤蔓上似乎有许多吸盘，同时吸住自己的身体，具有麻痹作用的气息顺着藤蔓的吸盘疯狂涌入自己体内。

即使是天痕如此坚韧的身体，在那具有麻痹作用的气息的攻击下，也不禁一阵颤抖。那怪异的气息似乎在刺激着他体内的神经末梢，一阵阵剧痛传来，他就快要无法忍受。

天痕的黑暗系异能在外力的刺激下顿时做出反应，达到审判者境界的黑暗系异能如同潮水一般布满了他全身的经脉，灼热的气息顿时被黑暗系异能逼出体外。光芒一闪而逝，那些缠绕在天痕身上的藤蔓，顿时在强大的腐蚀力的作用下变成了齑粉。

天痕飘身而起，下一刻已经出现在半空中，藤蔓依旧快速向他袭来。那朵巨大的红色向日葵突然发出如同火焰一般的红光，那光芒犹如活物一般，带着丝丝黑气连同藤蔓一起将天痕所有可以闪避的空间完全封死。

遇到这种情形，天痕不禁有些失望，这就是强大的尖系异能吗？感觉也并没有很厉害，如果在外面，这些藤蔓和光芒根本不可能对自己构成威胁。他凭借空间系异能，可以随意闪躲，可为什么两位奶奶说尖系异能是立顿家族中最强大的后天异能呢？他如此想着，手却没有停下，他不想伤害绝情·立顿。空间·反向领域瞬间爆发，在他的控制下，反向领域改变了藤蔓和红光攻击的方向，使它们朝相反的方向落去。

　　绝情·立顿没有任何情绪的声音响起："魔阳现、破印封。"

　　巨大的红色向日葵中突然发出一圈淡黄色的光芒。下一刻，天痕吃惊地发现自己的空间·反向领域竟然消失了，这还是他第一次碰到领域被对手破解的情况。他又将之前的攻击再次发出，而且速度比之前更快一些。

　　天痕在心中暗道，果然有些门道。他的周围闪耀着光芒，将率先冲来的藤蔓完全挡在外面。红色的光芒接触到天痕的身体，使得他周围的空间防御发生了变化，红光闪烁，从外围将他完全包裹在内。所有的藤蔓在红光外围迅速包裹起来，呈椭圆形，就像一个巨大的茧。

　　凭借精神力的感知，天痕发现，那些藤蔓正在把自己拉向那朵巨大的红色向日葵。虽然天痕不知其用意，但他明白，那红色向日葵必然有着恐怖的攻击能力。试探到这里，他决定不再藏拙，立即挥掌，向身旁由红光和藤蔓组成的墙壁拍去。

　　"砰"的一声巨响，天痕用了七成空间系异能的轰击竟然没有产生任何效果。眼看巨茧即将到达红色向日葵处，他再也无任何保留，全力施展虚空十三破，虽然茧内地方狭小，但他利用手臂的伸缩，瞬间将攻击速度提升。

　　一声巨响中，天痕刚刚积蓄的空间系异能被他毫无保留地施展出来，被白色光芒包裹的拳头，先后十三次轰击在同一个部位，叠加的能量带着恐怖的气势瞬间爆发。

轰然巨响中，枝蔓飞溅，天痕破茧而出，一闪身，他就看到红色的向日葵近在咫尺，耀眼的红色光芒传来阵阵强烈的麻痹能量。他只觉得全身一震，身体失控一般向那红色向日葵落去。关键时刻，他显现出了自己丰富的实战经验，用宇宙气包裹住自己最先伸出的右脚，带着淡黄色的光芒向红色向日葵点去，同时全力催动黑暗系异能抵挡那股强烈的麻痹感。

当天痕的右脚与红色向日葵接触的刹那，他清晰地感觉到，一股异常强大的吸附力拉扯着自己的身体。更为恐怖的是，他作用在右脚的宇宙气陡然消失了，强大的腐蚀力瞬间将他的鞋子腐蚀。

天痕及时做出反应，瞬间就将部分黑暗系异能转化为空间系异能，一闪身，远离了魔阳花的攻击范围。他实在不明白自己的宇宙气为什么会消失，接着他低头看了一下自己的右脚，还好腐蚀力并没有侵入皮肤。

天痕有些愤怒了，如果对方不是立顿家族的人，恐怕他已经催动自己强大的黑暗系异能将其彻底毁灭，但是，他现在不能那样做。

正在天痕犹豫之时，魔阳花的攻击停止了，所有的藤蔓都向红色向日葵方向收拢，很快消失不见。光芒闪烁中，脸色有些苍白的绝情·立顿出现在之前的位置，嘴角处有一丝鲜血，似乎是之前被天痕的虚空十三破伤着了。

天痕飘然而落，扭头向一旁看去，发现有三个人从侧面一扇小门走了进来。为首者是一名年约五旬的中年女子，相貌虽普通，但她身上的气息令天痕大为警惕，在她两旁的正是月·立顿和星·立顿。

中年女子微微一笑，道："好！不错，能在这种情况下脱离魔阳花主体的攻击，应变能力确实很强。"

天痕看到这三人出现，心中便已经猜到几分，连忙躬身行礼道："您好，请问您是……"

月道："天痕，还不快拜见祖奶奶。这位是我和星的奶奶，紫清·立顿，也是立顿家族的太上长老。"

天痕猜得没错，他连忙再次向这位祖奶奶行礼。绝情·立顿也向她行礼，然后退到一旁。

紫清·立顿微微一笑，道："不用多礼了，每天拜我的人还少吗？我想你已经猜到了，是我让绝情那丫头来试探你的。"

天痕点了点头，道："但是我不明白祖奶奶是什么意思。"

紫清·立顿道："或许你会觉得刚才的比试并不公平，无法发挥出你空间系异能真正的实力，而且，你一直都没有尽全力。魔阳花是我们立顿家族中最强的几种异魂之一，刚才是它的本体发出的攻击。如果由绝情丫头与魔阳花共同发出攻击的话，效果会更好一些，也不会受到地域限制。只不过，现在绝情丫头的修为尚浅，对本体幻象攻击的操作还不够熟练，容易控制不住，所以我没让她使用。

"我听月和星说，你有意兼修尖系异能，所以我让你先看看，什么是尖系异能。说来惭愧，现在本族中能修炼高等尖系异能的子弟只有绝情丫头一个，立顿家族最高功法面临着失传的危险。天痕，我想听听，通过刚才这一战，你对魔阳花有了多少了解？"

天痕心中一动，想了想道："尖系异能是利用植物的特性，这代表着植物的异魂必须足够强大，才能发挥出尖系异能的优势。通过刚才的战斗，我发现魔阳花应该有着封锁、麻痹和吞噬三种攻击能力，尤其是吞噬的能力很可怕，不仅有很强的吞噬力，似乎连我的能量都可以吞噬。而且，它的腐蚀性是我见过最强的，只不过是瞬间的工夫，我的鞋就完了，如果时间稍微长一点，恐怕我的身体也会被腐蚀。只不过，这种吞噬的能力似乎只有在魔阳花周围才能实现，这就有了一定的局限性。由于时间太短，我只感受到了这些。"

紫清·立顿道："这已经很不错了。至少你感受到了魔阳花的最强特性。魔阳花又称为腐蚀之花，有一点你说错了，你先前作用在右脚处的能量不是被吞噬了，而是被腐蚀了。魔阳花的花身可以腐蚀任何东西，包括能量。所以说，它的花体几乎是不灭的，除非受到的攻击强大到它来不及腐蚀，否则，不论是能量还是物体的攻击，都无法对它造成真正的伤害。

"如果能以魔阳花为异魂，将尖系异能修炼到最强状态，那么会同时出现九朵魔阳花，可以攻击上千平方米范围内任意一个敌人。同时，修炼者本身的速度也能提升至光速，虽不敢说无敌，但在人类世界中，想找到一个对手都不容易。可惜啊！到目前为止，并没有人能将魔阳花修炼到那种境界。"说到这里，她眼中充满了遗憾。

天痕道："祖奶奶，那您是什么意思呢？我虽然对尖系异能很感兴趣，但也知道这是立顿家族的不传秘法，不敢再奢望了。"

紫清·立顿微微一笑，道："如果我说，我让你修炼尖系异能呢？你愿意吗？"

天痕眼睛一亮，兴奋地道："当然愿意了。不过，我所学较杂，不知道还能不能修炼尖系异能。"

紫清·立顿道："尖系异能是建立在宇宙气的基础上的，只有拥有强大的自然之力，修炼起来效果才会更好。绝情丫头虽然勉强得到了魔阳花之力，但是因为她的宇宙气较弱，所以始终无法提升到更高的境界。"

天痕道："我的宇宙气已经达到了第四阶段，到第五阶段还有些距离。"

紫清·立顿先是惊讶了一下，紧接着赞叹道："真不知道你这么小的年纪是如何修炼的，你这个年纪能将宇宙气修炼到第四阶段，实在是太难得了。不过，要想将尖系异能修炼到最高境界，基本要求就是宇宙气要达到第五阶段。立顿家族有史以来，还没有人是宇宙气达到第五阶段后，才开始修炼尖系异能的。因为第五阶段的宇宙气极难达到，天赋低的，就算修炼一百年也没用。不论是修炼宇宙气还是修炼尖系异能，都需要很高的悟性，而你已经拥有这样的悟性了。"

天痕道："那您的意思是等我的宇宙气达到了第五阶段，就让我修炼尖系异能吗？"

紫清·立顿摇头道："不，宇宙气达到第五阶段也不是什么难事。但立顿家族的尖系异能并不是那么轻易就外传的，我今天让绝情丫头试探你的能力，就是要在你能力允许的情况下，与你谈一谈条件。"

天痕道："那您请说吧，如果我能够做到的话。"

他虽然对尖系异能很感兴趣，但绝不想因为学习这种异能而付出太多。毕竟有黑暗、空间两种异能，对他来说已经够用了，单是要提升这两种能力已经非常困难了，他再修炼尖系异能只是锦上添花而已。

紫清·立顿淡然一笑，道："首先，让你修炼尖系异能我是有私心的，因为只有将尖系异能发扬光大，才能更好地将我们立顿家族的最强异能传承下去。我对你并不是很了解，但你是摩尔的孙子，也是我两个孙女的孙子。我相信，以他们的基因传承，以你现在所能达到的地位，绝不是奸诈之人可以做到的。再加上你刚才对绝情丫头手下留情了，我相信你的品性是没有问题的，因此你足以胜任尖系异能的继承人。可惜，我虽然是本族唯一的太上长老，但尖系异能外传这种大事并不是我一个人说了算，所以，你必须经过现任族长以及所有本族高层的同意后，才有可能得到尖系异能的传承。"

天痕迅速开始思考紫清·立顿话语中的意思，他眼睛一亮，似乎想通了什么，用澄澈的目光直视着紫清·立顿，道："对不起，祖奶奶，我想我还是不学尖系异能了。"

紫清·立顿惊讶地看着天痕，道："为什么？难道你不屑于立顿家族最强的异能吗？"

　　天痕摇了摇头，道："祖奶奶，您别误会。相信两位奶奶已经告诉您，我本身就拥有两种异能，对我来说，尖系异能只是锦上添花而已。虽然我对它有一定的兴趣，但是不想因为学习这种异能而冒太大的风险。况且，尖系异能毕竟是立顿家族的不传秘法，我本身的麻烦已经够多了，实在不愿意因为学这种异能而担负更多的责任，所以，我还是决定放弃。请您原谅。"

　　紫清·立顿有些怪异地看着天痕，半晌才道："好，好，看来月和星还真是没看错你，不贪图更多的异能，你的品性比我想象中还要好。不过，你也比我想象中更狡猾。既然你心中已经明白，我也不再藏着什么。不错，为了尖系异能的传承，我们要找一个继承人，而我们对这个继承人的各方面要求都非常苛刻。到目前为止，只有你符合继承人的条件。我明白，你并不是不想学尖系异能，只是不想承担更多的责任。你这个狡猾的小子，好，我可以成全你，但是你必须答应我两件事。"

　　天痕微微一笑，心中暗道，不愧是立顿家族的太上长老，自己只不过刚一拒绝，她就明白了自己的意思。确实，以立顿家族的声望来说，根本不可能去找一个外人来继承家族的最强异能，而他们这么做了，就只有一个解释，那就是这种异能即将面临覆灭的危机，必须靠外人才能传承下来。既然如此，自己一定要争取到最大的利益才好。

　　"祖奶奶，您说吧，只要是在我承受能力范围内的，我非常愿意帮助立顿家族。"天痕回道。

　　紫清·立顿目光冷厉，严肃地道："孩子，虽然你和立顿家族没有直接的血缘关系，但是从名义上来讲，你也勉强算是立顿家族的外围成员。为了将尖系异能发扬光大，你必须答应这两个条件，我们才会给你修炼尖系异能的机会。这两个条件也是我们的底线。第一个条件，从你修炼尖系异能的那一刻起，你就是立顿家族的核心成员了，当立顿家族遇到危机时，你必须为了家族的利益和存亡而努力。你能做到吗？"

天痕心道，得到任何东西都要付出代价，现在只能希望尖系异能真的有自己那两位奶奶所说的强大吧。

天痕点了点头，郑重地道："祖奶奶，这是我应该做的。就算您不传授我尖系异能，以我两位奶奶与立顿家族的关系，当立顿家族出现危机之时，我也绝不会袖手旁观。"

紫清·立顿脸上流露出一丝满意的笑容，点了点头，道："另一个条件相对来说要简单一些，却也有可能给你带来一些困扰。"

天痕心中一惊，听了紫清·立顿的话，隐隐感觉到有些不妙。

紫清·立顿向一旁的绝情·立顿招了招手，绝情连忙走上前，恭敬地道："祖奶奶。"

紫清·立顿虽然年事已高，但她没有一丝龙钟之态，比绝情·立顿还要高半个头，她轻轻地抚摸着绝情·立顿柔顺的长发，道："孩子，你为家族已经付出了许多，祖奶奶怎么忍心看着你被魔阳花吞噬呢？天痕，我的第二个条件就是，当你得到尖系异能后，必须将绝情带在身边，帮助她渡过修炼的难关，直到她充分领悟尖系异能的奥秘，并成功控制异魂，不再会被其反噬为止。到那时，只要你将自身异魂所产生的种子交给绝情带回来，你就不再欠立顿家族什么了。这个条件，我想你应该可以接受吧？"

天痕并没有直接答应，而是问道："祖奶奶，异魂产生种子需要多长时间？种子应该就是尖系异能传承的根源吧？"

第157章
★★★
尖系异能

　　紫清·立顿道："不错，最初的异魂种子是从植物本身提取的。这些植物都只有低等智慧，只能凭借本能做一些简单的事，但我们立顿家族当初找到的低等智慧植物本身都极其强大，所以第一个与其契合的修炼者，修炼起来是最困难的。修炼者只要能够通过与异魂结合，使异魂达到成长期状态，就可以产生出种子。种子的质量随着异魂的不断增强而得到提升，像绝情得到的种子，不过是最普通的成长期魔阳花所产生的种子。

　　"我对你的要求是，必须提供给立顿家族一颗终极体异魂的种子，直接继承终级体提供的种子虽然不能得到异魂全部的力量，需要不断增强，但避免了异魂被反噬的情况。你明白我的意思了吗？我承认，在这一点上我很自私，但以你现在的能力，绝不会因为异魂的反噬而让你的身体受伤。同时，只要你是宇宙气达到第五阶段后才开始修炼的，成功将尖系异能修炼到终极状态应该只是时间问题。"

　　天痕点了点头，淡然一笑，道："祖奶奶，我明白您的意思，您是想让我帮立顿家族培养出一位尖系异能高手。好，您的条件我答应了，至于绝情姑娘，如果她愿意，就让她跟着我吧。我只能向您保证，尽量帮她渡过异魂反噬的劫难。"

绝情·立顿看着天痕，有些倔强地道："祖奶奶，我不需要别人保护，我自己也能克制异魂反噬。"

紫清·立顿面露不悦，道，"绝情，这是我的决定，作为族中的一员，你必须无条件遵守。当天痕真正得到尖系异能传承之时，他就是本族护法，你必须听从他的差遣。"

绝情还想说什么，但看着紫清·立顿冷厉的目光，怎么也无法说出口。

紫清·立顿道："月，星，你们先带绝情丫头出去，我有话要单独对天痕说。"

"是，奶奶。"月向天痕使了个眼色，这才与星带着绝情离开了。

紫清·立顿眼中突然光芒一闪，左脚往前踏了一步。天痕清晰地感觉到强大的气息扑面而来，霸道得令他呼吸困难。

天痕不再隐藏什么，同时释放出黑暗和空间两种异能，双眸变成一黑一白，恐怖的气息涌出，抵御着紫清·立顿的气息。

紫清·立顿脸上流露出一丝笑容，随即右手向前轻拍，碧绿色的掌影像一片翠绿的叶子，轻飘飘地朝天痕的胸口袭来。奇怪的事情发生了，之前她所散发的气息瞬间向手掌凝聚，眨眼间，翠绿的叶子变成墨绿的，已经来到天痕身前。

那是中正平和的浩然之气，不属于任何一种异能。天痕隐隐感觉到了什么，黑暗气息骤然迸发，右手挡在胸前，手掌快速地挥动，简易版的虚空十三破以黑暗的形式发出。冰冷的黑色气流如同波浪一般，在空中不断攀升凝结，当黑暗气息凝结到极点时，迎上了那片墨绿色的叶子。

温暖的感觉传遍全身，天痕发现，自己发出的能量似乎没有任何受力点，凝结的黑暗气息与那墨绿色的纯净能量相撞。他只觉心头一震，胸口处黄光闪烁，宇宙气竟然被那墨绿色的光芒催动了，黑暗系异能中央出现了一个洞。墨绿色的叶子飘然而入，静静地印在了他的胸口上。

天痕觉得自己的胸口变得无比灼热，闷哼一声，黑暗系异能四散，全身一阵颤抖，他下意识地坐了下去。紫清·立顿如同鬼魅一般飘到他身前，抬起右掌向他的头顶拍去。

危急关头，凤鸣声响起，星痕的凤首出现在天痕背后，长喙前点，直奔紫清·立顿的掌心。紫清·立顿淡然一笑，改拍为抓，竟然就那么抓住了星痕，将星痕从天痕体内拽了出来，随手一挥。星痕摔落一旁，全身被一层绿色的光芒包围着，和天痕一样，失去了行动的能力。

紫清·立顿的手掌落在天痕脑门处，绿光笼罩着他的身体。紫清·立顿发觉，虽然天痕的身体被自己控制住了，但当她的手掌拍落时，天痕体内同时升起数股属性完全不同的能量，正试图阻止她散发出的能量攻入。

紫清·立顿眼中不禁流露出一丝惊讶，她淡然一笑："痴儿，还不紧守心神？机会都是稍纵即逝的。"

抵抗的力量消失了，墨绿色的光芒瞬间将天痕完全笼罩住，从外表再也无法看清他的样子，整个人仿佛都被包裹在一个大茧中似的。

紫清·立顿施展着如同鬼魅一般的速度，不断在天痕周围闪烁着，手掌所过之处，带起一圈圈绿色的光芒。

天痕体内灼热的气流不断从身体各个部位向胸口处的宇宙气黄色晶体冲击，他的两种异能完全被那股气息压迫得无法动弹。这种情形如果被摩尔看到，估计会被震惊到。

毕竟，天痕现在可以说是七十级黑暗系审判者，再加上空间系异能，在圣盟中敢说稳胜他的只有光明一人，但紫清·立顿如此轻易就控制住了他的身体，这需要多么强大的实力？

黄色晶体在那一股股灼热的气流灌注下，不断变化着，天痕顿时明白了，他知道，紫清·立顿作用在自己身上的正是宇宙气。而且，紫清·立顿的宇宙气达到了自己想都不敢想的境界。灼热的气息不断增强着自己与天地间的联络，以心眼代替双目，仿佛整个立顿城的生命都在自己脑海中似的，那能量不断滋润着自己的身体。在紫清·立顿的引导下，自己宇宙气的能量正不断得到提升，这确实是千载难逢的机遇。

天痕放弃了对另外两种异能的控制，全身心地投入对宇宙奥秘的感知之中，六感完全收敛，乖乖地将一切都交给了紫清·立顿处理。

黄色晶体不断变化着，当凝结后的能量重新变成当初菱形大小时，破碎的声音响起。天痕从静修中清醒过来，发现自己全身布满着碧绿色的光芒，那温暖的能量滋润着体内每一处经脉。

之前天痕在黑暗系异能提升时经脉所受的创伤，完全在这股温暖能量的作用下，恢复到了最佳状态。他现在几乎可以感受到自己身体里任何一个细胞的活动情况，这种美妙的感受，是无法用言语表达的。

碧绿色的光芒重新开始收缩，当它变成颗粒后，那璀璨如钻石的绿色光芒使天痕终于明白，为什么当初光明大长老会说，达到第五阶段的宇宙气完全可以被视为另一种异能。如此庞大的能量压缩到如此微小的程度，只要控制得当，它可以做出任何反应。

灼热的感觉消失了，通体清爽之气使天痕缓缓从修炼状态中清醒过来。在那股灼热的感觉消失前，凝结成颗粒状的黄色晶体已经增大了五倍，虽然体积距离菱形状态还有很远的距离，但天痕明白，自己的宇宙气不但达到了第五阶段，而且绝不是止步于第一级而已。

天痕睁开眼睛，惊讶地发现自己面前站着一名脸色红润的妙龄女子，她明眸皓齿，正对着自己微笑。

女子开口了，她的声音令天痕大吃一惊："没想到帮你达到现在的程度要耗费我这么多能量。不过，你的能力比我想象中要强，看来，我的这些能量并没有白费，达到第五阶段的宇宙气，已经足够你应付任何一种异魂的吞噬。你干什么这样看着我？"

看着天痕发呆的样子，女子不禁"扑哧"一笑："这才是我的真面目，你用不着怀疑我的年纪，以我的修为，青春长驻算不了什么。"

是的，发出这声音的正是紫清·立顿。

天痕虽然知道宇宙气的神奇，但此时还是有些无法相信自己的眼睛，按照年纪来算，紫清·立顿应该超过一百五十岁了。

紫清·立顿微笑道："因为刚才消耗的能量有些多，使我无法再维持变形术，当我的宇宙气突破到第六阶段时，我就变回了十八岁时的样子。为了不让那些晚辈有所疑惑，我才一直保持着你之前看到的样子，这是我的秘密，你自己知道就好。"

"祖，祖奶奶。"天痕有些尴尬地叫出这个称呼。

紫清·立顿摇身一晃，绿光闪烁间，她已经又变成了之前的样子。这下总算令天痕舒服一些了，但刚才她那年轻貌美的样子早已经刻在了天痕心中。

天痕回过神来，赶忙向紫清·立顿行礼："多谢祖奶奶成全。"

现在对天痕来说最重要的就是宇宙气，他的宇宙气在紫清·立顿的帮助下，直接突破了第五阶段，这对他来说，比空间系异能达到审判者境界的帮助还要大。有了强大的宇宙气做后盾，他就再也不怕黑暗系异能的反噬了。并且他的身体往后也能承受更多的能量冲击，对于今后的修炼有着莫大的帮助，他又怎么能不高兴呢？

紫清·立顿道："总不能白白让你帮立顿家族，这就算是我给你的一点小报酬吧。据我对你能量的预估，你现在的宇宙气应该达到了第五阶段第四级。将来你能否突破到第六阶段，就要看你自己的造化了。可惜我先天体质不好，不能修炼尖系异能，否则尖系异能也不用外传给你了。"

天痕一愣，道："祖奶奶，您的宇宙气已经这么强大了，为什么还不能修炼尖系异能呢？难道您修炼了其他种类的异能吗？"

紫清·立顿摇了摇头，道："不，不是的。我只修炼了宇宙气而已。或许你不相信，我出生时险些夭折，身体状况极差，一直靠父母输给我的宇宙气维持生命。其实，日·立顿并不是我的嫡亲孙子，戈勒·立顿是我亲哥哥的儿子。当年，父母为了救我，消耗了太多的能量，以致英年早逝，而哥哥继承了他们的遗志，依旧每天帮我用宇宙气维持生命。

"直到我二十三岁那年，凭借自己的力量修炼宇宙气，并进入了第三阶段。那时候我的身体状况才与正常人一样，但哥哥也步了父母的后尘，早早走了。唉，是我令立顿家族险些没落！因为我的身体状况太差，哥哥在临死前严令我不可修炼任何异能，生怕我的身体会崩溃，只有不断修炼宇宙气才能令我延续生命。就这样，我靠修炼宇宙气活了下来，还活到了这么大年纪。

"当初发明宇宙气修炼方法的那个人，宇宙气也只是刚刚进入第六阶段。但是，你可能不相信，我的宇宙气已经进入了第七阶段。或许，这是上天对我身体缺陷的弥补吧，让我创出了史无前例的第七阶段宇宙气。虽然我几乎没与别人动过手，但我想，凭我现在的能力，应该可以与你们异能者所说的守望者相比了。

"宇宙气确实是一种开发人体最佳的能力。我想，你们圣盟的几位审判者，除了光明以外，其他人的宇宙气都没有真正进入第五阶段，他们修炼的第五阶段都只是表面的能力。为了使你发自内心地愿意成为立顿家族的护法，我可以将第五阶段到第七阶段的修炼方法传授给你，你愿意学吗？"

天痕心头一阵狂喜，这么好的机会，他怎么会拒绝呢？

天痕赶忙点头道："祖奶奶，我愿意。"

紫清·立顿微微一笑，道："现在外面流传的宇宙气修炼方法，其实只有前面四个阶段是正确的，从第五阶段开始的修炼方法都只是皮毛而已，其中就包括你们圣盟所知道的那些。许多年前，我的父亲与创造宇宙气修炼法门的那个人相熟，因为无意中帮了他一个大忙，令他成功渡过了难关，他才将真正的第五阶段和第六阶段的修炼方法传授给我父亲，这也成为立顿家族的最高机密。

"你们圣盟中只有光明凭借多年的修炼经验和过人的天赋，摸索出了第五阶段真正的修炼方法，但是他的修炼法门还是有一些误区。宇宙气的前六个阶段被那位伟大的创造者分别称为：天地之源、驾御长空、变幻莫测、光收神藏、万物如神、以神为虚。

"从第四阶段开始，修炼者可以自主吸收太阳能，以更快的速度补充自身的能量，真正做到不饮不食。而第五阶段，则是将精神力完全释放，真正去感受宇宙间生命奥秘的修炼法门。我想刚才你已经感受到了，只有充分理解生命的美好，才能将这个阶段修炼得更加完美。世间万物都是有生命的，感受生命就是修炼第五阶段的要点。"

天痕道："就这么简单？"

紫清·立顿微笑点头，道："就这么简单，但又不简单。真正去感受宇宙的奥秘，需要心无杂念，想做到这一点，可不是那么容易的。我从第五阶段突破到第六阶段，足足静修了三十四年。至于第六阶段以神为虚，则是融入生命的过程。你看，我现在是什么？"

天痕看见原本的紫清·立顿突然消失，一棵大树出现在他面前。他揉了揉眼睛，仔细看去，站在面前的分明还是紫清·立顿，带给他的感觉，却如同一棵大树。

"到了第六阶段，你就是宇宙万物，宇宙万物就是你，万物可以为实，也可以为虚。"

天痕虽然不是很明白紫清·立顿的意思，但还是牢牢地记住了她所说的每一句话，追问道："那第七阶段又是什么？也就是您现在正在领悟的阶段。"

紫清·立顿微笑道："你这小子，真是贪心。第七阶段我称它为天人合一。人与宇宙，再不分彼此。"

就在天痕思虑这句话意思的时候，他发现周围的景象变了，竟然变成了浩然无际的星河，不知道什么时候，他已经来到了宇宙之中。

"天人合一，可谓练心，天与人合，人与心合。当你达到这种境界时，只需守住自己的内心，放松地去感悟天地，便可融于天地。到那时，世间各处，皆是你的领域。"

景物再变，天痕发觉自己又回到了房间之中，而紫清·立顿则依旧站在他面前，面带微笑地看着自己。

天痕深吸一口气，他深信，面前这位立顿家族的太上长老，才是四大家族中最可怕的人。她的能力几乎达到了神一般的境界。

天痕恭敬地弯腰行礼，他真切地感受到了紫清·立顿无比强大的能力："祖奶奶，我已经牢记您所说的每一句话。今后天痕若有所成，全都是祖奶奶赏的恩赐。只是，我不明白，既然宇宙气如此强大，那您为什么不鼓励族人修炼，而是要我帮助立顿家族将尖系异能发扬光大呢？"

紫清·立顿无奈地叹息一声，道："宇宙气是这么好修炼的吗？你能达到第四阶段，不仅是机缘所致，肯定还付出了不少努力吧。现今社会中，又有多少人愿意修炼这个动辄需要几十年才能发挥出威力的能力呢？

"再说，虽然宇宙气有其他能力所没有的奇妙之处，但论及攻击力，还是弱了一些，作为辅助技能还差不多。如果不是身体原因，我也不会将它修炼到现在这个境界。我年纪已经很大了，同时也答应过死去的兄长不修炼任何异能，所以，帮助立顿家族重新掌握尖系异能的重任就落在了你身上。天痕，别让我失望，好吗？"

确实，天痕从小就修炼宇宙气，虽然有不少奇遇，但如果没有多年修炼宇宙气的根基，他又怎么能有今天呢？

天痕连忙颔首道："祖奶奶，您放心，我一定尽自己所能，帮助立顿家族重新掌握尖系异能。"

紫清·立顿对他的恩情实在是太重了，不仅帮他进入了宇宙气第五阶段，还教给了他宇宙气后面几个阶段真正的修炼方法。单是这些，已经令他心存感激，更何况，修炼尖系异能对他本身来说是天大的好事，连紫清·立顿这样的人物都如此推崇尖系异能，它的威力又怎么会弱呢？

紫清·立顿道："我们走吧，你还需要在异魂殿里接受最后一个考验。要进入异魂殿，你必须经过另一个人的同意才行。"

墨绿色的光芒飘然而出，包裹住天痕的身体，下一刻，墨绿色变成了白色，光芒变换间，天痕察觉到周围的空间也发生了变化。当光芒消失，他们已经来到了另一个地方。在他们离开时，之前被封印的星痕也回到了天痕体内。

天痕放眼看去，周围尽是明亮的光芒，光芒由上方射入，那似乎是一块块会发光的乳白色宝石。这是一个并不算宽阔的空间，只有数十平方米，正前方是一扇黑色的门，门上的浮雕栩栩如生，上面雕刻着各种植物，天痕只认得先前绝情·立顿所用的魔阳花。其他浮雕都是很奇异的植物形态，尤其是最上方，那似乎是一株小草，叶子很长的小草，在大门上方盘绕着。虽然只是一株小草，但天痕隐约感觉到那雕刻中的小草给人一种害怕的感觉。

在黑色大门前，地上有一个直径一米的蒲团，蒲团上盘膝坐着一个人。这是一位须发皆白的老人，他正闭着眼睛，以五心朝天之势缓缓修炼着。淡淡的灰色气流围绕着他的身体，那并不是死亡或者黑暗的气息，而是一种天痕从没见过的奇异能量，它与土系异能的感觉有些接近，却又比土系异能更加强大。

紫清·立顿随手一挥，一道墨绿色的光芒闪过，那老人身体周围的灰色气流停止了。下一刻，灰色气流已经重新回到他的体内，气流收拢的同时，他站了起来。

天痕的目光一直在老人身上，他却没有看清对方是怎么站起的，那速度似乎超越了光速，仿佛在一瞬间空间在老人那处塌陷了一般。

白发老人瞥了天痕一眼，恭敬地向紫清·立顿行礼道："母亲，您来了。"

紫清·立顿眼神慈祥，轻叹一声，道："戈勒，我不得不来啊！立顿家族的机会到了，我需要你的支持。"

戈勒？天痕心头大震，难道面前这个老人就是日·立顿的父亲，号称四大家族第一高手的戈勒·立顿？

戈勒·立顿瞥了天痕一眼，道："母亲，您说的就是他吗？摩尔的孙子。"

天痕虽然不知道戈勒·立顿是怎么认识自己的，但对方毕竟是长辈，他赶忙上前行礼道："您好，老族长，天痕给您行礼了。"

戈勒·立顿向天痕点了点头，道："你应该已经从母亲那里知道了一切。我就不多说什么了，战胜我，你就可以进入异魂殿中，否则，我们只能等待下一次机会。"

"什么？战胜你？"天痕惊讶地道。

戈勒·立顿冷冷地道："怎么？你对自己那么没有信心？没打过，怎么知道不行。如果你连与我动手的勇气都没有，那你现在就可以走了。"

天痕脸上惊讶的神色消失了，他淡然一笑，道："既然要面对，还有什么好怕的。虽然与您相比我算不上强者，但无论什么时候，勇气我还是有的。老族长，请。空速星痕！"

天痕有把握吗？不，他没有，一点儿都没有。面对相当于八十级异能者的戈勒·立顿，又有几个人能说自己有把握胜呢？但是，他并没有退缩。他很清楚，到了自己这个境界，想再有所提升，最重要的就是经历挑战，只有面对比自己更强大的对手，才能有所突破。

刹那间，天痕就进入了抛弃生死之念的境界。

银色气流围绕着天痕的身体旋转，嘹亮的凤鸣与低沉的龙吟之声混合而出，天痕离地而起，银色双翼出现在他背后，虽然失去了天魔变和紫晶天魔铠，但现在的他变得更强了。

黑暗圣剑在天痕与星痕合体之时已经出现在天痕手中，真正达到审判者境界后，天痕第一次爆发出了自己全部的实力。

在合体的刹那间，天痕心中突然升起一丝微妙的感觉，面前的戈勒·立顿虽然十分强大，但与紫清·立顿相比，还是差得太远了。他能感觉到，面对戈勒·立顿自己至少还有一拼之力，而换作紫清·立顿，他根本没有信心与之一拼。这难道就是守望者与审判者之间的差距吗？

看着完全进入状态的天痕，紫清·立顿脸上没有任何表情，戈勒·立顿却流露出了一丝惊讶："怪不得你能成为圣盟第七长老，果然有些实力，年轻一辈中，当属你最强。出手吧，否则你将没有任何机会了。"

黑色的气流围绕着天痕的身体，他手中的黑暗圣剑此时已经变成了紫色："老族长，相信在不久的将来，我会成为全人类第一强者。您可要小心了。"说完，天痕骤然加速，身体向后飞起，下一刻，他的黑暗圣剑已经斩向了戈勒·立顿。

与星痕合体，使天痕达到了梦寐以求的高速，而他的剑却只是斩到了戈勒·立顿的手臂而已。

铠甲破裂的声音响起，戈勒·立顿的手臂不知道什么时候变成了之前的三倍粗，那坚实的灰色甲胄竟然挡住了天痕的一击。这可是天痕实力完全爆发的一剑啊！即使是光明大长老，也不敢用肉身来承受天痕这样的一击。

天痕并没有感到惊讶，因为他早已经有了心理准备，此时他心中只有一个念头——戈勒·立顿的速度比自己快。

是的，戈勒·立顿比自己要快，正如之前判断的那样，戈勒·立顿的速度已经超越了光速。

在戈勒·立顿手臂抬起的瞬间，虽然天痕无法用肉眼捕捉到，但凭借对空间的感知，他清晰地发现，戈勒·立顿的手臂消失了，正是这瞬间的消失使戈勒·立顿的速度超越了自己挥出的一击。

戈勒·立顿并没有追击天痕，看着自己身上甲胄的手臂处那一道淡淡的白痕，点了点头，道："不愧是黑暗圣剑，竟然能在我的甲胄上留下痕迹。我实在有些不明白，以你的黑暗系异能造诣，光明怎么敢一直把你留在圣盟，还任命你为长老呢？"

天痕将手中的黑暗圣剑斜指地面："老族长，我爷爷说过一句话，'世界上没绝对的邪恶'，黑暗系异能固然会影响使用者的心性，但是并不是绝对的。用之正则正，用之邪则邪。虽然我不能保证自己永远能控制住黑暗的力量，但是至少目前我能。"

第158章
★★★
暗圣斩

戈勒·立顿笑了："什么时候轮到你这小子来教育我了。继续攻击吧，你还有两次攻击的机会。"

"好。"天痕也不客气，双手握住黑暗圣剑，缓缓举过头顶。

清晰可见的黑暗气息不断向圣剑凝聚着。

天痕脑海中突然闪过数个片段，他仿佛想到了什么，下意识喝道："嗜血！"

天痕黑色的双眸突然变成了红色，黑暗气息骤然增强，强大的杀气涌现。奇异的是，这股杀气并不外泄，而是也向黑暗圣剑凝聚。

"吞噬！"天痕再次大喝。

黑暗圣剑吞噬的并不是对方的能量，而是刚刚凝聚的黑暗系异能和强大的杀气。紫色的黑暗圣剑将所有凝聚的能量完全吸收，又恢复了黑色的样子。

"血祭！"

"噗"的一声，天痕喷出一口血。

"叮当"的一声轻响，血融入黑暗圣剑之中。

龙吟之声骤然响起，黑暗圣剑仿佛被开锋一般，发出耀眼的红光。异常强大的气息令紫清·立顿和戈勒·立顿同时脸色大变，他们万万没有想到，天痕竟然拥有如此强的能力。

其实，天痕感受到自己所拥有的三种黑暗能力，都是黑暗之神被他吸收的灵魂中所记忆的，在心神完全沉浸在攻击之时，他终于挖掘出了属于自己的能力。

他固然不是戈勒·立顿的对手，但是，他有着黑暗世界第一攻击利器黑暗圣剑，现在的黑暗圣剑才是真正的黑暗圣剑。经过嗜血、吞噬、血祭三重高等黑暗系异能的作用，它终于重新绽放出光彩，虽然这还不是它真正的状态，但是足以同当初前往阿拉姆司神殿时天痕同时使用两件黑暗圣器的威力媲美了。虽然没有黑暗面具的配合，他使不出魔神斩，但是现在的黑暗圣剑形态是他最需要的。

铿锵之声响起，灰色气流骤然融入戈勒·立顿的身体，厚实的铠甲使他突然变得高大了许多，身高竟然超过两米五，如同岩石一般的甲胄护住他的全身。

他怒吼一声："来吧！看看是你的剑利，还是我的甲胄坚硬。"

"暗圣斩！"天痕一个跨步，再次来到戈勒·立顿面前。

只不过，天痕这次的前斩与之前的截然不同，没有光一般的速度，而是缓缓下劈，可以清晰看到黑暗圣剑那红色的轨迹，红光所过之处，空间完全扭曲。

黑暗圣剑每向下斩一分，在嗜血、吞噬、血祭三种能力的作用下，黑暗圣剑的红光就会增强一分。

"噗——"戈勒·立顿的双臂呈交叉状抬起，硬生生架住了天痕的黑暗圣剑。

刺耳的摩擦声响起，红光与灰光同时爆发。

光芒一闪，天痕已经到了戈勒·立顿身后的大门前，并将黑暗圣剑收入空间袋中，背对着戈勒·立顿。

他淡淡地道："我想，我现在可以进去了。"

说完，他推开那扇并不是很沉重的门，走入异魂殿。

戈勒·立顿依旧保持着先前的样子，眼中充满了难以置信。

"叮当"的一声轻响，他手臂上的厚实甲胄竟然化为一块块碎片，掉落在地。紧接着，他脸上的头盔和面甲出现了一道白光。

"哧！"头盔和面甲向两旁掉落，露出他那苍老的面容。

"他，他竟然破了我的防御。"戈勒·立顿喃喃地说道。

几十年了，还是第一次有人在正面的战斗中破了他的防御，虽然对方并没有伤到他的身体，但是对于甲系异能者来说，防御被破，就相当于输了，而且输得很彻底。

紫清·立顿来到戈勒·立顿面前，淡然一笑，道："世间本就没有永不可破的防御。何况你并没有输，不是吗？天痕并没有真正战胜你，如果全力对决，你完全可以在他凝聚足够的能量前将他杀了。"

戈勒·立顿叹息道："母亲，您不用安慰我，我没事。虽然以我的速度和力量足以战胜他，但是我原本的打算只是让他向我攻击三次，来检验他的攻击力。看来，您的眼光是正确的，没有人比他更适合进异魂殿。只是，不知道他在挑选异魂之前，能否有毅力先将自己的能力恢复到最佳状态……"

刚踏入异魂殿，天痕还没来得及看里面究竟有什么，当即喷出一口血。他全身一软，坐在地上，倚靠着异魂殿的黑色大门，急促地喘息着。

嗜血、吞噬、血祭三种能力固然将他的黑暗能力调整到了最强状态，但同时也透支了他的力量，尤其是血祭。

他刚刚喷出的乃身体精华所聚的精血。每用一次黑暗圣剑，他都会元气大伤。再加上戈勒甲系异能所带来的反震之力，他虽然勉强胜之，但消耗了九成的能力。

不用天痕刻意催动，刚刚升入第五阶段的宇宙气就立刻散发出柔和的能量，滋润着他的每一道经脉。他的身体确实强悍，在那样强大的反震力作用下，受伤并不严重，更多的只是透支而已。

喘息渐渐平复下来，天痕闭上眼睛，感受着第五阶段宇宙气不断传来的温暖，精神力四散，不自觉地进入了感知万物如神的境界。

在精神力的作用下，天痕胸口那碧绿色晶体散发出晶莹的光芒，如同雷达扫描一般向四周弹去，以心眼代替眼睛。

天痕清晰地感觉到，自己在一个宽阔的房间中，房间的墙壁不知道是用什么材质所造，他的思感竟然无法探出。

在房间之中，他感觉到了无比强大的生命能，那是如同宝石的存在，散发着完全不同的气息，既有狂躁、温和、流水般的动感，也有如同山岳般的巍峨。

每当他感受到其中一种气息，立刻就会被其深深吸引。生命的气息化为无数能量分子并融入他自身，不但补充并增强着他的宇宙气，同时弥补消耗了的那两种异能。

在这万物如神的境界中，已经没有了属性的差别，只有完完全全生命的感知，那是美妙而清晰的。不知不觉中，周围庞大的生命将天痕真正带入了宇宙气第五阶段的感觉之中。

不知道过了多长时间，天痕下意识地站了起来。"叮当"一声轻响，他掌心的乳白色生物电脑竟然化为齑粉，飘散了。

天痕睁开了眼睛，此时此刻，他才真正看到自己所在之处的样子。

正如他精神感知的那样，这是一个宽阔的房间，房间顶部散发着淡金色的光芒，这微光带来的是太阳光般的温暖。在这光芒的映照下，房间每一处都纤毫必现。

一根根石柱立在房间中，每一根石柱都有一米五高，一人合围粗细。石柱整齐地排列着，每一根石柱上都有一个碧玉制的盘子，盘中盛放着种子，有的盘子中有十数颗，有的则只有数颗，最少的只有一颗。

天痕眼睛一亮，这些应该就是立顿家族不传之秘尖系异能的异魂。

异魂们的样子千奇百怪，有黑漆漆的，有散发着淡淡光芒的，甚至还有巴掌形态的。石柱上没有任何标识，放眼看去，他根本不知道应该如何挑选。

这时，清晰的光幕出现在半空之中，紫清·立顿慈祥的面容随之出现。

"天痕，由于你不是本族人，因此我们取消了所有标识。这里一共有三百二十七个异魂，其中包括两百余个普通异魂，八十多个中等异魂，高等异魂的数量不多。你挑选异魂时，只能凭借自己的感觉，相信自己。祝你成功。"

话音刚落，光幕消失，天痕愣住了。

这概率太低了吧，他只有不足五分之一的概率可以挑到高等异魂。如果选中了普通异魂，对自己几乎没有什么帮助，自己该如何选择呢？

想到这里，天痕不禁皱起了眉头。

他脑海中不断转换着各种念头，眼前浮现着三百多颗异魂种子，琢磨不定的感觉令他很不舒服。

突然，天痕脑海中灵光一闪。

他的宇宙气提升到了第五阶段，已经得到了许多，何必在乎那么多呢？不论得到什么样的异魂，这都是运气所致，随便选就是，外围的未必是低等异魂，里面的未必就是高级异魂。

当即，天痕准备随手拿起一个异魂，正在这时，他的余光瞥到角落中一个奇异的异魂。

不起眼的角落处，碧玉盘中盛放着一颗瓜子形态的异魂种子。这个异魂并没有发出光芒，淡绿色的形态很是眼熟。

天痕下意识走到异魂之前，脑海中突然生出之前那种君临天下的感觉，外面铁门最上方的几片形态普通的叶子浮现在脑海中，他几乎可以肯定，这是与那叶子相同形态的异魂。

之前进入万物如神的境界时，他已经对这些异魂有所感觉，虽然无法感受其真正的能力，但是仿佛看到过它们的形态似的。

天痕正准备将这个异魂拿起来，旁边的红色异魂吸引了他的注意力，那是一颗红色的瓜子形态的异魂种子。与面前的这颗不同，那颗种子看上去更加圆润，红色的光芒散发着淡淡的灼热之气。

天痕心中一动。

这应该就是绝情·立顿拥有的魔阳花种子。魔阳花绝对是高等异魂，自己该不该选择它呢？至少，这是有绝对把握的。

天痕思忖半晌，无法做出最终的判断。

正在这时，他仿佛看到了蓝蓝的身影，她还在地球上等着他。当初他与蓝蓝和解时，说过一句话，富贵险中求。

相信自己的判断吧，就算错了，又如何呢？

天痕的手闪电般伸出，将绿色的异魂种子吸入掌心。他刚想感受一下它的特性，却见绿光一闪，这颗异魂种子竟然迅速融入了他的身体，清凉的气流瞬间传遍全身，使他一阵舒爽。

这到底是怎么样的异魂呢？

没等天痕多想，清凉的气流瞬间变得灼热，天痕只觉得全身仿佛要爆炸一般，大脑一片空白，身体不受控制地跌倒在地。

天痕胸口的宇宙气的碧绿色宝石中间出现了异魂种子，异魂种子亮起绿光，瞬间发芽，淡淡的绿光融入天痕的血液之中，灼热的感觉越来越强烈。

从这颗种子所在的方位，天痕感受到了一种高傲的情绪。

一圈圈绿色的光芒不断从天痕体内向外散发，一根根草从他的毛孔中冒出，瞬间延伸到房间中的每一处角落，那晶莹的绿色异魂疯狂吸收着其他异魂强大的生命力。

天痕觉得自己的身体仿佛要爆炸似的，宇宙气碧绿色宝石的体积不断膨胀，一会儿的工夫，就恢复了原本的菱形状态。

天痕感觉自己的身体变了，仿若变成了浩瀚无边的草原，自己的思感可以轻易延伸到草原的每一处，这是属于自己的领域。

灼热的感觉消失了，突然间，碧绿色被墨绿色所取代。"叮当"的一声轻响，天痕的意识回归。

他惊讶地发现，代表宇宙气的能量晶体竟然消失了，取而代之的是一颗墨绿色的异魂种子，不断散发着墨绿色的气流。

一切归于平静。

天痕睁开眼睛，发现周围的一切都变了，所有异魂种子中的生命能至少减弱了一半。他身上的衣服早已消失，身体则变得异常轻柔，意念所到之处，似乎可以化为一缕缕烟尘。

这些现象意味着什么？

天痕突然想起了四个字——以神为虚。

在这短短的时间内，难道自己已经达到了宇宙气的第六阶段？

不，这太不可思议了。

他的意念转向墨绿色的种子，右手轻挥，十余片草叶飞射而出，身形转换间，他竟然变成了草叶，那是柔韧的力量连通天地的感觉。

这一刻，他仿若变成了植物中的帝王，剩余的三百二十六个异魂都在向他膜拜。

天痕眼中神光大放，意念转换到自己的两种异能处，虽然表面上并没有发生什么变化，但是黑暗系异能已经不再是天痕能力的中心。在瞬间明悟的驱使下，黑色向墨绿色流动，在那高傲的墨绿色光芒的作用下，黑色不断转化为白色并流向上方。

天痕终于又可以真正地将能力进行转化了，黑暗系异能在达到了以神为虚的宇宙气转化中不断加入空间系异能的行列中。在天痕的协调下，黑、白两色晶体渐渐达到了平衡。

当它们变成同样大小之时，天痕突然有了黑暗与空间双系审判者的感觉。原本高达七十级的黑暗系异能降低了，换来了两个六十四级的审判者能力，自己的双系异能终于达到了大乘。而这一切都源自得到不久的尖系异能，可以吸收万物为源的庞大宇宙气。

代表空间系异能的白色晶体此时已经变成了银色的，在天痕的脑海中闪烁着淡淡的光芒。

星痕兴奋的声音不断在天痕脑海中回荡，天痕知道，在自己达到空间系审判者的同时，星痕开始向终极体进发了。

天痕的双眼变成银与黑两种不同的颜色，身体如同虚幻的一般，他来到大门处，意念一动，这个封闭的空间再也无法阻挡他的思感。

下一刻，天痕出了神秘的异魂殿。

墨绿色的叶子缠绕着他的身体，遮住某些重要部位。全身充满爆炸力的感觉使他明白，成为双系审判者的他，已经拥有了挑战任何强者的实力。

异魂殿外站着一个人，明眸皓齿，正是还原本色的紫清·立顿。

她惊讶地看着天痕身上的叶片，目光中充满了难以置信："不！这，这怎么可能？你怎么可能在三百二十七个异魂中选中了异魂中的霸主——帝王花？"

天痕淡然一笑，道："世间本就没有什么不可能的事，不是吗？祖奶奶，谢谢您的成全。"

"天意，真是天意啊！天痕，你知道帝王花象征着什么吗？"紫清·立顿说道。

天痕一愣，摇了摇头，道："我对异魂并不了解，怎么可能知道呢？难道这帝王花有什么不好的地方？"

紫清·立顿苦笑道："不是不好，而是太好了。帝王花是最强大的异魂，从当初得到这颗帝王花种子到现在，本族共有六十六名勇士尝试让它成为自己的异魂，但最后都被帝王花种子所吞噬，一个都没有走出异魂殿。没想到它竟然愿意认你为主，成为你的异魂。这下麻烦可大了。"

天痕皱眉道："什么麻烦？祖奶奶，在帝王花的作用下，我的宇宙气好像达到了第六阶段以神为虚的境界，再加上我自身的异能，应该不会被它反噬。"

紫清·立顿摇了摇头，道："不，我不是担心你被它反噬。既然你安全走出了异魂殿，就证明帝王花已经向你臣服了。我担心的是立顿家族的祖训。你不知道，由于帝王花中隐藏着谁也不知道的奥秘和博大的生命能，所以祖上规定，本族中人，谁能让帝王花成为自己的异魂，谁就是本族族长。不论当时的族长继任多久，都要立刻传位于他。同时，因为帝王花过于霸道，必须有一名处女向帝王花之主奉献纯洁的身体，以贞洁之血开启帝王花的花蕾。可是，你不是本族中人，这族长的位置又如何能够……"

天痕淡然一笑，道："我还以为是什么事让您为难，您大可不必多想，我对贵族族长的位置没有一丝兴趣。至于您所说的贞洁之血，倒是没有问题，等我以后结婚之时，自然就有了。"

紫清·立顿看着天痕，道："你，你不想当立顿家族的族长？以你现在的能力，当族长不是不可能的。天痕，你要知道，立顿家族作为四大家族之一，掌握着整个银河联盟接近十分之一的势力，单单各种稀有金属就有不少，立顿家族的财力不弱于比尔家族。难道你一点都不动心吗？"

天痕耸了耸肩，道："您觉得我很需要钱或者势力吗？坦白说，离开立顿家族后，我将脱离圣盟。您肯定知道，作为圣盟第一圣子，如果我继续留在圣盟中将会得到什么。我连在圣盟的地位都可以放弃，又怎么会想做立顿家族的族长呢？我现在只想过闲云野鹤般的生活，寻找我的仇人。"

紫清·立顿叹息一声，点了点头，道："我明白了。咱们出去吧。由于我们决定让你进入异魂殿，戈勒已经下令与圣盟结盟了。冰河家族和若西家族虽然不愿意，但也无法再投反对票。这几个月，你爷爷等得够辛苦了。"

这回轮到天痕惊讶了。

"几个月？！"

紫清·立顿微微一笑，道："你不知道吗？你在异魂殿中足足待了六个月。为了等你，圣盟可是来了不少人。我刚刚已经通知他们你出关的消息，想必现在他们正在外面等你。"

她说完，脸上露出一丝怪异的笑。

白色的光芒出现在紫清·立顿身体周围，这一次，天痕再不是什么都无法感觉到了，那白色的光芒带给他玄妙的感触，完全融入天地一般的感觉令他胸口那墨绿色的异魂不断颤动。

这就是宇宙气终极的境界天人合一啊！不知道自己什么时候才能达到，

天痕在心中暗道。墨绿色的叶片消失，天痕趁机快速换上了一套银色制服。

光芒闪烁间，他们来到了另一个地方。

看到眼前的一切，天痕不禁一愣，等着他的竟然是六个女子。除了月、星两位以外，其余四个女子见到他，都流露出兴奋之色。

"百合、蓝蓝、紫幻、梅丽丝，你们都来了。"天痕有些激动。

这一刻，他心中充满了温暖。

"痕——"蓝蓝猛地扑入天痕怀中，双眼通红，"你骗人，你说过只走十天，最多一个月，可你让我等了足足半年！"

天痕离开一个月后，蓝蓝和梅丽丝就再也等不下去了。她们征求了光明大长老的同意后，结伴来到立顿星，在这里她们遇到了百合和紫幻，得知天痕在闭关修炼，就一直苦苦等待他出关。

天痕柔声安慰道："蓝蓝，都是我不好，让你久等了。"

紫清·立顿笑道："我可是把天痕完好无损地还给你们了，再不还，恐怕我的耳朵要被你们念出茧子了。天痕，记住你答应过我的事。"

说完，白光亮起，紫清·立顿飘然而去。

百合走上前，看着天痕，柔声道："我们回家吧。"

天痕一愣，道："家？哪里是我的家？我的家早已经被冥教那些浑蛋毁了。"

百合轻叹一声，道："圣盟就是你的家啊！难道你不想回去看看吗？摩尔审判者已经先回去了。与立顿家族结盟后，圣盟要做的事还有很多，那里需要你。只要你愿意，我不会再离开你，好吗？"

天痕感觉到怀中的蓝蓝身躯微微一震。

这一刻，他突然下定了决心，摇了摇头，道："不，我不回圣盟。百合，我们的追求不同，你去做你想做的事吧。等你完成一切之后，如果你还想来找我，我仍然愿意做你的港湾。蓝蓝、紫幻、梅丽丝，我们该走了。

天痕看向星、月二人，道："两位奶奶，麻烦你们转告爷爷，就说天痕不孝，在报仇之前，我不会再去地球。"

绝情·立顿不知道什么时候来到这个房间之中，她看了天痕一眼，低头不语。

看到绝情·立顿，天痕不禁暗叹一声，看来，自己就算离开了圣盟，还是有麻烦的。

银光从天痕的体内迸发，笼罩了蓝蓝、紫幻、梅丽丝和绝情·立顿，带着几人骤然消失在房间中。

天痕走了，带着对百合、亲人的不舍走了，他已经选择了自己要走的路。

百合呆立在原地，喃喃自语："天痕，你就这么走了。是啊！我们有各自的追求。对不起……"

泪水夺眶而出，百合知道，自己刚才的话伤了天痕的心。与天痕认识这么长时间，自己为天痕做过什么呢？自己根本没有像女朋友一样给予天痕陪伴。不论什么时候，自己记挂的都是贫民，天痕始终被自己放在第二位。现在，他走了，带着爱他的女人走了，只剩下自己一个人。

自己的选择真的正确吗？她不确定，但她知道，自己没法抛弃那些贫民，他们还在等着自己去拯救。至于自己的幸福，她只能暂时先放下了。

天痕悬浮在半空中，遥望脚下的立顿城，眼中流露出一丝伤感。

他轻轻地摇了摇头，叹息道："百合啊百合，你还是不了解我，现在我的心里只有仇恨，你却要我跟你回圣盟，回去了还怎么报仇呢？"

蓝蓝抓紧天痕的手，道："痕，其实百合姐姐不是那个意思。她只是责任感太重了，你何必生她的气呢？"

　　天痕温柔一笑，道："过去的就让它过去吧。我尊重百合的选择，但是，她不能替我做选择。蓝蓝，不论我遇到什么情况，你始终在我身边，陪伴着我。我说过，我是百合的港湾，但是，你一直是我的港湾。谢谢你，你真的为我付出了好多好多，我非常感动，也觉得对不起你，一直没给你名分……"

　　蓝蓝身体一颤，泪水不受控制地流下："痕，你别这样说，我都懂。只要能跟你在一起，做什么我都愿意的……"

第159章
异空间穿越

蓝蓝扑入天痕怀中。天痕搂紧蓝蓝，突然觉得自己仿佛拥有了一切。

梅丽丝眼中充满了羡慕，却没有嫉妒。对于她来说，能够永远跟在天痕身边，就已经足够了。

紫幻看着这一幕，移开了视线，她心里也有点羡慕。

绝情·立顿同样心情复杂，跟着天痕她是千般不愿，但紫清·立顿的命令她又不能违背。此时她看着天痕同蓝蓝亲密，心中更是不满。

她心中暗道：这嚣张的家伙运气怎么这么好，身边都是美女，就连哥哥一直喜欢的百合心也向着他。

"天痕，我该回研究所了。"紫幻说道。

"不，你不能走。你忘了，我去立顿城之前说过，离开这里后，第一站就是去你的故乡玄玄星寻找智慧生物的遗迹吗？"天痕说道。

紫幻看了天痕和蓝蓝一眼，犹豫不决。

天痕身影一闪，来到紫幻身边，看着她道："况且，彼得所长让我照顾你，我答应了，不能食言啊。"

"紫幻，留下吧。我们帮天痕一起去寻找遗迹。难道你是对我有什么顾虑？那我走开好了。"说着，蓝蓝娇笑一声，飘然离开天痕身旁。

天痕眼中流露出狡黠的光芒，墨绿色的叶片从他背后浮现，闪电般向前飘去，层层叠叠的墨绿色叶片以光速瞬间覆盖了周围数百平方米的地方。

蓝蓝惊呼一声，身体已经被叶片缠住。她清晰地感觉到，自己的身体被一股凌厉的气息锁定，根本无法移动。

下一刻，她只觉得眼前一花，已经被带回了天痕身前。

绝情·立顿呆呆地道："帝王花，竟然真的是帝王花。"对于帝王花，她的感触是最深的，虽然她体内的魔阳花是高等异魂，但也臣服于帝王花的威压之下。

天痕嘿嘿笑道："还想跑吗？蓝蓝，已经晚了。"

蓝蓝挣扎着，但她越挣扎，帝王花叶片缠绕得越紧，那股凌厉的气息不断刺激着她的心神。

她怕阿拉姆司神力会伤到天痕，不敢随便用出来，只得气鼓鼓地道："我开玩笑呢，你看不出来吗？还说要照顾我呢，你就是这么照顾人家的？这明明是欺负！"

叶片消失，天痕搂住蓝蓝纤细的腰肢，笑道："不是欺负你，只是想展示一下我新得到的能力。好啦，不多说了，咱们走吧，直接去玄玄星。蓝蓝，用你的生物电脑搜索一下玄玄星在银河系中的具体方位。"

蓝蓝一愣，道："干什么？难道你想凭借肉身直接穿越异空间？我和梅姐姐倒是没什么，只是，紫幻怎么办？"

天痕傲然道："既然计划这么做，我就有能力保护你们。相信我。"

蓝蓝疑惑地道："你真的有把握吗？可是，就算在异空间中没事，我们能找到正确的出口并安全出去吗？"

天痕微微一笑，道："原本我没有把握，但是现在不一样了。相信我，即使你们三个都是手无缚鸡之力的普通女子，我也有把握带着你们平安穿越异空间。"

"星痕。"

银光一闪，一个身影出现在天痕五人的下方。

星痕的身体竟然长到了三十米长，银色鳞片反射着立顿太阳的光辉，它展开巨大的羽翼，静静地飘浮在半空之中，它的尾翎竟然长达十五米，身体以凤凰为形，以龙为根本。

这才是真正的神级圣兽啊！

天痕低头看向紫幻，问道："我可以抱你吗？"

紫幻抬头看了他一眼，轻轻地点了点头。

天痕搂着紫幻，飘身落在星痕背上。而后，蓝蓝和梅丽丝两人也飘身落在星痕背上。

墨绿色的光芒骤然发出，第六阶段宇宙气包裹住星痕的身体。在心之契约的灵犀感应中，星痕骤然加速，化为一道银光。

绝情本来以为天痕要抛下自己，正当她不知该如何是好时，天痕的声音在她耳边响起。

"如果不想死，就赶快坐好，异空间中危险重重，可不是闹着玩的。"

她惊讶地发现，不知道什么时候，自己也坐到了那只怪鸟的背上，而那蓝衣美女正拉着自己的手，朝自己微笑。

星痕驮着几人瞬间超越光速，进入了异空间。

蓝蓝将玄玄星具体的方位告诉天痕后，疑惑地问道："痕，你似乎比以前更加强大了，这半年多来，你究竟有什么奇遇？"

天痕微微一笑，将自己在立顿家族发生的事情大概说了一遍。

蓝蓝看了看第一次进入异空间而有些害怕的绝情，笑道："怪不得你把人家姑娘拐带出来，原来这是你答应的条件。绝情妹妹，你别怕，其实天痕人很好的。你要是讨厌他，别理他就是。有我在，他不敢欺负你。"

一直没有开口的梅丽丝笑道："蓝蓝，恐怕你自身难保吧。"

蓝蓝嗔道："梅姐姐，你不帮我吗？"

梅丽丝无奈地道："不是我不帮你，而是没办法帮啊！蓝蓝，咱们先帮主人抵御异空间能量的侵袭吧。"

黑光从梅丽丝体内飘然而出。经过这半年多的修炼，她已经真正继承了血皇的传承，对黑暗系异能的运用比以前强多了。

天痕笑道："不用你们帮忙，只要不遇到异空间风暴，我自己的力量就足够了。"

他现在感觉有些怪异，在这绚丽多姿的异空间中，他竟然无法吸收更多的空间系异能。他心中判断，这估计是因为自己真正达到了审判者境界。

绝情·立顿听了蓝蓝之前的话，对她好感大增，而梅丽丝称呼天痕主人，令她有点迷惑。这嚣张的男人与这三个容貌绝美的女子究竟是什么关系？她对天痕的厌恶少了几分，反而好奇起来。

由于是第一次感受异空间中的能量，绝情·立顿渐渐被周围绚丽的景象所吸引，虽然她对自己的魔阳花很有信心，但在这个奇异的空间中，她不敢轻易向天痕挑衅。她紧紧抓住星痕背上的鳞片，生怕被甩下去。

天痕的精神力在宇宙气的作用下四散探出。在异空间中，他虽然无法判断明确的方位，但以他对异空间的认知，再加上达到第六阶段化神为虚的宇宙气，隐约可以感受到异空间外正空间的方位，这也是他有把握不会在异空间中迷失的原因。

不知道过了多长时间，天痕感觉到他们已经接近了玄玄星所在的方位。

"注意了，我们准备出去。"

天痕手腕一翻，黑暗圣剑跳入掌中，黑暗与空间两种异能同时迸发。

他悍然将黑暗圣剑向前斩去，黑、白两色气流在黑暗圣剑的增幅下骤然而出，斩向前方的虚空。

他并不是要斩开什么，而是要让他们的飞行速度降下来。提速可以破开正空间进入异空间，相反，减速可以让他们从异空间脱离出去。

说起来简单，但在异空间中减速，谈何容易？

星痕配合着天痕，将双翼大张，身体竖起。

扭曲的气流不断冲击着他们，天痕手腕轻颤，无数剑光四散飞去。在剑光将异空间能量引开的瞬间，墨绿色的光芒骤然变成降落伞般的形态，硬生生将他们前冲的速度降了下来。

天痕脸色一阵发白，与异空间能量抗衡，消耗太大了。

蓝蓝用阿拉姆司神力适时护住绝情，梅丽丝则学着天痕的样子，在他的宇宙气内部用黑暗系异能形成一个同样的能量降落伞，速度终于降了下来。

五人只觉得身体一震，周围的压力骤然消失，他们成功从异空间中跳出。映入他们眼帘的是一片太空，周围星光点点，给人一种宁谧的感觉。

天痕长舒一口气，终于成功了！

有了这次的经验，以后异空间再无法成为束缚。

天痕收回星痕，用宇宙气形成一个直径十米的墨绿色光罩，将四名女子和自己笼罩在内。宇宙气达到第六阶段后，他轻易就能将周围各种气体转化成氧气，供给四名女子和自己呼吸。

蓝蓝赞叹道："真的成功了。太好了。"

天痕依旧搂着紫幻，紫幻先前在天痕温暖的怀抱中睡着了，此时都没清醒过来。

天痕微笑道："我们有三个审判者级别的异能者，就算不用减速的方法，也能破开异空间，否则，我又怎么会让你们跟着我冒险呢？只不过，那样要消耗大量的能量。蓝蓝，你查一下生物电脑，据我判断，这里应该离玄玄星不远了。绝情·立顿小姐，等到了玄玄星后，不可擅自行动，跟紧我们，以免发生危险。"

绝情·立顿下意识地点了点头。天痕表现出了强大的实力，令她大为震惊。以肉身在异空间中航行，恐怕她的爷爷日·立顿也未必做得到。看来，上次天痕真的是让着自己，否则，魔阳花未必能奈何他。

蓝蓝悦耳的声音响起："痕，你判断得没错，你看，离咱们最近的那颗蓝色星球就是玄玄星。"

天痕顺着蓝蓝所指的方向看去，只见一颗如同冰晶一般的蓝色星球就在不远处。从他们这个位置看去，那颗蓝色星球约有圆盘大小。

他想起紫幻说过，玄玄星上有着零下两百摄氏度的低温。

天痕对玄玄星充满了好奇，那里会不会有史前智慧生物遗留下来的宝贝呢？

天痕怕吵到紫幻，低声道："我们飞过去吧。"

五人一起向那蓝色的星球疾速飞去。

当飞到离玄玄星大气层还有十公里左右的地方时，他们清晰地感觉到了玄玄星上传来的寒气。

天痕停了下来。据他观察，玄玄星距离所在星系的太阳并不算远，按道理，玄玄星的温度不应该如此低，其中必定有原因。

想到这里，天痕更加肯定，奇异的玄玄星上必定有什么特殊的地方。虽然还不能完全确定，但他相信自己的判断，史前智慧生物很有可能在那里留下了什么宝贵的能量。

天痕外放的精神力突然感觉到了什么，他大喝一声："小心，有搜寻雷达！看来议会对这里很是重视，竟然派战舰留守这里。"

紫幻此时已经醒了过来，听天痕提起"议会"二字，眼中流露出强烈的恨意。

感受到紫幻情绪的变化，天痕赶忙安慰道："紫幻，放心吧，有我在，没有谁能伤害你。一直没来得及问你，当初残害你们冰族的主谋到底是谁？这个仇，我一定帮你报。"

紫幻凄然道："主谋就是上一任的上议院议长。当时，他刚刚通过选举成为议长，不久惨剧就发生了。天痕，如果你能帮我找到那个凶手，我，我就算为奴为婢也心甘情愿。"

天痕柔声道："净说些傻话。既然是上届上议院议长，那他退休后，在什么地方呢？会不会还在地球上？"

紫幻摇头道："没有人知道他在什么地方，但肯定不在地球。彼得老师帮我找过他，却一直没有消息。如果我判断得没错，他应该是找了一处适合养生的地方，过着舒服的生活。可是，我的亲人们早已经魂飞魄散，我……"

紫幻的话还没说完，围绕玄玄星飞行的三艘巡逻舰呈"品"字形朝他们飞来。

天痕惊讶地发现，这三艘战舰竟然是由一艘C级战舰和两艘D级战舰组成的，可见议会对玄玄星的重视。

梅丽丝眼中杀意涌现，道："主人，要不要我去毁灭它们？"

天痕摇了摇头，道："算了，战舰中的人只是受了议会的命令在巡逻，都是些无辜的人，不要多造杀孽。走吧，我们直接进入大气层，就算战舰的雷达发现了我们，我们这么小的目标，他们也没办法跟踪、侦察。"

天痕一边说着，一边放出宇宙气，宇宙气模仿各种生命信号分别向不同的方向疾速而去。此时此刻，天痕真切地体会到了宇宙气的妙用。达到了现在的级别，他几乎可以通过宇宙气利用宇宙间的任何气息。

在释放迷惑信号的同时，天痕带领四名女子疾速向玄玄星而去。

"空间穿越！"淡淡的银色光芒围绕在宇宙气周围，带着天痕五人，几乎没受到大气层阻挡，就进入了由寒冰覆盖的玄玄星。

由于有宇宙气的防护，天痕五人并没有感觉到多冷。但周围的霜雾足以证明温度有多低。

穿过大气层后，玄玄星领空的能见度极低，四周都是一团团由冰雾形成的云。阵阵疾风吹过，使得周围的冰雾千变万化，这奇异的景象吸引了五人的视线。

紫幻眼中流露出一丝朦胧的光芒，道："这就是玄玄星上有名的万变冰云，也称为千幻冰云，几乎在玄玄星上任何一个地方都能看到。据我估计，这应该是玄玄星表面温度过低，空气中的水分子凝结所致。距离地面近的都结成了冰，远一些的则保持着冰雾状态，这就是先前我们离这里很远时看到玄玄星呈淡蓝色的原因。玄玄星上没有海洋，完全被坚冰覆盖，我就出生在这里！"

说到这里，她眼眶一红，显然是想起了死去的父母和亲人。虽然过去了这么多年，但是她一刻都没有忘记灭族之仇。

天痕看了紫幻一眼，道："我们下去吧。紫幻，如果你想为族人们报仇，就必须坚强起来，悲伤是没有任何作用的，你明白吗？"

紫幻眼中闪过一道寒光，从天痕怀中挣脱，凭借自己的力量，控制身体悬浮起来。

她向天痕点了点头，道："你说得对，我要凭借自己的力量报仇。从这一刻起，我与你一样，推翻议会就是我的目标。只有真正推翻议会的统治，银河联盟才有可能获得新鲜血液，与冰族同样的惨剧才不会再次发生。"

绝情·立顿呆呆地看着天痕和紫幻。她突然觉得很无助，对于天痕四人，她除了知道名字以外，其余什么都不了解。没想到，他们竟然一个比一个强，除了紫发的紫幻，其他三人都给她深不可测的感觉。

蓝蓝像无底深潭，梅丽丝像可以吞噬一切的黑洞，天痕则像千变万化的云，他的实力似乎每时每刻都在变化，就像玄玄星的千幻冰云，不论怎么观察都无法找到其中的规律。

五人继续向前飞行。

天痕控制着宇宙气一个加速，带着她们从冰雾中冲了出来。几人看到眼前出现的美景，都震惊了。

这分明就是一个冰河世界啊！

放眼看去，下方完全被晶莹的冰雪覆盖，白皑皑的一片，偶尔有一些冰棱竖起，在阳光的照耀下，散发着奇异的光彩。虽然光芒有些刺眼，但是在墨绿色的宇宙气保护下，众人并没有感觉到太多不适。

蓝蓝嘻嘻一笑，道："痕，你这墨绿色的光是什么？竟然还能当墨镜用，这肯定不是异能，你可要教我哦。我感觉这是很纯净的能量，我很喜欢。"

天痕微微一笑，道："我可以教你，你们每个人都可以学，只是，能不能达我现在的程度，我可不敢保证。这是一种奇异的能量，想充分利用它，需要经过长时间的修炼。蓝蓝，你很好奇是吗？那我就告诉你，傻丫头，其实，这就是宇宙气！"

"啊！宇宙气，不可能吧？"蓝蓝、梅丽丝、紫幻都惊讶地看着天痕。

而绝情·立顿有些呆滞。同样墨绿色的光芒她只从紫清·立顿身上看到过，她实在不敢相信，天痕的能力竟然堪比自己最钦佩的祖奶奶。

天痕飘身下落，依旧用宇宙气保护着众人。

天痕耐心地解释道："我们先在这里休息一会儿。你们要记住，世间本就没有不可能的事。我的宇宙气之所以比你们认知的要强大，是因为你们的宇宙气最多停留在第三阶段，而我的宇宙气已经进入了第六阶段，所以，我的宇宙气才有着完全不逊色于任何一种异能的强度。想达到这种程度，只有不断苦修，去感受宇宙间各种能量之间的奥秘。

"不要小看宇宙气，它在某些时候是非常重要的，重要程度绝不亚于我们拥有的异能。因为宇宙气是所有能量的基础，达到我现在的境界后，它几乎可以将空间中所有能量分子转化为我们自身所需要的。

"你们也看到了，我一直用宇宙气形成的能量罩护住大家，或许你们觉得我会消耗很多能量，其实，我利用宇宙气吸收的能量远比我消耗的要多，我不但不会力竭，反而可以随时修炼。"

蓝蓝搂住天痕的手臂，道："痕，太不公平了，为什么你的宇宙气比我们的高级那么多？我现在才达到第三阶段第六级，什么时候才能达到第六阶段啊？我不管，你一定有什么窍门，快教给我们，不许藏私。"

她虽然无法亲身感受到第六阶段宇宙气的奇妙，但仅仅看到天痕凭借宇宙气将外界温度和一切负面因素完全隔绝，并带着她们成功穿越异空间，就知道第六阶段宇宙气有多奇妙了。

天痕笑道："你啊，别不知足了，你可是先天异能者，从小就拥有比普通异能者高得多的天赋，如果你从小就努力修炼，成就会比现在更高。即使没有努力修炼，得到了阿拉姆司神力之后，你也达到了审判者的境界。你若想增强实力，只有努力修炼。能帮你的，我自然会帮你。"

"大家都坐下休息一会儿吧。对了，立顿小姐，你能不能跟我说一下圣盟与立顿家族的谈判情况？"天痕道。

绝情哼了一声，道："我还以为你不打算找我说话呢！结盟的事进行得很顺利，我太爷爷一出面，若西家族和冰河家族就不好再反对了，再加上比尔家族的支持，很快达成了共识。若西家族与冰河家族虽然不与圣盟结盟，但今后会保持战略合作关系，而我们立顿家族正式与圣盟结下攻守同盟，一旦发生什么事，将守望相助。

"我听你爷爷摩尔审判者说，有什么外星智慧生物会威胁到地球的安全，我太爷爷很重视此事。由我爷爷亲自出面，调动本族所属军团，进行密集操练。真的有足以威胁到人类的外星智慧生物吗？"

天痕心道：恐怕正是恶魔族的潜在威胁，才促使立顿家族与圣盟结盟，我离开龙川星已经有很长时间了，恶魔族却始终没有出现。虽然我完全相信阿拉姆司临死前所说的一切，但没有事实作为根据，无法令别人完全信服。不过，有所准备总比没有任何防备要好得多。

"外星智慧生物的资料是我们带回去的，至于是否真的有这个威胁存在，我们只能等下去。在它们出现前，谁也无法确定。"天痕回道。

五人坐在地上，有天痕宇宙气的保护，除了温暖，他们并没有其他感觉。

紫幻道："天痕，我们先去寻找那种红色果实吧，只要吃下那种果实，就可以立刻增强对寒冷的抵御力，之后再去搜寻我们要找的东西就容易得多。只不过，现在那里恐怕有议会的重兵把守。"

天痕点了点头，道："不急，之前我们在异空间中待了一段时间，你们的身体受到了影响，先休息一下。玄玄星的温度平均低于零下四十摄氏度，而那个山谷却温暖如春，很是怪异，或许，我们要找的东西就在那里。

"蓝蓝，待会儿行动时，你负责照顾紫幻；梅丽丝，你负责照顾立顿小姐，听我的命令行事。以我们的能力，除了可能存在的未知高等智慧生物以外，玄玄星上应该没有其他什么可以威胁到我们。"

五人中，有三名审判者级别的异能高手，天痕自然有信心。

达到审判者级别后，就算再遇到德库拉十三世，天痕相信，自己也有与之一拼的能力，毕竟现在他体内的两种异能已经重新进入平衡状态，也就是说，拥有变异能量的天魔变又可使用了。

两种异能都达到六十四级后，再施展天魔变能达到什么程度，连他自己都不清楚，但他隐隐感觉到，就算打不过德库拉十三世，对方想杀他也不是那么容易的事。

第160章
★★★
君临·帝王花

一个小时后，蓝蓝四人先后结束静坐修炼，清醒过来。

天痕正站在那里，遥望着远方。

蓝蓝走到天痕身旁，关切地问道："你没休息吗？"

天痕微微一笑，摇头道："不，我已经休息好了。"

就在蓝蓝她们休息的时候，天痕利用宇宙气万物如神的境界将自己的思感扩大到整个玄玄星，凭借宇宙气对生命的探知，他清晰地感觉到玄玄星上有着两种庞大的生命体，它们分别属于不同的两种能量，一种是温暖祥和的，另一种则是冰冷的，这两种能量不但不邪恶，反而很神圣，就像蓝蓝得到的水神气息。他几乎可以肯定，那散发着冰冷能量的，是同阿拉姆司一样的生命能智慧生物，只不过，它的能量要低一些。

紫幻三人都站了起来。

紫幻想了想，道："离开这么多年，我只与彼得老师回来过一次，对这里的记忆不深。你们等一下，我先用生物电脑对玄玄星进行扫描探测，凭我的记忆，应该能找到那个温暖的山谷。"

说完，她按动左手上的手表，表盖弹开，露出一个如同雷达的东西，紧接着，绿色的圆形光影出现，数十个数字不断地在光影中运转。

紫幻正准备全身心投入查找，却感觉到信号突然被切断了。

天痕将她的表按住，摇头道："不要用探测仪器，我们的位置容易被对方反侦察到。我已经找到你说的那个山谷了。有的时候，自身的力量比科学仪器更为好用。我们走，我在前，你们四个在后，记住，一旦发生危险，立刻高声求援。"

话落，他率先飞了起来。

紫幻愣了一下。她自然不知道天痕用的什么方法。

蓝蓝动听的声音在她耳边响起："紫幻姐，相信他，他说找到了就一定是找到了。"

五人腾空飞起，在天痕的宇宙气保护下，快速朝着他发现的山谷而去。

玄玄星并不算很大，面积只有地球的十分之一。以他们的速度，想到达玄玄星的任何一个地方，最多只需要几分钟的时间。

天痕凭借自己的力量带着四人飞行，速度也能超过二十倍音速。

突然，下方的一点绿色吸引了天痕的注意。

他将飞行速度降了下来，扭头对紫幻道："应该就是那里。"一边说着，一边缓缓下降。

看着眼前不断扩大的绿色，紫幻激动起来。正是因为这个温暖如春的山谷，当初整个科研小组遭到了毁灭性的劫难。

她用力地点了点头，道："对，就是那里。当初，我的先辈们找到这个山谷，给它取名为回春谷。可是，我想称它为死亡谷。"

梅丽丝沉声道："主人，有翔车巡逻，至少有十辆，而且每辆翔车上都装着攻击性武器。"

她利用黑暗之眼，仅凭目力就可以探察到周围的情况，即使是天痕，也比不上她。

天痕冷哼一声，道："凡是机器人，一律毁灭，若是人类，只需要让他们丧失行动能力就够了。"

他将精神力外放，在宇宙气的辅助下，犹如全息雷达，扫描着那些盘旋在回春谷上方的翔车。

或许是由于能量的感应，那些翔车也发现了他们，顿时呈扇形飞了过来。

天痕冰冷的声音响起："那是全自动攻击翔车，由机器人驾御。梅丽丝，全部毁灭！"

梅丽丝沉声道："是，主人！"

她的背上出现血红色的双翼，速度骤然提升到极限，冲了过去。

全自动攻击翔车中的机器人感受到了面前的威胁，顿时发出大量镭射光，覆盖住梅丽丝的身体。

梅丽丝怎么会将这些镭射光放在眼里？

黑色气流席卷而出，镭射光进入黑色气流的范围之内，顿时被吞噬了。

连光也可以吞噬的黑暗系异能，名曰黑暗吞噬，是梅丽丝自己领悟出来的领域。在这个领域中，除非敌人的攻击力远超出她能承受的范围，否则，不论什么样的攻击，都会被这怪异的黑暗系异能吞噬。

十一道紫色的光芒从黑雾中飘飞而出，没入了那十一艘翔车之内。

原本疾速飞行的翔车全部变为静止状态，下一刻，它们表面的金属泛起一层紫色的光芒，竟然燃烧起来。燃烧的过程很短暂，三秒后，十一艘全自动攻击翔车被梅丽丝那精纯的地狱魔火烧毁了。

地狱魔火，除了德库拉十三世，梅丽丝是最强大的。

翔车被毁灭的同时，天痕四人来到了梅丽丝身旁。

看着梅丽丝眼中浮现一丝邪异的光芒，天痕微微一笑，道："你进步的速度比我想象的要快得多，在不使用天魔变的情况下，我驱使的地狱魔火绝没有这样的威力。"

梅丽丝笑道："我的使命就是帮助主人完成所有想做的事，为了不成为您的累赘，我只有不断增强自己的修为。"

天痕道："我们下去吧。无论那里有什么样的防御系统，我都不相信可以阻止咱们。"

他话音才落，回春谷上方就出现了一个防御能量光罩，淡黄色的光芒将整个回春谷完全笼罩了。

半空中，轰隆声响起，先前他们在外面见到的三艘战舰正疾速朝回春谷方向而来。

看到三艘战舰出现，天痕不禁皱了皱眉，冷冷地道："既然你们不知死活，就不要怪我了。梅丽丝、蓝蓝，你们保护好紫幻和绝情，我去去就来。"

话音刚落，他已经如同流星般疾速冲了出去。

失去天痕宇宙气的保护，除了紫幻以外，其余三人都清晰地感觉到强烈的寒流从四面八方而来。

蓝蓝手中的光芒一闪，长达两米的阿拉姆司神杖出现在她手中。

她手一挥，柔和的白色光芒代替天痕的宇宙气形成一个光罩，护住她们四人，这个光罩虽然无法让她们产生温暖的感觉，但还是将冰冷的寒气完全阻挡在外。

天痕骤然往前飞去，顿时成了三艘战舰的靶子。

三艘战舰的指挥员通过雷达发现，对方竟然只有一个人，不禁有些好笑。难道那个家伙想凭借自己的力量与三艘战舰抗衡？他们并不知道天痕曾毁灭冥教舰艇编队的事，所以，才会如此乐观。

舰载大型镭射炮喷射出灼热的光芒，C级战舰一次副炮齐射，就将天痕整个人完全笼罩。

远处的绝情不由得惊呼出声，蓝蓝三人却状若无事，露出淡淡的笑。

如果天痕会被这样强度的攻击伤害，那么，他就不是天痕了。

长啸声直冲九天，当镭射光消失时，天痕的身影再次出现在为首的C级战舰面前，他不屑地大声道："助纣为虐，我这就给你们一点教训！"

他如同利剑一般，硬生生插入C级战舰护罩之内，一掌拍在战舰装甲之上，黑暗系异能喷涌而出，灵魂腐蚀出现了。

凭借达到审判者级别的黑暗系异能，天痕捕捉到所有战舰中的生命体，在灵魂腐蚀的作用下，战舰内的全体官兵只觉得脑海中一片空白，顿时失去了意识。

整艘战舰在无人控制的情况下，只能顺着原本的方向向前飞行。

天痕身形如电，同样的一幕在另外两艘战舰上相继上演。

眼看三艘战舰即将坠落，墨绿色光芒骤然大盛，硬生生地拉住了三艘欲坠落的战舰。

随着轰然巨响，玄玄星表面冰屑飞溅。在天痕的全力作用下，三艘战舰竖立在玄玄星上，舰体并没有受到破坏，只是失去了运行的能力。

战舰里面的所有官兵都在灵魂吞噬的作用下失去了意识。天痕下手极有分寸，这些官兵三天后就能清醒，绝不会丢命，只是会丢失见过天痕的这部分记忆而已。

如果仅凭黑暗系异能，天痕是不可能控制得如此精确的，但凭借第六阶段的宇宙气，他能清晰地感觉到战舰中每一个生命体的变化，这才能够将分寸把握得如此精妙。

天痕顺利地解决了三艘战舰，心情十分舒畅，这种操纵一切的感觉太美妙了。

天痕招呼其他四人，道："走，我们进回春谷。"

他的右手在身前一圈，银光宛若一把无坚不摧的刀，闪电般向回春谷上方的护罩劈去。

刺耳的摩擦声响起，高达千米的防护罩就像纸糊的一般，应声而破。

无数镭射光从回春谷中射出，几乎充斥了回春谷上方的所有空间。但是，这已经没有作用了。

天痕微微一笑，眼中闪过一丝寒光，接连遭受对方的阻截，他已经有些不耐烦了。

正在这时，天痕内心突然一阵悸动，墨绿色的帝王花叶竟然没有任何预兆地飘然而出，叶片在半空中排列成一面柔软的盾牌。

奇异的事情发生了，镭射光射到这面看上去极为薄弱的叶片盾牌时，墨绿色的光芒骤然大盛，帝王花叶竟然轻易地化解了高温镭射光，叶体不但没有丝毫损伤，那墨绿色的光芒反而变得更加耀眼了。

奇特的感觉从胸口的种子传入天痕心中，叶片四散而出，直奔下方的山谷而去。

天痕愣了一下，在叶片的指引下，飘落下来。

山谷中的温度与外界果然相差很大。二十多度的气温是最适合人类生存的，各种各样的植物几乎闻所未闻。

帝王花叶轻微地颤动，低不可闻的声音不断向四周传递，山谷内的植物似乎都在回应着这个声音。

数百个机器人手端激光枪和小型镭射炮，向天痕所在的方向飞奔而来。

天痕刚准备行动，奇异的一幕出现了，山谷内的植物突然开始疯狂生长，无数藤蔓、枝叶缠上了机器人的身体。虽然枝叶和藤蔓不是很坚硬，一下就被机器人扯断，但还是成功地减缓了机器人前进的速度。

天痕心中一动，用精神力向自己胸口的种子道："我知道你想帮我，但也不能让你这些同类受到如此摧残，还是让我自己来解决它们吧。"

仿佛听懂了天痕的话，帝王花叶停止了颤动，那些植物也随即停止了对机器人的攻击。但是下一刻，帝王花叶发动了强悍的冲击，无数墨绿色的叶片以天痕为轴心骤然前冲，那看似柔软的叶片竟然如同利刃一般，轻而易举地刺入了机器人身上的合金装甲。

天痕突然发现，自己的心意与帝王花叶完全相通，在精神力的指引下，帝王花叶轻易就将机器人身上的主控芯片破坏，让冲到前面的数十个机器人失去了行动的能力。

帝王花叶仿佛可以无尽生长一般，周围植物的生命能不断向它汇聚，继续冲向后面的机器人。

正在这时，蓝蓝四人来到了山谷之内，看着山谷内正不断集结的机器人，蓝蓝和梅丽丝刚要有所行动，却被绝情阻止了。

绝情道："让我来吧！在这种大自然的环境中，没有谁比我更合适的了。"

粗如手臂的青藤如同鞭子一般甩了出去，红色的魔阳花覆盖了绝情的身体，数道红光激射而出，机器人身上顿时被腐蚀出一个个大洞。

绿色的叶片不知道什么时候已经延伸到魔阳花的攻击范围内，那墨绿色的叶片看起来比粗大的魔阳花藤蔓差了许多，但当绿色叶片碰触到魔阳花时，那些粗大的魔阳花藤蔓一阵痉挛，迅速缩回到魔阳花的周围。

光芒一闪，绝情恢复人形，魔阳花不见了。

她怒视天痕，道："你干什么？"

天痕淡定地说道："够了，剩下的交给我就行。"

机器人被完全消灭，周围恢复了安静，只剩下一地残缺的零件。

通过精神力的探察，天痕发现，驻守在回春谷内的只有二十几个人，此时都登上一艘小型战舰，准备逃跑。

想走？没那么容易。

天痕可不希望他们来过回春谷的事被议会知道，议会很容易就可以断定这是圣盟的异能者所为。虽然他离开了圣盟，但是不想给圣盟找麻烦，对于圣盟，他还是有感情的。

天痕突然消失。

正在这时，绝情体内突然传来一阵剧烈的刺痛，他惨叫一声，跌倒在地，灼热的气息不断冲击着她的心脏。

魔阳花的反噬竟然在这个时候发生了。剧烈的痛楚蔓延到绝情全身，皮肤上的红光隐现，魔阳花的纹路渐渐出现，她现在连说话的力气也没有，鲜血顺着嘴角流出。

当初，她毅然决定修炼尖系异能，本身的能力还很弱，根本没有驾驭魔阳花的可能，是紫清·立顿见她十分执着，才允许她选择普通的异魂，可是，心高气傲的她仍旧选择了魔阳花。

当时，她险些因为魔阳花的庞大能量而被毁灭，幸亏紫清·立顿及时出手，凭借宇宙气镇压了她体内魔阳花的能量。

紫清·立顿见事情已经不可挽回，只得将其中的利弊告诉了她。魔阳花的能量是极霸道，一旦修炼者压制不住，就会遭到反噬。修炼魔阳花的人需要不断坚持修炼，并尽量保持心态平和，才能成功控制魔阳花的能量。另外，在与敌人战斗的时候，一定不能将魔阳花的能量完全释放。

绝情一直都听从紫清·立顿的叮嘱，这几年来，倒是没出什么乱子，这次，在帝王花的引动下，魔阳花作为帝王附属，下意识地生出了臣服之心，顿时冲破了紫清·立顿的封印，想去寻觅帝王花。这下可苦了绝情，强烈的反噬威胁着她的生命。

看到绝情的样子，紫幻三人吓了一跳。

紫幻对于医学有所了解，赶忙取出随身的药剂，想给绝情服下，但她刚走到绝情身前，立刻被一股灼热的气流逼退了。

蓝蓝眼中蓝光绽放，阿拉姆司神杖出现，蓝蓝握住神杖往前一点，柔和的白光射向绝情胸口。光芒闪耀，清凉的水神之力不断地滋润着绝情的身体，勉强将魔阳花的燥热之气压了下去。

但是，蓝蓝的好心却做了坏事。不论是何种植物或者生物，水都是生命之源，在水神之力的滋润下，魔阳花不但没有被压制，反倒在稍微收敛后，以更快的速度对绝情进行反噬。

红光骤然发出，蓝蓝感觉到阿拉姆司神杖一震，只见粗大的藤蔓从绝情体内骤然而出，虽然这是无法伤害到绝情的，但是，绝情脸上痛苦的神情和嘴角溢出的鲜血都令蓝蓝吓了一跳。

看到这突如其来的一幕，她和梅丽丝都不知该如何处理才好。毕竟，她们都不知道发生了什么，谁也不敢再贸然行动。

在绝情就要被魔阳花完全吞噬之时，一个银色的身影出现了，墨绿色的光芒从绝情头顶直接射入，从绝情身体生出的藤蔓顿时被逼了回去。

她脸色苍白，晕了过去。

天痕用最快的速度拦住那些准备逃走的家伙，并用灵魂吞噬令他们陷入了昏迷。这时他接到了梅丽丝灵魂发出的求援，吓了一跳，赶忙飞了回来。

虽然他对尖系异能也不是十分熟悉，但看到绝情的样子，当即明白是她体内的魔阳花发生了问题。

庞大的宇宙气勉强将爆发状态的魔阳花压了下去，天痕的手按在绝情的头顶，丝毫不敢放松。

天痕清晰地感觉到，绝情体内的魔阳花异魂完全进入了狂暴状态，正在不断向外突破，似乎在快速生长。

蓝蓝担忧地道："天痕，绝情姑娘怎么了？她为什么会突然变成这样？难道她对这里的环境不适应？"

天痕摇了摇头，道："你别问了。紫幻，你和蓝蓝到山谷中搜寻一下，看看有没有议会的科研人员留在这里的资料。梅丽丝，你给我护法，我要立刻帮绝情姑娘疗伤，否则就来不及了。"

说完，他立刻坐到绝情的背后，手从她的头顶移到背后，宇宙气始终不敢间断。

魔阳花的冲击越来越强烈了。

天痕心想：我总不能一直用宇宙气维持她的生命吧，一旦撤了宇宙气，她的身体立刻就会被狂暴状态的魔阳花冲破，不行，只有将这股能量完全疏导，才能救下绝情。

对于绝情，他并没有什么好感，但紫清·立顿对他有恩，紫清交代的任务之一就是要将绝情带在身边，帮她疏导体内的魔阳花能量，只是，他没想到此事这么快就来了，他还没有机会对尖系异能多做了解。

现在他顾不上那么多了，只能先将第六阶段宇宙气毫无保留地释放出来，将绝情受损的经脉修复，然后顺着经脉进入她胸口封锁魔阳花的地方，消除魔阳花带来的负面影响。

天痕一边进行这些，一边琢磨起来。

既然紫清·立顿让他将绝情带在身边，那就证明疏解魔阳花能量是自己一定能够做到的。魔阳花是高等异魂，想让它老实听话，恐怕还要从自己的异魂着手。

想到这里，天痕小心地用精神力引导帝王花异魂，墨绿色的光芒顺着他的手臂进入绝情的体内。帝王花异魂的能量顺着宇宙气，一路畅通无阻，来到了绝情胸口光芒闪耀的地方。

事情却不是天痕预想的那样。本来，先前帝王花使回春谷中所有植物臣服，天痕以为只要自己的异魂进入绝情的异魂所在之处，就能将魔阳花的狂躁能量压下去，自己再想办法进行疏导就可以了。

但是，事与愿违。帝王花虽然有着君临天下的气势，但天痕得到帝王花的时间尚短，帝王花蕾还没有开放，所以，他体内的帝王花目前只能压制普通的魔阳花。

绝情得到魔阳花已经几年了，通过这几年的努力修炼，魔阳花渐渐成熟。今天，在天痕的帝王花的引导下，绝情体内的魔阳花爆发了，同时，又被蓝蓝的水神之力滋润，爆发之势顿时一发不可收拾。

天痕的宇宙气虽然暂时化解了魔阳花对绝情生命的威胁，但是，由于宇宙气不断向内压缩，而且得到了纯净的浩瀚宇宙气的滋润，魔阳花积蓄的爆发性能量变得更加庞大。

帝王花异魂刚进入魔阳花异魂范围之内，竟然被这股狂暴的气流逼了出来，魔阳花异魂似乎非常渴望帝王花异魂，以更加狂暴的状态向外冲击着。

天痕心头一紧，这可如何是好？连帝王花都没有办法，自己总不能一直运功压制魔阳花异魂啊！

正在他犹豫之时，帝王花异魂发生了变化，墨绿色的异魂中突然升起一点金光。这些异魂具有一定的自我意识，虽然还不足以进行思考，但是，作为高等植物异魂，它们都有各自的本能。

帝王花乃植物之君王，骤然被同类逼退，根本不用天痕引导，它自身就进入了愤怒状态，帝王的尊严不容触犯。帝王花异魂再次冲入了魔阳花异魂所在的区域，墨绿色与赤红色光芒骤然相撞。

天痕浑身一震，帝王花异魂竟然开始疯狂地吸收宇宙气带来的能量，金色光芒越来越盛，这样它就可以待在暴躁的魔阳花异魂周围，不至于被逼出来。

天痕暗暗苦笑。他现在只能全力支持帝王花异魂，希望它能够将魔阳花异魂解决，否则，面对现在的情况，他也没有任何办法。

通过精神的感悟，天痕迅速进入了万物如神的境界，精神向四处分散，他感知到了山谷内的各种生命。宇宙气疾速涌入他的体内，再通过身体传给帝王花异魂。帝王花异魂在天痕这强大的后盾支持下，终于释放出了王者之气，对魔阳花异魂开始了毫无保留的压制。

魔阳花异魂不断地颤抖着、挣扎着，论级别，它是帝王花异魂的附属，面对帝王花庞大的王者之气，它渐渐臣服。

感受到魔阳花异魂的变化，天痕心中大喜，赶忙用精神力告诉帝王花异魂，让它自行引导魔阳花异魂，帮助绝情疏导魔阳花狂暴的能量。

帝王花异魂不断释放王者之气，向魔阳花施压，魔阳花的挣扎越来越微弱，带着金色的墨绿色光芒进入了魔阳花的异魂本体。帝王花异魂很是霸道，如果没有天痕的精神力控制，恐怕它早已经将魔阳花异魂完全吞噬。赤红色的魔阳花异魂缠绕在帝王花异魂之上，帝王花异魂已经牢牢地占据了绝情胸口的方寸之地。

天痕心中一动，自己不单单可以用万物如神的境界来吸取宇宙间的能量分子，还可以用以神为虚的境界化成世间万物啊！

想到这里，在意念的作用下，他的身体渐渐虚化。光芒一闪，就那么顺着帝王花异魂留下的能量，直接融入了帝王花异魂之中。

此时，他就是异魂，异魂就是他，奇异的感觉从心中升起。在精神的感知下，他来到了另一个世界，一个淡金色的世界，绝情就安静地躺在这个淡金色的世界中，她额头上的魔阳花印记散发着淡淡的光芒。

这是怎么回事？这是哪里？难道是绝情的意识之海？不，肯定不是，天痕对灵魂很是熟悉，这明显不是。

但是，这到底是哪里呢？

天痕身体一震，顿时明白过来。此时，他面前的并不是绝情，而是魔阳花异魂。当然，由于绝情完全昏迷，她的意识应该就在这魔阳花异魂之中，而自己是以帝王花异魂的形态存在着。

第161章
生命之神迪若修司

正当天痕准备叫醒绝情时，温和的声音在这片白色的领域中响起："你们好，没想到有生之年，我还能见到如此高等的智慧生命。你们有着浩瀚的能量，迪若修司在此有礼了。"

迪若修司？天痕的意识顿时清醒过来，警惕地道："你是谁？为什么会出现在我们的能量之中。"

绝情身体一震，她苏醒了，惊讶地看着天痕。由于能量的同化，她体内的魔阳花狂暴气息得到了疏解，她已经能够控制异魂之体了。

迪若修司柔和的声音响起："你们不必多疑，我并没有恶意，只是感受到了与我相近的庞大的生命能量，才从沉睡中清醒过来。唉，虽然经过了这么多年的休养，但我的本体毕竟已经消失了，只能以能量形态存在，看来，我的时间不多了。"

听了这话，天痕心中大喜，赶忙道："迪若修司，你是不是史前生命能高等智慧生物之一？"

迪若修司一愣，道："你怎么知道的？迪若修司的意思是生命之神。可笑啊，作为生命之神的我，生命竟然在快速流逝。"

天痕微微一笑，道："既然你是史前的生命能高等智慧生物，那么，你一定知道水神阿拉姆司。我见过他。"

迪若修司一听这话，顿时变得激动起来："什么？你见过阿拉姆司？他在哪里？快告诉我。我们是最好的朋友，如果能得到他的帮助，说不定我可以重塑肉身。水是生命之源，他是我的母神。伟大的阿拉姆司，我终于得到了你的消息。我请求你，快告诉我。"

通过与迪若修司的交谈，天痕得知，他虽然也是史前生命能高等智慧生物，但他的能量比阿拉姆司差了不止一个层次，阿拉姆司残余的神力可以造出一座奇异的阿拉姆司神殿，而他只能凭借精神能与自己交谈。

天痕叹息一声，将当初在龙川星上的所见所闻说了一遍。

听着天痕的叙述，迪若修司陷入了沉思之中，就连绝情也认真地听着。

"阿拉姆司将自己的神力传给我的朋友后，他的意识就消失了。我的那位朋友也在这里，你如果需要，我可以请她帮助你。"

说完，天痕静静地等待着迪若修司的回答。

史前智慧生物毕竟是强大的，如果能有生命之神的帮助，未来恶魔族出现的时候，他们应付起来就顺利多了。再怎么说，这些史前高等智慧生物对恶魔族还是比人类要熟悉一些。

迪若修司长叹一声，道："天意啊！天意！没想到，就连阿拉姆司那么强大的存在都没有逃脱魔掌。谢谢你告诉我这些，我已经感受到你所说的那位朋友的气息了，可她离完全吸收阿拉姆司神力还有很大的差距，目前是不可能帮到我的，我的意识和生命能正在不断减弱。阿拉姆司已经去了，我留在世间，还有什么意思呢？阿拉姆司说的不错，我也能感觉到恶魔族正在向人类逼近，你们一定要替我们报仇啊！"

天痕道："对于邪恶的种群，我们没有一丝好感。为了保卫我们的家园，只要恶魔族出现，我们必然会义无反顾地同它们决战。"

迪若修司道："阿拉姆司已经对你们说了恶魔族的一切，我知道的只比他多一点。你们要记住，一定要将那些恶魔彻底毁灭，千万不要手下留情，否则，若干年后，浩劫将再次出现。我时日无多，虽然我没有阿拉姆司那么强大的神力，也没有强大的神器，但是我愿意将我仅剩的能量送给你们，希望我的能量日后可以拯救你们的生命。"

"不，迪若修司，我们再想想办法。"

对于悲天悯人的史前智慧生物，天痕充满了好感，他实在不愿看着迪若修司的生命就此终结。

"我能感受到你发自内心的关心，这足以证明你对生命的重视。不要难过，其实宇宙中的一切都是循环的，只要我将生命的种子传递下去，我就没有消亡。这玄玄星上不止我一个史前智慧生物，还有冰神迪傲达嘉。那个家伙高傲得很，当初是我帮他保住了意识，他却不愿意与我多联络，你们离开这里后，可以去试试找他，他的神力比我强得多。可惜的是，现在他的情况并不比我好多少。

"虽然他很高傲，但是我相信，为了整个银河系，他不会吝惜自己的能量。与其静静地消亡，倒不如为对抗恶魔族再做点事。你们体内的生命能都很强，接受了我的能量后，多理解生命的意义，对你们会有好处的。只要生命的种子不灭，你们永远都不会死。可惜啊！我对生命的意义理解得太晚了，生命种子已破裂，否则，我一定会成为你们的战友。"

天痕刚想说什么，金色光芒突然出现，笼罩了他和绝情，他们同时浑身一震，温暖的能量瞬间通过异魂传遍全身。

天痕惊讶地看到，一朵白色的花在自己胸前开放，花分九瓣，在温暖的能量滋润下，那晶莹洁白的花朵看上去很是动人。

这就是帝王花？

这里发生的一切，外面的三人并不知道。

当蓝蓝和紫幻返回时，她们惊讶地发现，天痕和绝情身边绽放出一朵朵小花，淡淡的香气弥漫在空气之中。天痕和绝情全身都散发着淡淡的金光和圣洁的气息，就连梅丽丝都能感受到这种圣洁的气息。

三人呆呆地看着面前的天痕和绝情，静静地等待他们苏醒。

三个小时过去了。

突然，天痕和绝情的额头各亮起了一个黄豆大小的光点，天痕额头上的光点是金色的，绝情额头上的则是红色的。下一刻，他们的身体同时消失了。

一朵巨大的九瓣白花在六朵红色向日葵的映衬下缓缓开放，清香的气息传遍整个回春谷。在这充满生命的气息中，所有植物快速生长，花茎微微弯曲，似乎在向那朵白花行礼。

迪若修司的气息不见了，天痕和绝情先后在异魂中清醒过来。

天痕拉着绝情恭敬行礼，正色道："迪若修司前辈，我们一定会替您将这生命的种子传承下去，只要我们还活着，恶魔族永远别想祸害整个银河系，我们必将其彻底毁灭。"

生命之神迪若修司并没有传给他们什么厉害的能力，却在他们体内各埋下了一颗生命的种子，在庞大生命力的作用下，帝王花与魔阳花都进化了。

不论什么时候，帝王花都只有一朵，只是根据颜色的不同来区分强弱。最低级的是红色，往上依次是紫、青、黄、蓝、绿、白、银、金。

天痕的帝王花在生命之神的帮助下，直接达到了白色的级别，而绝情的魔阳花达到了六朵，他们的尖系异能已经迈入了审判者的境界。此时的天痕已经是三系审判者的强大存在，只要他努力修炼下去，不久的将来，他必将达到尖系异能的顶峰。

庞大的生命能还使天痕的宇宙气变得更加庞大，天痕虽然没有进入第七阶段，但只是时间问题而已，就连绝情的宇宙气也直接提升到了第五阶段。

"天痕，谢谢你救了我，还带给我如此强大的能力。"感受着异魂的变化，绝情对天痕道。

天痕摇了摇头，道："你不用客气，这是我答应你祖奶奶的条件，保护你是应该的。"

他想了想，又道："绝情，我对帝王花并不了解，你能不能告诉我，它都有什么特性？它毕竟是高等的异魂之一，我想，它应该有许多特殊能力才对。"

绝情笑了，道："我也不知道你的帝王花具体有什么能力，但我想，王者之气应该是它的特性之一。"

天痕愣了一下，也笑了："王者之气，你要知道，在我们小的时候，只有形容放屁才用这个词汇。"

绝情一愣，失笑道："什么？你们竟然说放屁是王者之气，这也太……我说的是帝王花散发出的气息可以控制其他所有植物。不论高等还是低等植物，都会听从帝王花的调遣。至于别的能力，就要靠你自己去摸索了，毕竟你是第一个拥有帝王花的人。"

天痕道："原来如此。我们也该让意识回归本体了，不然，蓝蓝她们会担心的。"

绝情轻叹一声，道："谢谢你，天痕，如果没有你的帮助，可能我已经死了，现在我终于明白为什么祖奶奶会让我跟你一起离开立顿家族了。你放心吧，以后我一定会乖乖地跟在你身边，不给你找麻烦。我想，做朋友总比当敌人要好。"

"是啊！多一个朋友总比多一个敌人要好得多。"

在意念的催动下，天痕控制着自己的异魂回归了本体。

帝王花和六朵魔阳花同时消失，天痕和绝情的本体随即苏醒。

两人睁开眼睛，相视一笑。

蓝蓝凑上来，问道："痕，绝情没事了吧？"

天痕微笑颔首，道："我出马你还不放心吗？绝情的身体已经没问题了，先前是她修炼的尖系异能反噬所致，不过，以后这种情况不会再出现了。"当下，他将先前自己与绝情遇到生命之神迪若修司的事情说了一遍。

听了他的叙述，蓝蓝不禁笑道："你的判断是正确的，这里真的有史前智慧生物，而且还不止一个。那我们赶快去冰谷吧。"

天痕道："蓝蓝，你和紫幻有什么发现吗？"

蓝蓝从一旁拿过一个箱子，道："这就是紫幻说的红色果实，就叫它回春果吧。这东西可能生长速度很慢，我们只找到这十几颗。待会儿咱们先吃了再说。"

箱子中的果实都有拳头大小，呈椭圆形，看上去晶莹剔透，犹如红宝石一般，表面泛着温润的光泽。

紫幻道："天痕，刚才我从他们的研究室中找到一些资料，根据他们这些年的研究发现，这种回春果生长和山谷内常年如春的气候都是不符合自然规律的。以各种仪器探测的结果来看，这个山谷内有一个极为庞大的生命磁场，正是由于这个生命磁场的存在，才孕育了这个美丽的山谷。我刚才用他们的仪器探测过了，生命磁场确实存在，但就在我探察时，发现生命磁场突然迅速萎缩，不知道是什么原因。你们没发觉吗？这里的温度正在逐渐降低。"

天痕轻叹一声，道："恐怕以后都不会再有回春果这种东西了。"

听了天痕的话，紫幻的表情不禁变得黯然，道："真是可惜了这个美丽的山谷。"

　　天痕想起迪若修司的话，笑道："没有什么可惜的，只要生命的种子还在，任何地方都会重新长出生命的花朵。我们尽快办完事，离开这里吧。据迪若修司所说，冰神迪傲达嘉的能量无法再坚持多久。紫幻，你的力量最弱，如果能得到冰神迪傲达嘉的力量，会有很大助益。"

　　紫幻笑道："如果真能成功，我以后也能帮到你了。"

　　天痕道："那咱们现在就走吧！我已经令议会派来驻守这里的人暂时昏迷，至少三天不会醒来。待他们清醒，会忘记先前发生的一切，还好他们都在战舰中，里面的温度和能量足以支持到他们清醒。来，大家先吃回春果。"

　　说完，天痕将红色果实分别递给她们。

　　除了紫幻本身是冰体，对玄玄星上的温度能够适应，没有服用回春果以外，其他四人各吃了两颗，剩余的几颗被天痕收入空间袋之中。

　　果实下肚，温暖的感觉顿时传遍全身，她们虽然依旧能感觉到山谷上方的寒流，但凭借他们的修为，加上回春果的作用，这些寒流已经不足以威胁到他们了。

　　在天痕的带领下，众人重新升入空中，辨别了方向后，朝目标快速前进。

　　天痕一边飞着，一边对紫幻道："冰神迪傲达嘉所在的地方很有可能就是你出生的冰谷，因为你说过那里的温度是整个玄玄星上最低的，我们就先到那里找找吧。或许，凭借对宇宙气的应用，我可以与冰神迪傲达嘉那庞大的生命能联络上。"

　　冰谷与回春谷截然不同，当天痕五人到达时，惊讶地发现，白雪下面的冰竟然是蓝色的。天痕释放出宇宙气，抵御着快速下降的温度。

正如紫幻当初所说，这里的温度已经低于零下一百摄氏度，如果没有宇宙气的保护，他们呼出的空气都会立刻变成冰碴儿。

紫幻指着前方道："上次我和彼得老师来这里探寻过，由于这里温度过低，议会的人并没有仔细侦察过这个地方，冰谷深处有一个深坑，当初，我们的族人就是在那里生活的。彼得老师帮我把族人都埋葬在冰谷中，天痕，我想先去祭奠他们，可以吗？"

天痕道："当然可以，这是应该的。你带路吧。"

在这冰雪的世界中，紫幻的能力得到了极大的增强，淡蓝色的光芒从她体内迸射而出，她迎着风向冰谷深处而去。

冰谷比回春谷要大得多，至少有七八个回春谷那么大，蓝色的冰雾使这里的能见度极差，只能看到十米左右的地方。宇宙气的表面不知道什么时候结上了一层蓝色的冰霜，如果不是天痕的精神力一直紧锁紫幻，恐怕很容易就会跟丢。

天痕四人缓慢地飞行了一会儿。

紫幻的声音传来："就是这里了，天痕，你们快来。"

天痕赶忙带着其余三人加速往前飞，当他们来到紫幻身边时，看到了一个高约三米的深坑。深坑中黑漆漆的，同冰谷中相比，这里的温度似乎更低一些。

紫幻向天痕点了点头，道："应该就是这里了。上次来的时候，彼得老师的护身仪器无法承受其中的温度，只有我一个人进去过，里面很大，空荡荡的。你们在这里等等我，我的族人就被安葬在不远处，我去祭奠他们。"

天痕点了点头，道："一切小心，如果有事就大声叫我。"

紫幻嫣然一笑，道："放心吧，这里才是我真正的家，怎么会有事呢？"

说完，紫幻飘飞而起，眨眼间，消失在冰雾之中。

天痕没有闲着，闭上眼睛，宇宙气外放，通过万物如神的境界感知着这里的一切。很快，他就发现自己的判断是正确的，他感知到冰谷中有庞大的生命能。那生命能似乎对他很抗拒，他刚想通过宇宙气与之交流，立刻就被拒绝了。正当天痕想进一步探察之时，突然听到了紫幻的惊叫声。

他赶忙睁开眼睛，带着蓝蓝三人朝声音发出的方向飞去。

紫幻并没有出事，她站在一片空地上，正呆呆地看着面前几株如同冰雕一般的树。

"紫幻，怎么了？"天痕关切地问道。

紫幻喃喃地道："没有了，怎么会没有了？天痕，这里原本生长着改变了我和族人们体质的冰果，现在却只剩下树，冰果都不见了，难道是有人到这里把它们都采走了？"

天痕心中一动，摇了摇头，道："恐怕不是有人来过，而是冰果的源泉能量不够了。生命之神迪若修司说过，冰神迪傲达嘉的生命能在不断地衰弱，这里的冰果很可能就是依靠他的能量才生长的，现在他的能量不够了，所以不再长出冰果。"

话音刚落，冰谷突然剧烈震动。众人面前的冰果树骤然爆炸，化为一片冰粉，撒向众人。

即使是天痕、蓝蓝、梅丽丝这样能力强的人，都不禁脸色大变。与此同时，他们脚下的坚冰没有任何预兆地突然向两旁裂开，巨大的吸力从下方传来。天痕一边用宇宙气护住众人，一边向上方挥出双拳，银色光芒骤然发出。

"空间·反向领域！"天痕大喝一声。

原本下扑之势异常凶猛的冰粉在他庞大的能量作用下竟然瞬间反卷，冰粉攻击的能量远超天痕的估计，同时震破了他的反向领域，使他无法带着众人利用反向领域回到地面。

蓝蓝和梅丽丝在天痕行动的时候，同时向上蹿出，却被反向领域与冰粉的爆破力量震了回来。当她们想再有所行动时，上方裂开的巨大缝隙竟然闭合了，周围顿时陷入一片黑暗之中。

银光从天痕手中发出，他大喝道："别再乱动，都聚集到我身边来！"

宇宙气向周围发出，形成三层坚实的护盾，将其他四人笼罩在内，聚集到天痕身体周围。

蓝蓝看向天痕，道："我们现在该怎么办？要不要破冰而上。"

天痕沉声道："这应该是冰神迪傲达嘉搞出来的，既然来了，我们就见见这位高傲的冰神吧。地火，升光。"

在宇宙气的作用下，天痕向地火神龙借了一小部分能量，他摊开右手，掌心燃起一团耀眼的火光，照亮了四周。

突然，他感受到了一股异常熟悉的气息，那股气息似乎在呼唤他，绝不是冰神迪傲达嘉，因为那股气息对于天痕来说印象很深刻。

他向气息传来的方向看去。对于黑暗系异能者来说，黑暗的影响是很小的。

当他看到产生气息的东西时，顿时身体一震，道："魔神的物品怎么会在这里？"那悬浮在半空中的竟然是……

第162章
冰神的认可

天痕并没有见过除了黑暗圣剑、黑暗面具，以及黑暗之戒以外的魔神物品，但是，此刻一看，他立刻就能判断出，下方不远处悬浮着的正是魔神物品之一。

出现在天痕视线内的是一双黑色靴子，靴子散发着淡淡紫光，柔和的紫色光芒是如此熟悉。

空间袋中的黑暗圣剑自动跳到他手中，散发出同样的光芒，紫色的光刃从那红宝石般的骷髅头中射出。梅丽丝脸上戴着的黑暗面具也发出紫色光芒。

三件散发着紫色光芒的魔神物品似乎存着这某种内在的联系，在气息的牵引之下，天痕闪电般向那双黑色靴子飞去。

见到这双靴子，天痕心中大喜。

当初阿拉姆司告诉天痕，魔神是精神能高等智慧生物中最强大的存在，其留下的物品一共有十一件，分别是魔神盔（黑暗面具）、魔神剑（黑暗圣剑）、魔神盾、魔神胸铠、魔神双肩铠、魔神护腰、魔神靴、魔神翼、魔神魂、魔神弓和魔神之心。天痕原本有三件，但后来黑暗之戒（也就是魔神盾）被德库拉十三世抢去了，现在还有两件。

这双明显散发着魔神物品气息的靴子应该就是魔神靴。魔神的十一件物品不凡,每多得到一件,实力必将大增。当初天痕在天魔变的情况下,只是同时利用两件物品发出魔神斩,威力已经极为惊人,他真的不敢想象,如果自己能够集齐十一件魔神物品,将会拥有多么强大的力量!当然,前提是他能同时使用这么多件魔神物品,目前他还只能同时使用两件魔神物品而不被影响。

虽然很惊喜,但是天痕并没有大意,他将手中的魔神剑向前伸,朝魔神靴挑去。

这时,蓝光骤然大盛,一面薄薄的冰壁出现在魔神剑与魔神靴之间,近乎透明的冰壁竟然轻易地抵挡住天痕这一挑,冰冷气息瞬间随着魔神剑向天痕蔓延。

天痕脸色一沉,墨绿色的宇宙气顺着他手中的魔神剑剑柄弥漫开来,抵挡冰冷气息。

他没有再动手,身体迅速向后退,回到蓝蓝四人身边,释放出宇宙气,将她们护住。

他沉声道:"是冰神迪傲达嘉前辈吗?能否出来一见?"

周围的空间完全是黑暗的,就像一个巨大的冰之深坑,温度不断下降。虽然魔神靴近在咫尺,但天痕选择了防守,同时,通过灵魂的牵引,向梅丽丝要回了黑暗面具,也就是魔神盔。

面对冰神迪傲达嘉这样强大的史前智慧生物,在弄清楚对方是否有敌意前,他必须做好万全的准备。

"一定是迪若修司那家伙告诉你们我的名字,我刚才感觉到他的生命烙印消失了,可悲的迪若修司,作为生命之神,最后竟然落得如此下场。"一道冰冷的声音响起。

周围的温度更低了，天痕不得不将宇宙气形成的保护罩向内收缩了近一米，来抵御寒冷。

天痕冷静下来，道："迪若修司前辈是因为知道自己的生命无法再延续下去，才将生命的种子传给了我们，以帮助我们对付随时有可能出现的恶魔族。您说得不错，确实是他让我们来找您，请求您帮助的。"

迪傲达嘉冷笑道："请求我的帮助？哼！是想得到我的力量吧。你们几个人身上分别有水神阿拉姆司、生命之神迪若修司和可恶的魔神玛帝那撒罗的气息，如果我将你们身上的能量全部吸收，或许能重新塑造一具肉身。"

天痕心头一紧，沉声道："迪傲达嘉前辈，我们只是想寻求您的帮助而已，并没有恶意，如果您执意要对我们不利，别怪我手下无情。"

迪傲达嘉大笑起来，道："手下无情？你如何手下无情，我倒是很想看看。在这冰之深坑中，我就是万物的主宰，这个深坑是由万年以上的玄冰打造的，如果你妄图用魔神剑毁坏这里，我劝你还是不要做梦了，没有五件以上魔神器，在我的领域中你什么都做不了。不信的话，你大可一试。我倒想看看，你得到了魔神器的多少力量。"

"次元素——冰之洗礼！"

随着迪傲达嘉一声怒喝，黑暗的空间中出现了明亮的光点，那是一点点蓝色的光芒，在半空中不断地凝聚，形成蓝色光星。

周围的温度急剧下降。天痕清晰地感觉到，温度已经降到了零下一百六十摄氏度。

"蓝蓝、梅丽丝，你们护住紫幻和绝情，让我来领教迪傲达嘉前辈的神力。"天痕道。

"天魔变！"

天痕心中没有一丝恐惧，现在他的实力攀升到了前所未有的巅峰，凭借手中的两件魔神物品，加上三系审判者境界，他相信自己能够与失去本体的冰神迪傲达嘉一战。凭他足以毁灭一颗星球的实力，他不相信自己无法冲出这个冰穴。他甚至十分期待看到，自己在双系审判者境界下使用的天魔变能够达到什么样的威力。

天痕没有感到失望，在能量均衡的情况下，天魔变终于重新出现了，一圈紫色的光芒发出，他手上的魔神剑和魔神盔同时发出轻微的嗡鸣声，紫晶天魔铠并没有像预期中那样出现，紫色太阳以他额头金色的光点为中心骤然释放出异常庞大的能量。

天痕拥有的不仅是紫色的肌肤，他清晰地感觉到天魔变变异后的能量充满全身，他的身体已经完全达到了与紫晶天魔铠一样的强度。在双系审判者境界下，天魔变再次突破，他现在拥有的是紫晶天魔之体。

淡淡的紫色气流围绕着天痕的身体，背上星痕的文身使他看上去更加威武。天痕发现自己失去了对力量的感知，取而代之的是对周围空间的强烈感应，空间中的所有能量粒子在他的意识中构成了一幅地图。

淡淡的紫光萦绕在肌肤表面，心眼完全代替了眼睛。他的身体在空中微微一晃，利用魔神盔的能力幻化出无数虚影，他深切地感受到，原本是黑暗面具的魔神盔此时发生了巨大的变化，不再是轻柔的面具，而是坚实的面甲，虽未化盔，但面甲不断传来的冰凉气息让他的精神前所未有的集中，大脑清晰地把握到周围的每一丝变化。

魔神剑的剑刃变成了同剑锷同样的红色，那血色光芒中不再有邪恶气息，而是无比纯净的黑暗之力。

黑暗系异能达到六十四级的天痕终于可以同时使用两件魔神物品了。最为可贵的是，天痕虽然依旧感受到能量在逐渐消失，但能量消耗的速度比以前慢了许多。他深信，现在自己使用天魔变的时间是以前的三倍以上，顿时信心大增。

　　迪傲达嘉感受到天痕的能量变化，似乎有些诧异，冰冷的声音响起："没想到，你竟然可以拥有这样的力量，也算你没有辜负手中的两件魔神器。接受我这冰之洗礼吧，如果你能抵挡住，就算得上是我的对手了。"

　　蓝色光点飘然而起，在空中凝聚成一条蓝色冰河，轻飘飘的，似乎没有任何着力之处，而后朝着天痕正面袭来。

　　"空速星痕！"

　　面对迪傲达嘉这样强大的敌人，天痕没有任何保留，银色双翼从背后伸出，在星痕能量的作用下，天魔变消耗能量的速度再次变慢。天痕双手握住魔神剑，缓缓将其高举过头，双目瞬间变红。

　　在短短的时间内，魔神剑向前斩出上千次，红色的剑光在空中凝聚，悍然向前轰去，在天魔力的作用下和光速的增幅中，天痕完成了有生以来最强悍的一次攻击。

　　"千魔斩！"

　　红色剑光席卷而出，与零下二百摄氏度的蓝色冰河相遇，刺耳的声音响起。红色剑光瞬间切开蓝色冰河的前端，直接进入其内部，然后，从尾端穿出，重重地斩向远方。

　　蓝色冰河虽然被削弱了许多，但是并没有因为这一斩而消失，依旧向天痕袭来。

　　就在蓝色冰河即将击中天痕时，整个冰穴剧烈地震动起来，巨大的轰鸣声响起，令天痕五人的听觉瞬间丧失。

　　天痕稳稳地站立，右手收回魔神剑，左掌瞬间向前拍出，连晃十三下。由于他出掌的速度超过了光速，他的左手竟然在空中消失了，当他的左手再次出现的时候，正好迎上了蓝色冰河的冲击。

本来，如果超过光速进入异空间中，能量消耗会很大，使虚空十三破无法发挥出应有的威力，但是，就在刚刚，天痕突然领悟到，如果自己在速度足够快的情况下，利用庞大的宇宙气在异空间中不受变异能量影响这一点，就可以打破这个限制了。毕竟异空间再神秘，也只是宇宙的一个组成部分。

虚空十三破迎上了冰河的冲击，一个淡紫色的光罩出现在天痕手掌前。蓝色光芒在带有地狱魔火的虚空十三破的作用下集聚，而后消失。天痕受到了巨大的冲击力，身体飞退，冰冷的气息传入体内，但无论是他的血液还是经脉，此时都充满了天魔力，他张口吐出一口寒气，成功将迪傲达嘉的第一次攻击彻底化解。

天痕通过精神力清晰地感觉到，自己先前发出的千魔斩将冰穴的洞壁斩出一道深达五十米的沟壑，不禁心中大定。玄冰虽然像迪傲达嘉所说的那样异常坚硬，但并不是牢不可破。他头顶上方的冰壁明显最为薄弱，只要自己能够得到三到五次攻击的机会，定能破冰而出。迪傲达嘉失去了本体，只要他们离开其冰之领域，想再困住他们，就不是那么容易了。

想到这里，天痕眼中红光大盛，不自觉地释放出属于自身的天魔领域。红色的光芒四散，光芒围绕着他的身体，形成一个扭曲的红色结界。

"魔神剑当年连斩生命能高等智慧生物十三主神，今天我终于再次见识了它的威力。可惜啊，如果当初我们能和平相处，就不会有现在的下场。错已铸成，不可挽回，一切都将按照历史的巨轮运转下去，希望你们人类真的能够抵挡住恶魔族的攻击。"

迪傲达嘉的声音依旧冰冷，他似乎在回忆着什么，冰冷的声音中隐隐透出悲伤。

天痕心中一动，朗声道："迪傲达嘉前辈，您尽管放心，只要我活着一天，就绝不会让恶魔族侵犯人类的领域。"

从迪傲达嘉的话中，天痕感受到，其先前的攻击应该只是试探。正如迪若修司所说的那样，迪傲达嘉虽然冷傲，但并不是不通事理。

"你？"迪傲达嘉的声音中流露出一丝不屑，"你以为你凭借先前展示出来的能力就可以与恶魔族抗衡？你太天真了。如果魔神和天神能够复生，或许能够做到。如果我没有失去本体，我这样的二等主神一个手指就可以轻易捏死你。即使是现在，我若想毁灭你们也并不是难事。

"只是，我的时间不多了，我不能再继续等下去，连迪若修司那样的三等主神都能做到的事，我怎么会做不到呢？趁着最后的时间，我给你们一些指点吧。我的意识已经感受到了恶魔族的气息，人类的灾难即将降临，以你们现在的能力，对付普通的恶魔自然容易，但是，若是遇到恶魔族中的强者，你们没有任何机会。趁着恶魔族还没有出现，努力提升自己的实力吧，如果能找到魔神和天神的遗迹，或许你们还有机会战胜恶魔族。否则，用不了几年，整个人类必将毁灭在恶魔族手中。"

"迪傲达嘉前辈，正如您所说，或许现在我们的力量还不够强。但是，我们绝不会坐以待毙，实力是可以不断提升的，人类虽然不够强大，但我们还拥有科技的力量，短时间内，恶魔族想消灭人类，不是那么容易的。"天痕道。

"可笑，真是可笑。科技算什么？以我们高等智慧生物的头脑，如果我们想发展科技，亿万年前就可以做得比你们好了。你知道我们为什么不发展科技吗？因为那样是不能从根本解决问题的，提升自己的能力才是最重要的。你们的科技能威胁到我们吗？如果智慧生物中还存在一个拥有全部力量的主神，随手就可以毁灭你们的任何科技。"迪傲达嘉不屑地道。

蓝蓝飞到天痕身旁，有点生气地道："迪傲达嘉，现在你说这些还有什么用。如果你们真的有智慧，就不会因为争名夺利而相互残杀，被恶魔族乘机毁灭了。"

迪傲达嘉并没有因为蓝蓝的话而生气，反而有些感兴趣地看着她。

蓝蓝接着道："现在，恐怕不是讨论史前智慧生物更聪明，还是我们人类更聪明的时候，如果迪若修司说得没错，你的生命已经快到尽头了，即便不是为了人类，你也应该将自己的力量留下来，毕竟，只有我们能帮你们史前智慧生物报仇。"

"小姑娘，你说话很直接。我喜欢你这样的性格。可惜你已经得到了阿拉姆司的神力，单是他的力量已经足够你吸收很长一段时间了，否则，我一定把自己的力量传给你。"

迪傲达嘉笑了，笑声中透着几分苍凉，他继续道："是啊，我的生命将在百年内结束。刚才我是骗你们的，你们的力量与我的根本不同源，就算我吸收了，也没有任何作用。没有本体的生命能智慧生物和没有灵魂的精神能智慧生物一样，最后的结果都是走向灭亡。

"天痕，刚才你说你叫天痕吧。你想要魔神靴，那就给你好了。我明白你们的来意，是想让我将力量传给那个受到我的冰之力滋润的丫头，我可以成全你们。但是，想离开这里，你们必须经过我的考验，用你们集体的力量来抵御我这一生中最后一次攻击，只有这样，才能证明你们拥有替智慧生物报仇的能力。"

"来吧，接我一招！绝对零度！"冰冷的气息瞬间弥漫开来。

天痕惊讶地发现，自己散发的能量竟然被无数蓝色的能量分子侵袭，那并不是攻击的力量，而是同化的分子，这些蓝色的能量分子与自己的能量融合后，竟然开始进行冰封，极低的温度令天痕的身体逐渐麻痹。

五人中，紫幻的修为最低，她抵御寒冷的能力却最强，即使如此，在接近零下二百七十三点一五摄氏度的低温下，她同样变成了一尊冰雕。

和她同时失去反抗能力的是绝情，虽然绝情的魔阳花已经大成，但是在如此冰冷的气息的侵袭下，她的异魂根本没有反抗的能力。

　　天痕大喝一声，全身能量迸发，墨绿色的宇宙气勉强将寒流逼退几分，他迅速撤到其他四人中间。

　　没有真正经历过，永远不会明白什么是绝对零度，在这种低温下，所有能量的活力都降到了最低，这才是冰神迪傲达嘉真正让人惧怕的力量！

　　梅丽丝贴上天痕的身体，她不顾自己的血脉正被寒流侵蚀，将所有的黑暗系异能输入天痕体内，在她心中，天痕比自己的生命更重要。

　　蓝蓝也迅速召唤出阿拉姆司神杖，神杖发出洁白的光芒，一层密不透风的水雾席卷而出，勉强抵挡住那些冰冷分子。但是，她发出的水雾只持续了一瞬间，立刻就变成了冰晶。面对如此寒冷的气息，与冰同源的水系异能受到了最大的限制。

　　天痕得到梅丽丝的支持，顿时精神大振，他知道，现在能依靠的只有自己了。究竟什么样的力量才能解除绝对零度的危机呢？他的脑海中浮现各种念头。

　　宇宙气被他催动到最强，将自己和其他四人包裹起来，可是，绝对零度不但可以冰封他们的身体，还能冰封能量。

　　天痕使出天魔变后，天魔力快速消失，他知道，再这样下去，用不了多久，他也将在冰冷分子的侵袭下失去意识。

　　用地狱魔火来抵抗吗？不，那是没有任何作用的。地狱魔火虽然有着极高的温度，但自己的整体实力比迪傲达嘉还要弱一些，更何况这里是迪傲达嘉的领域，所有火属性的能量根本无法发挥出应有的威力。

　　该怎么办？

　　突然，天痕的心中生出奇异的感觉。在宇宙气的作用下，他感受到了一丝生命的气息，这气息来自外面的冰树。先前冰树虽然化为冰粉，向他们发动了攻击，但是，冰树留下了它的种子，虽然生命气息非常微弱，但是在万物如神的境界中，他还是清晰地感觉到了它的位置。是的，现在只有生命之火才能彻底解除绝对零度的威胁。

瞬间，天痕明白自己应该做什么，也明白了刚才迪傲达嘉最后一句话的意思。他的身体快速旋转起来，眼中光芒射出，分别刺入蓝蓝四人的脑海之中，蓝蓝四人的身体虽然被冰封了，但是意识并没有丧失。

天痕用自己的意念向她们说了一句话："燃烧吧，我们的生命之火。"

"啊——"咆哮声从天痕口中发出，他背后星痕那银色的身影化为烟雾，若隐若现。精神力急剧提升，以他的身体为中心，升腾起庞大的金色火焰。

正是他的生命之火！

生命之神赋予天痕的庞大生命力此时充分显现出来，金色的火焰使他感觉到身体充满了力量，灼热由心而发，化为一圈金色的光芒，笼罩了其他四人的身体。

冰化了，蓝蓝四人恢复了行动的能力。

蓝蓝第一个反应过来，清越的长啸声从她口中发出，蓝色光芒围绕着她的身体快速旋转起来，娜雪的身影浮现。

"阿拉姆司，赐予我力量吧。"

白色的光芒从阿拉姆司神杖中冲出，混合着蓝蓝身体周围的蓝色光芒，点燃了她自身的生命之火。

她那头飘逸的蓝发又变成了当初继承阿拉姆司神力时的银色，看上去纯洁无比。白光与金色的光芒交相辉映，将周围照得纤毫毕现。

"血皇的力量，升腾！"

梅丽丝是第三个爆发的，黑色气流围绕着她的身体，传承了血皇力量的血色双翼飘然而出，双翼展开，红色的气流燃起地狱之火。

"黑暗中的永生，为了我灵魂奉献之主的安危，燃烧吧，生命的火焰。"

梅丽丝的生命之火是暗红色的，她带来的是霸道的灼热能量。

周围绝对零度所产生的冰冷分子在金、白、红三色生命火焰的作用下，顿时被逼退到十米之外。

"魔阳花与我的生命相连，异魂啊，燃起你我生命之火焰，捍卫立顿家族的尊严。"

绝情变成了六朵巨大的魔阳花，红色的火焰同样出现在她身上。只不过，红色的火焰中有一团银色的花蕊。

她庞大的生命气息与天痕、蓝蓝、梅丽丝的生命火焰交相辉映，四色光芒共同进退，他们都清晰地感觉到，在这个时候，他们的心是连在一起的。对生的渴望，使他们更加明白什么才是生命的真谛。

天痕、蓝蓝、梅丽丝、绝情四人手拉手围成一个圈，将紫幻围在正中央，由他们的生命火焰组合而成的生命之火向外散发，所过之处，绝对零度的冰冷分子纷纷退却。

心与心相连，他们心中没有任何杂念，此时此刻，只有为对方付出的决心。

四色生命之火在半空中紧紧相连，互相弥补不足。他们的能量不断释放，生命的火焰越燃越旺，在他们共同的努力下，冰冷分子逐渐消失。对生命的感悟，让他们各自的力量都变得更强了。

冰之深坑突然亮了起来，蓝色的柔和光芒充满每一个角落。

天痕四人几乎同时睁开了眼睛，他们看到的是一片绚丽的景象，在那蓝色光芒的映照下，棱角各异的冰晶显得如此纯洁、晶莹，每一块寒冰都孕育着生命的气息。

迪傲达嘉的声音再次响起，已经没有之前那么冰冷。

"没想到，你们这么快就能理解生命的真谛，将生命之火完美地结合起来。继承了水神之力的姑娘，你说得对，如果我们以前不那么自私，不分生命能智慧生物和精神能智慧生物，或许，我们不会被毁灭。可惜，当我们明白这一切时，已经晚了。

"在绝对零度的引导下，我帮助你们开启了更多的力量，今后的一切只能靠你们自己努力了。我真的不希望人类走我们的老路，恶魔族的威胁，要靠你们自己去解决。用你们的生命之火帮助这个属于冰的小姑娘护住心脉吧，她的身体太弱，承受不了我的能量，只有在你们的守护下，她才有成功的可能。我要将冰神的力量传给她，当你们离开这里时，这个小姑娘将继承我的一切，成为新的冰神，冰雪女神！"

第163章
冰雪女神的诞生

蓝光从天而降，直奔紫幻头顶。

天痕四人同时出掌，按在紫幻的身上，四人的生命之火瞬间冲入紫幻的心房。

冰冷气息瞬间弥漫了紫幻除心脏外的身体各处，她那头紫色的长发瞬间变成了白色，皮肤闪耀着晶莹的蓝色光芒，双臂缓缓向两边伸出。在蓝色光芒的照耀下，她整个人如同冰雕一般。

作为冰族唯一的后人，紫幻正朝着冰雪女神转变。

"冰不单单是冷的，某些时候，它也可以是温暖的。孩子，用你的心去感悟真正的冰，传承我的力量，将冰之能量永远延续下去。我以冰神的名义，赐予你冰的力量，冰是你的力量，而你的心永远孕育着生命之火，永远温暖。"

数道蓝色光芒从冰之深坑四面八方飘然而出，巧妙地绕过天痕四人的身体，融入紫幻体内。

蓝色光芒变得越来越强烈，光芒一闪，紫幻右手中多了一样东西，那是一支冰长矛。紫幻的右手轻微地颤抖，手中的冰神之矛幻化出无数道光芒。

她身上的衣服消失不见，取而代之的是一套蓝色的连衣长裙，一个蓝色的头箍出现，将她那微微卷曲的白发束起。光芒闪烁中，头箍最前方竖起三根冰棱。

在蓝色长裙和头箍的映衬下，全身闪耀着光芒的紫幻变得绝美，她真的成了冰雪女神。

"以冰神迪傲达嘉的名义，冰神之矛从此为冰雪女神之矛。"

"以冰神迪傲达嘉的名义，冰神之战袍从此为冰雪女神之裙。"

"以冰神迪傲达嘉的名义，冰神之头盔从此为冰雪女神之冠。"

"以冰神迪傲达嘉的名义，冰神之心从此为冰雪女神之心。传承吧！冰的延续！"

以紫幻的身体为中心，刺目的蓝光瞬间迸发。

天痕四人同时感觉到一股力量传来，下一刻，他们就被弹到了很远的地方。

天地间所有寒冷的气流向紫幻的身体汇聚，那是真正的冰神之力，神圣的传承仪式正在进行。

紫幻依旧闭着双眼，她的双手缓缓将冰雪女神之矛托起，咬破自己的舌尖，喷出一股血雾，血雾在空中凝结成红色宝石，蓝色光芒闪耀，红色宝石分别冲向冰雪女神之矛、冰雪女神之裙和冰雪女神之冠。

红色的宝石率先镶嵌在冰雪女神之冠的正中间，紧接着，是冰雪女神之矛的中心点和冰雪女神之袍正中的位置。三颗红色的宝石同时绽放出红色的光芒，一个模糊的巨大身影隐隐出现在紫幻背后，幻影覆盖了她的身体，传承的仪式进入了尾声。

"迪傲达嘉前辈，我必将继承您的遗志，将冰神之力永远传承下去。"紫幻郑重地说道。

迪傲达嘉的声音变得非常微弱。

"孩子，现在你才是冰神，冰的力量尚需你自己去开启，我相信，总有一天，你会超越我。该做的一切，我已经完成了。这颗星球永远是你的家，如果你倦了，随时可以回家，我会用我最后的力量永久保持这颗星球的温度，只有冰的世界才是完全属于我们的。迪若修司，等我……"

黑光一闪，天痕身体一震，那双散发着淡淡黑气的魔神靴出现在他的手中。魔神靴中蕴含的能量并没有黑暗圣剑那么霸道，但是，他清晰地感觉到，如果将这双靴子穿在脚上，必将有全新的感受。

通过对生命之火的感悟，天痕隐隐感觉到自己虽然还未达到守望者的境界，但是已经可以同时使用三件魔神物品。他小心地将魔神靴、魔神剑和魔神盔收入空间袋之中，目光落在紫幻身上。

蓝光一闪，紫幻头上的冰雪女神之冠消失了，只在额头中央留下了一个红色的光点，而冰雪女神之矛也消失了，变成了一枚晶莹的蓝色戒指。

泪水顺着紫幻的脸庞滑落，她缓缓地跪倒，恭敬地磕了九个头："迪傲达嘉前辈，谢谢您，谢谢您赋予了我冰的力量。不论何时，我都会谨记您的叮咛，不忘冰之气节。"

天痕四人飞到紫幻身旁。

蓝蓝叹息一声，道："虽然冰神迪傲达嘉表面上很凶恶，但其实人非常好，我们刚到这个深坑的时候，他早已安排了一切。不但将冰的力量传给了紫幻，同时帮助我们提升了实力，还让我们明白了生命的真谛，他永远都活在我们心中。紫幻，别难过了，迪傲达嘉前辈求仁得仁，无论是他，还是阿拉姆司和迪若修司，都是值得我们尊敬的前辈。"

紫幻点了点头，轻轻地抚摩着身上的冰雪女神裙，轻叹道："这些前辈如此帮助我们，我们一定要将恶魔族彻底毁灭，帮他们报仇。我们离开这里吧，总有一天，我会回来的。开启冰之封印。"

她右手指向斜上方，蓝光一闪，上方的玄冰缓缓地向两旁移动，天光透入。

虽然依旧寒冷，但是五人此时的心是暖的。

重新回到地面上，五人都有了新的感悟。尤其是紫幻，原本只是二十几级的异能操纵者，直接达到冰系审判者的境界，自然有了全新的感受，周围的一切都不同了，她甚至可以在这冰雪的世界中捕捉到每一片雪花的变化。

梅丽丝向天痕问道："主人，我们现在去哪里呢？"

天痕想了想，道："我选择离开圣盟，其中一个原因就是希望有更多的时间去找冥教那些浑蛋报仇，我的父母绝不能白死。但是，现在冥教完全消失了，在银河联盟中寻找，就像大海捞针一般。"

蓝蓝想了想，道："上次听冥教教主说，他们以前一直是听命于议会的，议会的人会不会知道他们的藏身之处？或许，我们偷偷潜入议会，能够得到一些消息。"

听到蓝蓝提起议会，紫幻眼中顿时闪过一道寒光。

天痕摇了摇头，道："不，议会恐怕也不知道冥教现在的下落，冥教与议会只是相互利用的关系，现在议会巴不得和冥教撇清关系，甚至想将他们灭口。冥教教主那么狡猾，又怎么会让议会知道自己的藏身之处呢？想找到冥教教主的下落，恐怕只能碰运气了。"

紫幻道："那我们现在要去哪里呢？要不，我们找一个地方修炼吧。"

天痕道："都是自己人，我也不隐瞒了，我和若西家族有密切的关系，上次遇到孤超大长老，我答应他要去若西家族看看，他们那边恐怕有什么麻烦。我们就先去飞鸟星吧，在若西家族的帮助下，没准能多知道一些信息。"

黑暗祭祀是天痕手中最强大的一股力量，他决定去飞鸟星，一是为了巩固自己在黑暗祭祀一族中的地位；二是想到那里碰碰运气，看能否再次遇到德库拉十三世，以众人提升后的实力，联合起来对付德库拉十三世应该是很轻松的，他一直惦记着德库拉十三世抢走的黑暗之戒（魔神盾）。能力提升之后，他越来越感觉到魔神物品的威力极大，每多得到一件，自己的实力就会有很大的提升。即使只是携带它们，对自己修炼黑暗系异能都有不小的好处。

蓝蓝道："那还等什么，咱们现在就走吧。刚才在燃烧生命之火时，我感觉自己的力量比以前强多了，现在状态好得很呢。"

天痕笑道："那是因为在生命之火的作用下，你又融合了一部分水神之力，所以才会有这样的感觉。虽然现在我们都掌握了燃烧生命之火的方法，但是今后不到万不得已，千万不要使用。燃烧生命之火，固然可以在短时间内大大增强我们的实力，但对我们能量的消耗也非常大，当生命之火燃烧到一定程度时，会直接消耗我们的生命力，就算有宇宙气调养身体，还是会伤到元气。"

梅丽丝点了点头，道："主人说得对，大家先休息一会儿再走吧。"

虽然玄玄星上很冷，但是吃了回春果以后，零下一百摄氏度的低温对他们已经没有太大的影响。五人索性飘身落下，天痕利用宇宙气在深达两米的积雪中挖出一个深坑，上方用雪封住，这样寒风只从上方的雪掠过，不会影响深坑内部的他们。

五人手拉手，同时催动自己的能力。在天痕的指点下，他们分别调动自己的宇宙气，因为只有这一项能力是同源的。

对生命的渴望重新释放，宇宙气以天痕为起点，向紫幻的方向输出，再从紫幻到蓝蓝，从蓝蓝到梅丽丝，从梅丽丝到绝情，最后再从绝情手中流回天痕体内，如此循环。五人的宇宙气的层次各不相同，从紫幻的第二阶段到天痕的第六阶段，能量相差极大。

为了更好地帮助其他四人提升力量，天痕以自己为中心，起到了主导作用，他毫不客气地用自己的宇宙气去吸收其他四人的能量。其他四人对他没有一丝戒心，任他予取予求。

以神为虚境界的宇宙气轻易地将其他四人体内的宇宙气能量同化，循环一周后，回到天痕体内。天痕凭借自己强大的意念，以灵魂为媒介，强行将这些宇宙气收拢在体内，再经过炼化，使其融为一体。

墨绿色的光芒和庞大的能量使天痕身体周围出现一道道电光，电光闪烁，天痕全身一震，庞大的宇宙气开始了真正的循环，柔和的宇宙气迅速通过其他四人的每一条经脉。

天痕将能量循环起来，从始至终，快速地进行着修炼。以他的能力，还不足以帮助其他四人直接将宇宙气提升到第四阶段以上，但是，他可以集合五人之力的庞大能量，将其他四人的宇宙气变得更加浑厚。

在庞大能量的作用下，他小心翼翼地改造着其他四人体内的经脉，这是一个庞大的工程。其他四人纷纷进入失去意识的修炼状态，而他的精神力高度集中，不敢有一丝马虎，惟恐铸成大错。

时间在天痕脑海中已经没有任何概念。

其他四人中，紫幻的身体最难改造，因为她本身能力较弱，虽然成了冰雪女神，但是她的经脉不够通达。在宇宙气的滋润下，天痕不仅帮她疏通了所有经脉，同时引动她传承的冰神之力在经脉内运行，使她能更好地吸收其中的能量，为她成为真正的冰雪女神奠定了坚实的基础。

梅丽丝的宇宙气本就达到了第三阶段，比蓝蓝差不了多少。在天痕的帮助下，她的血皇传承魔力变得更加强大。

蓝蓝和绝情极易进行改造，尤其是绝情，在吸收生命之神的能量后，她已经提升到宇宙气的第五阶段，其异魂也是以宇宙气为基础的，循环起来自然顺利得多。

第一次循环的速度很慢，第二次循的速度逐渐加快。渐渐地，五人形成一个墨绿色的光环，能量在疾速旋转的同时，疯狂吸收着外界的各种能量分子。

天痕之所以选择用这样的方法修炼，就是为了更快地吸收更多的能量，不但可以帮助其他四人恢复能量，还能更好地提升她们的修为。

凭借着庞大的宇宙气，天痕所吸收的能量分子分别在五人体内缓慢地积累着。天痕所吸收的能量分子都经过了过滤、压缩，使其变成纯净的宇宙气。

修炼的过程是漫长的，经过不断探索，不用天痕刻意控制，宇宙气也可以安稳地循环。

精神逐渐放松，天痕也进入了修炼状态。为了形成并维持这个循环，他的精神力消耗极大。意识沉入体内，他放弃了对外界的感知。

五人完全进入闭关状态，忘记了时间，忘记了一切，也忘记了要前往飞鸟星的事情。他们完全不知，就在他们修炼之时，银河联盟发生了翻天覆地的变化。议会的下一任选举将在两年后举行。

地球，圣盟总部天平球顶层，光明大长老宽阔的办公室内。

光明看着面前的风霜·比尔和日·立顿，道："两位族长，我请你们秘密前来，所为何事，想必你们已经猜到了。"

风霜·比尔微微一笑，道："大长老，我们都明白您的意思，不用兜圈子了，我只想知道，这一次我们究竟有多少胜算？"

光明微微一笑，道："六到七成吧。议会两议院议长和议员的重新选举，是关系到整个银河联盟的大事，我们必须慎重行事。议员选举，我有把握圣盟的人会占据上议院七个位置，而比尔家族和立顿家族如果联手的话，占据三十个位置应该问题不大，这就有三十七个位置了，只要我们再联合一部分议员，有极大的可能成功。现在的关键在于，没有人会想到，圣盟会派人参加议长的选举。"

风霜·比尔颔首，道："其实我早就有这个想法了，只是，四大家族在银河联盟中一向拥有超然的地位，当初四大家族发誓，绝不派族人参加议长选举。这次我们的目标是上议院议长的位置，如果能发挥我们的影响力，让若西、冰河两大家族支持我们，胜算将达到九成。"

光明叹息一声，道："正因为这样，我们圣盟才被你们推出来，否则，你以为我愿意让自己人当上议院议长吗？那毕竟是众矢之的。直到现在我都有些犹豫，这样做到底对不对。天痕这小子带着蓝蓝她们不知道跑哪里去了，他在的话，我早就将这些事情交给他，自己舒舒服服当太上长老了，说起来，我还真有些想他了。

"四大家族同气连枝，我想只要两位族长一起向若西、冰河两大家族请求援助，他们一定不会袖手旁观。上议院议长这个位置对我们确实很重要，只要能在选举中得到这个银河联盟最高统治者的席位，那么，整个银河联盟都将在我们的掌控之中，即便未来恶魔族真的出现，我们也能更好地调动全部势力去应付。"

日·立顿道："光明，你真的相信天痕的话吗？两年多过去了，别说什么恶魔族，连鬼影都没有看到一个。或许，那只是他的幻想吧。"

光明摇了摇头，道："不，我相信天痕说的话。蓝蓝突然提升了实力，就是最好的证明。就算天痕说的都是编造的，我们将银河联盟牢牢地掌控在自己手中，也不是坏事。增强联盟的实力，对我们来说，绝对是最好的选择。两位族长，回去以后，还要麻烦你们与若西、冰河两大家族多联系，如果实在无法得到他们的支持，务必让他们保持中立，这样应该问题不大。"

风霜·比尔道："你放心，我们会尽力的。两年来，圣盟的实力蒸蒸日上，让许多人忌惮。光明大长老，现在不是隐藏实力的时候，适当霸道一些会让墙头草闻风而动。我相信，你们有这样的实力。"

光明淡然一笑，道："该出手时，我绝不会手软。上议长手中的改造战士已经开始行动了，就让我们先在地下较量一场吧。"

日·立顿道："下议院那边反应如何？下议长不像上议长那么奸猾，只是个中庸之辈。"

光明道："下议院那边应该不会有问题，我已经向下议长承诺，只要他对此次上议院的选举作壁上观，我们得到一定的议员席位后，会全力支持他连任下议长。上议长笼络过原本属于下议院的军方势力，议会掌握的六大神级舰艇编队中，有三个向他靠拢，下议长虽然一向以中庸之道自持，但还算是个聪明人，应该知道怎么做对自己更有利，两位族长不必担心。一个月后，选举就要开始，两位应该着手准备了。上议长再奸猾，也绝不会明目张胆地以武力压制我们，那样只会自取灭亡。"

风霜·比尔沉思片刻，道："大长老，有一件事你要多加小心，这次你必须严密保护参加选举的人。"

光明淡然一笑，道："你们放心吧！这次的人选实力都很强，个个出类拔萃，他们正在五位太上长老的帮助下闭关修炼，选举开始之日，就是他们出关之时。改造战士想动他们，完全就是自不量力。圣盟韬光养晦多年，是时候该站出来了，银河联盟再这样乌烟瘴气下去，人类必将走向灭亡。"

说完，他猛地站了起来，气势逼人，使风霜·比尔和日·立顿同时一惊。

光明看了两人一眼，道："不好意思，两位族长，我失态了，我想起了当初天痕一家被冥教残害之事，冥教背后就是上议院，如果不是他们，我的第一圣子又怎么会离开圣盟？你们都见过天痕，那是多么出色的年轻人啊！哎，现在我只希望能早点找到他，劝他回来。"

日·立顿笑道："你这宝贝圣子失踪不要紧，我的孙女也跟着失踪了。听说，他离开立顿家族的时候，随行的还有四名美女，这小子现在说不定在什么地方逍遥呢，就算回来，也帮不了你什么。"

风霜·比尔摇摇头，道："不，虽然我与天痕认识的时间不长，但我能看出，他和一般的年轻人不同，绝不会懈怠，更何况，他还大仇未报。我猜想，他现在不是在全力寻找仇人，就是在闭关修炼。我们奈落一直惦记着他呢，我也想要他赶快回来，让奈落跟着他历练历练，如果他们俩能成为一对，那就更好了。"

光明和日·立顿不禁笑了起来，办公室中的气氛顿时轻松了许多。

日·立顿突然想起了什么，对光明道："大长老，你听说过圣女教没有？这是近几年兴起的，据我所知，这个圣女教已经在上百个星球上出现，仅仅几年时间，其势力已经相当庞大。最为可怕的是，这个圣女教的名声非常好，不亚于你们圣盟。每发展到一个星球，都会从最底层的贫民窟着手，派遣强大的师资力量教导贫民窟的人，帮助贫民逐渐适应外界的生活。同时，他们成立的跨星球圣女联盟集团的生意囊括了各行各业，资本雄厚，不亚于任何一个家族。

"我派人仔细调查过这个圣女教，他们信奉的就是圣女，一提起圣女的名字，教众都发自内心的崇敬，这样一股名声好、资本雄厚、凝聚力又强的势力，不久的将来，必然会给我们带来极大的威胁。"

听了日·立顿的话，光明不禁皱起了眉头。

"圣女教？我听说过，不过那时候圣女教的势力还不像现在这样庞大，既然他们在明处，那么，圣女教的相关信息应该不难搜集。你知道，教主是谁吗？是不是圣女？"

日·立顿苦笑一声，道："没有教主，据说只有十二使徒主事，最主要的问题是，我们立顿家族所属的星球上也出现了圣女教的踪迹，他们没做什么坏事，我也不好驱逐他们。但是，这样下去，说不定立顿家族的直系成员都有可能被圣女教笼络，现在这世道……"

光明脑海中突然出现了百合的身影，眼睛一亮。

如果圣女教的圣女是百合的话，那么，这一切就好解决了。看来，自己要去找百合一趟才行。

想到这里，他对日·立顿和风霜·比尔道："两位族长，今天就先到这里，你们回去后，抓紧办咱们计划的事。平常就用密六号通讯卫星联络。至于圣女教，我会着手去查，既然这个宗教没有做坏事，我们倒用不着为难他们，说不定还有合作的可能。"

日·立顿和风霜·比尔闻言，站了起来。

日·立顿道："等我们获得上议长的位置后，定要想办法制约圣女教，其发展速度太快了。"

风霜·比尔道："这就是宗教的凝聚力，当所有人只有一个信仰时，他们的力量是很可怕的，信仰可以使人抛弃私心，众志成城，各尽其职，各尽所能，所以圣女教才会发展得这么快，这样发展下去确实可怕。光明大长老，你要尽快查出那个圣女的下落。"

光明点点头。两大族长当即告辞，转身离开了。

光明独自在房间中来回踱步。半晌，他搭乘音速电梯，去了地下研究所的最深处。

"光明，你怎么来了？"空间系太上长老采若天看到光明，有些惊讶。

光明笑道："采叔，那些小家伙的进展怎么样？他们都闭关两年了，我想，过几天也该出关了。"

采若天笑道："放心吧，这些小家伙都非常努力，再加上有彼得给的药物辅助，他们的实力都有了质的飞跃，尤其是百合那丫头，她对光明的理解甚至比你还要深刻。她的修炼速度几乎是其他人的两倍，我还从来没见过像她这么有天赋的异能者。而且，我隐隐感觉到，她的光明系异能中似乎包含着一股奇异的能量，这股能量一直在她的脑部和体内。我试探过多次，想看那到底是什么能量，都没有成功。"

光明心中一惊，道："这倒是个问题。待会儿我要好好帮她检查一下，天痕离开了，百合可不能出事。"

采若天道："你放心，那奇异的能量不但对她没有负面影响，反而有促进作用，就像是隐藏在她体内的内丹。百合这丫头的光明系异能已经接近审判者境界，而且，她的能力完全是自己修炼所得，使用时会更胜一筹，除了蓝蓝，她应该是年轻一辈中最强的。"

（本册完）

《空速星痕 典藏版》第8册即将上市，敬请期待！